Pia O'Connell
Die Tote auf Inishark
Ein Irland-Krimi

Pia O'Connell, 1964 geboren in Regensburg, lebt und arbeitet seit nunmehr zwanzig Jahren auf der grünen Insel als selbständige Unternehmerin. Anregungen für ihre Geschichten erhält sie aus dem täglichen Leben, aus dem Eintauchen in den irischen Alltag mit seinem unverwechselbaren Menschenschlag und aus der bezaubernden irischen Landschaft. Sie liebt ihre baye-irische Familie, ihre drei erwachsenen Kinder und deren Multi-kulti Marotten, schätzt bayerisches Bier und irischen Whiskey und hat eine Schwäche für leckeres Essen. Pia O'Connell lebt mit ihrem Mann im malerischen County Carlow in »Irelands Ancient East«.

Pia O'Connell

Die Tote auf Inishark

Ein Irland-Krimi

PIPER

Mehr über unsere Autoren und Bücher:
www.piper.de

Wenn Ihnen dieser Krimi gefallen hat, schreiben Sie uns unter Nennung des Titels »Die Tote auf Inishark« an empfehlungen@piper.de, und wir empfehlen Ihnen gerne vergleichbare Bücher.

Wir produzieren nachhaltig
www.piper.de

ISBN 978-3-492-50840-7

Redaktion: Franz Leipold
Dieses Werk wurde vermittelt von der Literaturagentur Scripta Hofko Sollinger GbR
Satz auf Grundlage eines CSS-Layouts
von digital publishing competence (München)
mit abavo vlow (Buchloe)
Covergestaltung: Traumstoff Buchdesign traumstoff.at
Covermotiv: Bilder unter Lizenzierung von Shutterstock.com genutzt
Printed in the EU

Für Killian, Conall und Pia.
Mit euch ist es auch auf einer einsamen Insel schön.

Anmerkung der Autorin

»Inishark Holiday Village« ist eine Fiktion. Keine Fiktion dagegen ist die Insel Inishark (gälisch: Inis Airc), auch Shark Island genannt. Sie liegt im Atlantik vor der Westküste Irlands, im County Galway, nahe der größeren Nachbarinsel Inishbofin. Allerdings habe ich mir erlaubt, das seit 1960 verlassene Dorf auf Inishark wiederauferstehen zu lassen, habe konkrete Orte etwas abgewandelt und mir hinsichtlich seiner Geografie gewisse Freiheiten erlaubt. Ich hoffe, diejenigen, die das Glück haben, diese einzigartige Insel zu kennen, sehen mir das nach.

Prolog

Er hatte es wieder getan.

Viel zu hastig, viel zu schnell. Er hatte sich nicht unter Kontrolle gehabt, war schlecht darauf vorbereitet gewesen. Warum hatte er nicht warten können? Es war noch nicht die Zeit dafür. Missmutig starrte er auf den Kalender, der über dem Spülstein an der fleckigen Wand hing. Vollmond war erst in zwei Tagen. Er lauschte auf das monotone Tropfen des Wasserhahns, sah den rostroten Fleck, den das kalkhaltige Wasser im weißen Becken hinterlassen hatte. Ein Schauer durchlief ihn, es war kalt im Haus. Die zaghafte Wärme dieses irischen Hochsommertages drang nicht durch die dicken Steinmauern des alten Cottage. Er öffnete einen Flügel des morschen Holzfensters über der Spüle. Ein blechernes Scheppern klang durch den schmalen Spalt – die Takelage der Fischerboote im Hafen von Inishbofin. Der vertraute Geruch nach Seetang und Fisch zog zu ihm herauf. Besser als der metallische Geruch im hinteren Eck des Zimmers.

Er vermied es, sich umzudrehen, stieß das Fenster weit auf, sog die salzige Luft tief durch die Nase ein und atmete ein paarmal ein und aus, ehe er resolut das Fenster schloss. Es gab Arbeit für ihn. Er nahm ein Bündel schwarze Müllsäcke aus der Küchenschublade, steckte die silbern glänzende Rolle Duct-Tape in die Hosentasche seiner grauen Arbeitshose und nahm die große Eisenschere vom Tisch. Entschlossen straffte er die Schultern, drehte sich langsam um und ging schweren Schrittes auf die mit einer mattweißen Plastikplane bedeckte Bank im hintersten Winkel der Wohnküche zu. Der metallische Geruch wurde stärker. Er hob ein Eck der Plane an und sah auf sie hinab. Zögernd streckte er die Hand nach ihren langen goldgelben Locken aus. Genoss das Gefühl ihrer seidig glänzenden Haare zwischen seinen schwieligen Fingern. Ein letztes Mal gestattete er sich, ihren Duft ganz in sich aufzunehmen. Dann machte er sich ans Werk.

Kapitel 1

Was mache ich nur, wenn es ihnen nicht gefällt, dachte Elli und linste verstohlen unter ihren dichten braunen Ponyfransen hervor. Was, wenn das Ganze eine grandiose Schnapsidee von mir war? Vielleicht hätte ich sie doch lieber rechtzeitig einweihen sollen, wohin die Reise geht. Sie spähte zu ihren Eltern, die im Bug des Schiffes standen. Ihr Vater, Manfred Feuchtwanger, pensionierter Kriminalhauptkommissar und Hobbyfotograf, versuchte angestrengt, mit seiner Canon den in allen Farben leuchtenden Regenbogen über den Wellen des schieferblauen Atlantiks einzufangen. Ellis Mutter Brigitte stand neben ihm und gab Anweisungen. »Manfred, schau mal, ob du die Möwen direkt vor dem Regenbogen erwischst.«

Beide steckten in wasserfesten blauen Regenjacken, den Reißverschluss bis zum Kinn hochgezogen. Der Wind riss an ihren Haaren und zerrte an ihren Jacken. »Jetzt!«, schrie Ellis Mutter, als einige der großen weißen Vögel kreischend aufstiegen.

Elli langte mit einer Hand unter den Tisch, um den Kopf ihres goldenen Labrador-Rüden Ronnie zu streicheln. Ein spitzer Ellbogen bohrte sich schmerzhaft in ihre Seite.

»Du kannst dich jetzt schon auf den elterlichen Fotoabend freuen. Mit Nudelsalat und Häppchen und mindestens zehntausend Schnappschüssen.«

Lotti grinste fröhlich und hielt Elli eine Packung Chips hin. Die beiden Schwestern hatten eine der Sechser-Sitzgruppen im überdachten Teil der Fähre nach Inishbofin ergattert. Die grauen Plastikstühle waren um einen Tisch gruppiert, der, wie die Stühle, fest am Boden verankert war. Viele Touristen, ein paar Einheimische und ein Trupp Bauarbeiter drängten sich auf der *Island Adventure* zusammen, einem Fährschiff von Cleggan nach Inishbofin. Alle Sitzgelegenheiten waren belegt. Sperrige Gepäckstücke lagen auf und unter den Tischen. Der Dieselmotor der Fähre stank und lärmte gegen das vielsprachige Geschnatter der Touristen an. Das Schiff pflügte durch die ruhigen Wasser, der Atlantik zeigte sich von seiner friedlichen Seite. Elli angelte sich ein *Salt & Vinegar* Chip aus der kleinen blauen Tüte und seufzte.

»Was ist los, Schwesterchen?« Lotti lehnte sich zurück und sah Elli von der Seite an.

Elli hörte auf, den Hund zu kraulen, und wandte sich ihrer älteren Schwester zu. Sie spitzte die Lippen. »Was, wenn dieser Inselurlaub eine Schnapsidee von mir war? Was, wenn es euch nicht gefällt? Was, wenn es zehn Tage lang nur regnet? Was, wenn wir uns nach kürzester Zeit furchtbar auf die Nerven gehen?«

Lotti lachte laut auf. Ihre grüngesprenkelten Augen blitzten, als sie sagte: »Das hättest du dir früher überlegen müssen.«

»Was hätte Elli sich früher überlegen sollen?«, fragte Mama Feuchtwanger, schob sich in die Sitzreihe, nahm ihre Tasche vom Stuhl und ließ sich erleichtert darauf sinken. Sofort steckte Ronnie den Kopf unter dem Tisch hervor und wedelte erwartungsvoll. »Braver Hund«, lobte sie und tätschelte ihn kurz.

Elli warf Lotti einen warnenden Blick zu.

»Mein Gott, ist das ein Wind!«, klagte Mama Feuchtwanger. »Meine schöne neue Frisur ist ruiniert. Ich sehe bestimmt aus, als wäre ich mit dem Kopf voran durch eine Hecke gekrochen.« Sie fuhr sich mit beiden Händen durch ihre honigblond gefärbten Haare und versuchte, sie glatt zu streifen. »Die superkurzen Haare stehen dir übrigens ausgezeichnet«, sagte sie zu Lotti, die daraufhin an ihren dunklen Naturlocken zupfte und »Danke« murmelte.

Ihr Vater baute sich vor ihnen auf, die Canon im Anschlag. »Lächeln!« Die drei Feuchtwanger-Damen warfen sich in Positur und grinsten in die Kamera. »Wahnsinn, die Gischt da draußen«, meinte Vater Feuchtwanger lachend und wischte sich mit einem Papiertaschentuch die Salzwassertropfen vom Gesicht. »Wo ist die Apolonia?«, suchend sah er sich um.

»Die sind nach oben gegangen, um dort die positiven Schwingungen besser zu *absorbieren*«, antwortete Lotti mit todernstem Gesicht.

Mama Feuchtwanger presste die Lippen aufeinander. »Also Elli, ich weiß nicht, was du dir dabei gedacht hast.« Vorwurfsvoll sah sie ihre Tochter an. »Ich dachte, das wäre ein Familienurlaub. Nur du mit Seán und den Buben, Charlotta, Apolonia, der Papa und ich. Damit wir alle mal wieder beieinander sind und miteinander deinen runden Geburtstag feiern können. Ich hab mich so darauf gefreut. Hab ich das nicht im Flugzeug zu dir gesagt, Manfred? Nur wir Feuchtwangers.« Mama Feuchtwanger funkelte Elli böse an. »Warum hast du diesen Typen eingeladen?«

»Das hab ich doch gar nicht«, rief Elli entrüstet und übertönte dabei sogar den Dieselmotor. Wesentlich leiser zischte sie: »Lona hat ihn einfach mitgebracht. Ohne mich vorher zu fragen!«

»Du hättest ihm sagen sollen, dass er nicht mitkommen kann.« Mama Feuchtwanger war unerbittlich.

»Ja, klar«, spöttelte Elli. »Wie, bitte schön, hätte ich das machen sollen? Am Dubliner Flughafen! Am besten gleich noch in der Arrival Lounge. Schön, dich kennenzulernen, aber du musst sofort wieder zurückfliegen.« Sie stierte vor sich hin. »Ihr wisst doch, wie Lona ist. Am Schluss wäre sie mit ihm heimgeflogen.«

Papa Feuchtwanger schüttelte resignierend den Kopf. »Ich versteh nicht, warum sie immer auf die allergrößten Haubentaucher hereinfallen muss«, brummte er.

Alle starrten stumm auf die Tischplatte. Apolonia, die jüngste der Feuchtwanger-Schwestern, hatte nach einhelliger Meinung ihrer Familie kein glückliches Händchen bei der Wahl ihrer Partner.

»Jetzt müssen wir halt das Beste daraus machen«, meinte Lotti, »wir können ihn ja nicht unterwegs ertränken, oder?« Hoffnungsvoll sah sie auf. »Obwohl, so ein kleiner Bootsunfall ... ist vielleicht gar keine so schlechte Idee.«

»Was ist keine schlechte Idee?« Apolonias glockenhelle Stimme ließ alle Köpfe hochschnellen. Ihre Haut schimmerte, ihre blauen Augen strahlten. Begeistert rief sie: »Ihr hättet mit nach oben kommen sollen. Der Regenbogen mit seiner unglaublichen positiven Energie hätte euch gutgetan. Dann würdet ihr jetzt nicht so demotiviert rumhängen.«

Eine leise Stimme erklang hinter Lonas Rücken: »Nach der irischen Mythologie hat ein Leprechaun seinen Goldschatz am Ende des Regenbogens vergraben.« Zwei gebräunte Arme mit hellblonden Härchen umfassten Lona. »Ich hingegen bevorzuge die germanische Mythologie, die besagt, dass die Regenbogenbrücke die Welt der Menschen und den Sitz der Götter miteinander verbindet. Mit anderen Worten: *Bifröst*, die Brücke, verbindet *Midgard*, die Welt der Menschen, mit *Asgard*, dem Sitz der Götter.«

»Was du alles weißt«, hauchte Lona und lehnte sich gegen ihn. Verträumt betrachtete sie den goldenen Ring mit dem matt rosafarbenen Herz an ihrem linken Ringfinger. »Ist er nicht fabelhaft!«, rief sie ihrer Familie zu. Sie drehte sich schwungvoll zu ihm um. »Bendix Klemens, du bist einfach fabelhaft.« Dann küsste sie ihn leidenschaftlich auf den Mund. Bendix griff mit beiden Händen in Lonas blonde Mähne und strich ihr behutsam über die bis fast zu den Hüften reichenden langen Locken.

Kapitel 2

»Vorsicht mit den Kartons!« Elli sprang auf und eilte zu den Arbeitern, die die Ladung der *Island Adventure* am Pier von Inishbofin löschten. Die Bauarbeiter und die meisten der Tagestouristen waren bereits von Bord gegangen. Nur die Radfahrer warteten noch in voller Montur darauf, dass ihre Räder von der Fähre geladen wurden. Routiniert schafften die Männer in kürzester Zeit die vielen kleinen und großen Pakete vom Schiff. Auf Inishbofin lebten das ganze Jahr über um die hundertsechzig Menschen, die versorgt werden mussten. Im Sommer stieg die Zahl wegen der vielen Urlauber und Tagestouristen steil an. Elli wählte die Nummer, die sie in ihrem Handy gespeichert hatte. »Wir sind jetzt da«, rief sie in den Apparat. »Wir warten nur noch auf unser Gepäck.« Sie ging zurück zu ihrer Familie, die sich samt Hund am Pier versammelt hatte. »Unser Skipper kommt gleich«, sagte sie, »dann fahren wir weiter nach Inishark.«

Sie beobachtete zwei Buben, die mit ihren Rädern den langen Pier entlang auf und ab jagten. Ihr blieb jedes Mal fast das Herz stehen, wenn die Jungs knapp am Rand zum Wasser umdrehten und zurückstrampelten. Die Kinder waren vielleicht acht Jahre alt, und Elli dachte wehmütig an ihre eigenen beiden Jungs, die mit ihrem Mann Seán erst in drei Tagen nachkommen würden. Sie ging zurück zum Landungssteg der Fähre, wo sich bereits ein beachtlicher Berg brauner Kartons angesammelt hatte.

»Welches sind unsere Pakete?«, fragte sie einen der Männer, der gerade ein Mountainbike an einen durchtrainierten älteren Herrn in Lycra mit Fahrradhelm und schnittiger Sonnenbrille überreichte.

»Alle dort drüben«, antwortete der Bootsmann und zeigte auf einen Berg Kartons.

»Wunderbar, vielen Dank«, sagte Elli und wollte sie gerade nachzählen, als jemand »O'Shea, Elli O'Shea!« rief. Rasch drehte sie sich um und riss den Arm hoch. »Hier!«

Ein mittelgroßer schlanker Mann, den Elli für ihren Skipper Pius Murray hielt, kam auf sie zu. Er war Mitte dreißig und hatte ein schmales Gesicht, das von rötlichem Bartwuchs und zauseligen Augenbrauen überwuchert wurde. Seine wettergegerbte Haut wies auf ein Leben auf See hin. »Wir müssen uns beeilen«, sagte er anstelle einer Begrüßung. »Das Wetter schlägt bald um.«

Elli blinzelte in den wolkenlosen Himmel und sah dann auf das ruhig vor ihr liegende Wasser. Sie verkniff sich eine Bemerkung bezüglich des schönen Wetters. Pius Murray, ein Fischer, der sich mit Inselrundfahrten und Fährdiensten nach Inishark ein Zubrot verdiente, würde bestimmt wissen, wovon er sprach.

»Wo ist euer Zeug?«, wollte Pius wissen.

Elli deutete auf den Berg Kartons und zeigte dann auf ihre Familie mit den Rucksäcken, Koffern und Taschen. »Sechs Personen und ein Hund«, sagte sie.

Der Mann stieß einen durchdringenden Pfiff durch die Zähne aus. Daraufhin löste sich ein zweiter Mann aus einer Gruppe Einheimischer und lief eilig den Pier entlang auf sie zu. »Das alles muss ins RIB«, sagte er zu seinem Helfer, der eine gewisse Familienähnlichkeit mit ihm aufwies; allerdings war sein Körperbau etwas stämmiger, wuchtiger. Die beiden Männer verluden alle Kartons und Gepäckstücke, ohne ein weiteres Wort zu verlieren. »Wir sind so weit«, rief Pius und winkte Elli heran. »Ihr könnt jetzt zusteigen.«

Die Familie versammelte sich am Rande des Piers. Schmale Stufen führten hinab zum Boot. Mutter Feuchtwanger warf einen Blick über den Rand und wich entsetzt zurück. »Auf gar keinen Fall!«, rief sie. »Da bringt ihr mich nicht hinunter!«

Auch Elli verspürte ein mulmiges Gefühl in der Magengegend. Das Boot war im Vergleich zur Fähre winzig, und der Weg nach unten kam ihr entsetzlich lang und gefährlich vor. Das Rufen der Möwen klang plötzlich bedrohlich in ihren Ohren. Die leichte Sommerbrise fühlte sich mit einem Mal eiskalt an.

»Jetzt habt euch nicht so«, lachte Lotti, kletterte leichtfüßig die glitschigen Steinstufen hinab und sprang ins Boot. Lona und Bendix folgten ihr.

Elli zögerte kurz, dann ließ sie Ronnie von der Leine und tastete sich vorsichtig die Stufen hinunter. »Ronnie, bei Fuß.« Der Hund folgte ihr. Eine Schnapsidee, dröhnte es in ihrem Kopf. Eine verfluchte Schnapsidee.

»Komm Mama, das schaut schlimmer aus, als es ist«, rief Lotti und winkte.

Auch Lona lachte zu ihrer Mutter hinauf. »Jetzt komm schon, Mama, du schaffst das!«

Das Boot schaukelte leicht auf den Wellen. Seevögel spazierten neugierig am Pier entlang oder flatterten schrill kreischend auf. Mama Feuchtwanger warf ihrem Mann einen verzweifelten Blick zu.

»Wir müssen jetzt wirklich los«, rief Pius ungeduldig.

Manfred Feuchtwanger nahm seine Frau bei der Hand. »Komm Gitti, ich geh vor, und du hältst dich an mir fest.«

Brigitte Feuchtwanger ergab sich schließlich unter Protest in ihr Schicksal und folgte ihrem Mann zitternd und zeternd die nassen Stufen hinunter ins Boot, in dem ihre Familie bereits wartete. Als sie endlich auf der Sitzbank des kleinen Schiffes saß, klatschen alle ausgelassen Beifall.

»O mein Gott, o mein Gott.« Mama Feuchtwanger wischte sich den Schweiß von der Stirn. »Ich darf gar nicht daran denken, dass ich in zehn Tagen die Stufen wieder hochklettern muss.« Beunruhigt blickte sie sich um. »Das Boot ist aber sehr klein.« Entsetzen spiegelte sich auf ihrem Gesicht, als Pius' Helfer ihr die Schwimmweste hinhielt.

Pius hatte in der Zwischenzeit den Motor angelassen. »Die Überfahrt dauert ungefähr fünfzehn Minuten. Bitte ziehen Sie die Schwimmwesten an. Wir legen sofort ab.« Er begab sich in das Cockpit, das an den Seiten von verwitterten blauen Planen geschützt wurde, trat an das Ruder und drehte sich noch ein letztes Mal um. »Falls Sie Fragen haben, wird John-Paul sich um Sie kümmern.«

John-Paul starrte sie ausdruckslos an.

Das Boot nahm schnell Fahrt auf. Elli und ihre Familie saßen zusammengedrängt auf den beiden Fiberglasbänken im offenen Heck. Ronnie lag zu Ellis Füßen. Gischt spritzte über die Seiten. Innerhalb kürzester Zeit waren Schultern und Haare klatschnass. Was für eine Schnapsidee, dachte Elli wohl zum tausendsten Mal. Welcher Teufel hat mich bloß geritten, als ich dachte, meinen 40. Geburtstag auf einer einsamen Insel zu feiern wäre eine gute Idee.

»Was ist das für ein Boot?«, rief Vater Feuchtwanger gegen den Motorenlärm John-Paul zu.

»Ein RIB«, erwiderte John-Paul, lehnte sich gegen die Einfassung des Cockpits und starrte Apolonia an. Seine Unterlippe stand leicht vor und glänzte feucht.

»RIB steht für *Rigid Inflatable Boat*«, dozierte Bendix, »mit anderen Worten, es ist ein Festrumpfschlauchboot.«

»Ein Schlauchboot?«, jammerte Mama Feuchtwanger und zurrte ihre Schwimmweste fester. »O Gott, o Gott, o Gott.«

»Keine Angst, Frau Feuchtwanger.« Bendix lächelte dünn und strich sich die dunkelblonden Haare aus dem Gesicht. »Festrumpfschlauchboote gelten als fast unsinkbar.«

Wie um seine Worte Lügen zu strafen, machte das RIB plötzlich einen Satz in die Luft und krachte mit voller Wucht zurück auf die Wellen. Alle waren für den Bruchteil einer Sekunde mit dem Hinterteil in der Luft, wie auf dem Jahrmarkt in einem dieser Fahrgeschäfte, die es darauf anlegten, ihre Kundschaft zum Kreischen zu bringen. Elli klammerte sich an dem dünnen Metallgestänge fest, das den Bootsrand umfasste. Sollte sie das Vorhaben abblasen und Pius Murray bitten, sie zurück nach Inishbofin zu bringen? Oder lieber gleich nach Cleggan, von wo aus sie mit dem Auto zurück nach Dublin fahren könnten? In einem schönen wasserdichten Auto. Auf einer schönen festen Straße. Schnapsidee, Schnapsidee, Schnapsidee, hämmerte es in ihrem Kopf. Ihre klammen Finger krallten sich um Ronnies Halsband.

»Ganz großes Kino, Schwesterchen!« Lotti saß eingequetscht zwischen Elli und Lona und strahlte über das ganze Gesicht. Ihre vom Salzwasser feuchten Locken glänzten schwarz. Als das Boot über die nächste Welle flog, schrie sie ausgelassen: »Wuuhuuu!« Meerwasser prasselte auf sie herunter. Ronnie bellte. Lotti rief: »Papa, mach ein Foto von uns!«

Vater Feuchtwanger zögerte kurz. Vielleicht hatte er Angst, seine heiß geliebte Canon könnte im Atlantik versinken. Schließlich gab er sich einen Ruck, zog den Reißverschluss seiner Fototasche auf, holte seine Kamera heraus und nahm den Deckel vom Objektiv. Dann lichtete er seine drei Töchter ab, wie sie in ihren orangefarbenen Schwimmwesten dicht nebeneinander, die Arme umeinandergeschlungen, im RIB saßen, die Gesichter vom Fahrtwind gerötet, die Haare vom Wind zerzaust, mit einem breiten Lachen voller Vorfreude auf den bevorstehenden gemeinsamen Urlaub auf Shark Island.

Kapitel 3

»Was soll das heißen, *wir müssen an Land springen?«* Elli dachte, sie hätte sich verhört.

»Auf Shark gibt es keinen richtigen Landungssteg.« Pius Murray klang gelangweilt, so als hätte Elli das wissen müssen. »Deshalb sag ich doch schon die ganze Zeit, dass wir uns beeilen müssen. Bei starkem Seegang kann ich auf Shark überhaupt nicht anlegen.«

Elli sah ihm sprachlos dabei zu, wie er John-Paul unaufhörlich ein Paket nach dem anderen zuwarf. John-Paul war sofort aus dem Boot gesprungen, nachdem sie Inishark erreicht hatten. Breitbeinig stand er jetzt an Land. Er hatte alle braunen Kartons ordentlich aufgeschichtet und wartete nun auf die Rucksäcke, Koffer und Taschen der Feuchtwangers.

Elli hatte einen Knoten im Magen. Ihr war schlecht wie nach einer Rüscherlparty im Schullandheim.

»Beim nächsten Wellengang machen Sie einfach einen Schritt an Land. Ich sage Ihnen, wann Sie springen müssen. John-Paul wird sie auffangen.« Zum ersten Mal lächelte der Skipper. »Das haben schon ganz andere vor Ihnen geschafft«, versuchte er, sie zu beruhigen, und hielt ihr seine schwielige ölverschmierte Hand hin.

Schnapsidee, Schnapsidee, Schnapsidee, hallte es in Ellis Kopf. Sie griff nach Pius' Hand, wartete auf sein Kommando, und als er »*Go*« rief, sprang Elli mit ausgestreckten Armen von Bord. Kräftige Hände hielten sie fest, und als sie die Augen wieder öffnete, stand sie John-Paul gegenüber, der seine Unterlippe vorschob und sie schief angrinste. Anscheinend hielten die beiden diesen Teil der Überfahrt für den spaßigsten. Ronnie war Elli nachgesprungen und lief aufgeregt mit dem Schwanz wedelnd, die Nase am Boden, den Hügel hinauf. Lona und Bendix folgten ohne Schwierigkeiten, Lonas lange blonde Locken wehten hinter ihr im Wind. Der Skipper und sein Helfer sahen ihr schweigend nach. Nur Mama Feuchtwanger weigerte sich, von Bord zu gehen. Lotti redete ihrer Mutter gut zu wie einem lahmen Gaul.

»Wenn Sie nicht bald von Bord gehen, muss ich Sie wieder mit zurücknehmen«, drohte der Skipper. »Der Wind nimmt mit jeder Minute zu. Ich hab nach ihnen noch eine Fuhre.« Er fluchte leise.

»Komm, Mama, wir nehmen dich in die Mitte«, schlug Lotti vor und griff nach der Hand ihrer Mutter. Vater Feuchtwanger nahm die andere Hand seiner Frau, und zu dritt warteten sie darauf, bis eine Welle das Boot hoch genug anheben würde, damit sie an Land gehen konnten.

»Bei drei!« Elli, Lona, Bendix und John-Paul standen bereit, notfalls zuzupacken.

»*Go!*«, schrie der Skipper, und ob Mama Feuchtwanger wollte oder nicht, sie landete, zwischen Lotti und ihrem Mann untergehakt, unsanft auf festem Boden. Sobald sie wieder Luft bekam, befreite sich Mama Feuchtwanger aus der Umklammerung ihrer Familie, baute sich vor Elli auf und zischte: »Das werde ich dir nie verzeihen!« Dann stapfte sie in ihren Wanderschuhen den hügeligen Weg hoch, den Steinhäusern entgegen, die über der Klippe thronten.

»Im Schuppen oben steht ein Bollerwagen. Damit

könnt ihr euer Gepäck den Hügel hochziehen.« Pius wartete, bis John-Paul die Schwimmwesten eingesammelt und das Tau losgebunden hatte und damit ins Boot gesprungen war. »Einen schönen Aufenthalt! Ruft an, wenn ihr was braucht.« Er drehte eine elegante Schleife auf dem Wasser, hob den Arm ein letztes Mal zum Gruß, gab Gas, und das RIB schoss auf den Wellen davon.

Elli sah ihm stumm nach. Dann folgte sie ihrer Familie, die bereits den Hügel hinaufmarschiert war. Dunkle Schatten jagten über die grünen Hügel der Insel. Elli spähte in den Himmel. Dichte Wolken zogen sich über ihr zusammen. War ja klar, dass es jetzt zu regnen anfangen würde, dachte sie. Schnapsidee, Schnapsidee, Schnapsidee. Wütend kickte sie einen Kieselstein vor sich her. Die Lust am Inselleben war ihr vergangen, bevor es überhaupt angefangen hatte. In dem verlassenen Dorf angekommen, gesellte sie sich zu ihrer Familie, die auf sie zu warten schien.

»Der Hammer«, hörte sie Lotti sagen, »ein ganzes Dorf, nur für uns!«

Zumindest Lotti scheint es hier zu gefallen, dachte Elli und blickte sich um. Es sah fast genauso aus wie in der Hochglanzbroschüre, die sie von Cathal Ní Shíthigh, dem Geschäftsführer des *Inishark Holiday Village*, zugeschickt bekommen hatte. Von den zwölf Häusern der ehemaligen Bewohner waren bereits fünf renoviert worden. Das sechste Cottage war so gut wie fertig. Als sie nach einer geeigneten Unterkunft für sich und ihre Familie gesucht hatte, hatte sie auch einen renovierten Leuchtturm in County Wicklow, ein altes Herrenhaus in County Clare und eine renovierte Mühle in County Antrim in die engere Wahl genommen. Das verlassene Dorf auf Shark Island hatte schließlich das Rennen gemacht. Elli fand es so romantisch. Eine ganze Insel nur für sie und ihre Familie. Winzige Steinhäuser, halbwilde Schafe, von Robben bevölkerte Sandstrände, versteckte Buchten, Steilklippen, Steinkreise und Gräber aus der Bronzezeit.

Ihren Jungs hatte das verlassene Dorf auch am besten gefallen. Shark Island klang nach Abenteuer, nach Freiheit und Wildnis. Nun ja, dachte Elli, ein Abenteuer war die Überfahrt von Inishbofin nach Inishark auf jeden Fall. Zielstrebig steuerte sie auf das Größte der Cottages zu. Das musste das ehemalige Schulhaus sein, von dem ihr Cathal Ní Shíthigh am Telefon erzählt hatte und das zum Gemeinschaftshaus umgebaut worden war. Ronnie sprang aufgeregt neben ihr her. Die vielen neuen Gerüche waren für den Hund ein wahres Glückserlebnis. Elli schob das Holztor vom Schuppen des Gemeinschaftshauses auf und ging hinein. Licht fiel von der offenen Tür auf Tausende Torfballen, die halbhoch an den Wänden entlang aufgeschichtet waren. In der Mitte des Schuppens stand ein hölzerner Bollerwagen. Zumindest gibt es genügend Heizmaterial, dachte Elli, griff nach der Holzstange des Wagens und zog ihn hinter sich her auf den Vorplatz hinaus.

»Ich brauche ein paar Freiwillige für den Gepäcktransport«, verkündete sie und lächelte breit, fest entschlossen, sich ihre Bedenken bezüglich der Wahl ihres Urlaubsortes nicht anmerken zu lassen. Lotti und Papa Feuchtwanger meldeten sich sofort. Die anderen wollten sich erst einmal in den Häusern umsehen. Elli zog einen dicken Schlüsselbund aus ihrem Rucksack und hielt ihn Lona hin. »Falls abgesperrt ist«, sagte sie und ratterte mit dem Bollerwagen im Schlepptau zurück zur Schiffsanlegestelle, wo sich ihre Gepäckstücke stapelten.

»Lass dich von deiner Mama nicht verunsichern«, sagte

Papa Feuchtwanger, als sie nebeneinander den steinigen Hügel hinabmarschierten. »Das meint sie nicht so. Sie hat halt Angst gehabt im Boot. Du kennst sie doch.« Er blieb stehen, breitete die Arme aus und atmete tief ein. »Ich finde es wunderschön hier. Die gute Luft, die Ruhe, die einzigartige Natur. Du hättest keinen schöneren Ort finden können«, rief er begeistert. »Die Aussicht allein entschädigt uns für die lange Anreise.«

Sie fingen an, die Kartons auf den Bollerwagen zu laden. »Ich fürchte, wir werden zweimal gehen müssen. Sonst wird der Wagen zu schwer.«

»Ach was«, sagte Lotti, »du ziehst und Elli und ich schieben. Wir schaffen das«, sagte sie und lachte fröhlich. »Elli, mach dir keine Sorgen. Ich finde die Insel auch wundervoll. Und ich kann es kaum erwarten, sie zu erkunden.«

Zurück im Dorf luden sie zuerst die Kartons in der Küche des Gemeinschaftshauses ab. »Habt ihr euch schon ein Cottage ausgesucht?«, fragte Elli, als Lona und Bendix Hand in Hand hereingeschlendert kamen. »Seán und ich nehmen das größere Cottage mit dem Anbau. Wenn Seán mit den Jungs kommt, brauchen wir ein zweites Schlafzimmer«, fügte Elli schnell hinzu, damit von vornherein klar war, dass dieses Haus nicht zur Wahl stand.

»Uns gefällt das kleine, ganz vorn an der Steilküste, mit der roten Tür und den Schindeln am Dach«, antwortete Lona. »Nicht wahr, Bendix?« Bendix spielte mit ihren Haaren und sah verträumt aus dem Fenster. »Ja genau, das kleine, kuschelige.«

»Und du, Mama?«

»Wir nehmen das Cottage direkt neben dem Gemeinschaftshaus. Dann haben wir nicht so weit zur Küche«, antwortete Ellis Mutter.

»Prima, dann gehört mir das Cottage neben der Kirche«, sagte Lotti und hievte ihren Rucksack vom Bollerwagen. »Sollen wir uns dann in einer Stunde wieder im Gemeinschaftshaus treffen?« Ronnie bellte und wedelte erwartungsvoll mit dem Schwanz. Elli sah auf ihre Armbanduhr. »Ich will Seán anrufen und ihm sagen, dass wir gut angekommen sind. Hoffentlich stimmt es, was Ní Shíthigh gesagt hat, und hier gibt es wirklich ein Netz.«

Kapitel 4

Das steinerne Cottage duckte sich in die hügelige Landschaft. Sein mit Schiefer gedecktes Dach schimmerte silbern in der Sonne. Niedrige Trockensteinmauern umgaben das Haus. Hartes Gras und Unkraut wuchsen zwischen den Steinen. Der Wind blies jetzt stärker, und Elli war heilfroh, dass sie nicht mehr auf dem Boot war. Sie stellte ihr Gepäck vor der Haustür ins Gras und ließ den Blick über das Meer schweifen. Der weiße Sandstrand von Inishbofin war in der Ferne klar zu erkennen. Sonnenstrahlen spiegelten sich auf dem Wasser und wechselten bei jeder Wellenbewegung von Licht zu Schatten. Wasservögel segelten träge im Wind.

Elli strich sich die Haare aus den Augen und öffnete die in leuchtendem Blau gestrichene Tür ihres Cottage. Es war nicht abgeschlossen. Vermutlich war es auch nicht nötig, dachte sie, auf einer verlassenen Insel die Haustür abzuschließen. Sie ließ die Tür weit offen stehen, um zu lüften. Es roch leicht modrig in dem ebenerdigen Zimmer, das nur mit einem bunt geblümten Sofa, zwei gepolsterten Lehnstühlen, einem niedrigen Tisch und einem Holzregal ausgestattet war. Die Steinwände waren unverputzt. Ein wuchtiger schwarzer Eisenofen, auf dem ein bauchiger Wasserkessel aus Aluminium stand, thronte im offenen Kamin. Darüber war ein *Blackthorn Stick*, ein typisch irischer Gehstock aus Schlehdorn, dekorativ an der Wand befestigt. Daneben hing ein Weidenkorb, voll mit Torf. Zwei Türen, ebenfalls leuchtend blau gestrichen, gingen jeweils links und rechts vom offenen Kamin ab. Elli drehte den eisernen Türknauf und fand eine kleine Kammer mit Doppelbett und weiß gestrichenem Dreischub. Oje, dachte Elli, ein irisches Doppelbett. Das hatte auf den Fotos viel größer ausgesehen. Das wird verflixt eng werden, wenn Seán hier ist. Sie sah sich das zweite Schlafzimmer an. Zwei schmale Eisenbetten, zwischen denen am Kopfende ein grob gezimmertes Nachtkästchen stand, füllten den winzigen Raum aus. Für Patrick und Finn sollten die Betten wohl groß genug sein, dachte Elli und schloss die Tür hinter sich. Als sie zurück in den Wohnraum ging, lag Ronnie auf der Couch. Er senkte den Kopf auf die Pfoten und sah sie aus seinen wie mit Kajal umrundeten dunklen Hundeaugen schuldbewusst an. »Schlawiner«, sagte sie und konnte sich ein Lächeln nicht verkneifen. Dass Ronnie keine Lust hatte, sich auf den kalten Steinboden zu legen, verstand sie gut.

Gibt es hier keine Toilette?, dachte sie und drehte sich einmal um die eigene Achse. In der Broschüre stand doch etwas von *modernem Sanitär-Komfort*, erinnerte sie sich und ging aus dem Haus. An dessen Rückseite befand sich ein kleiner Anbau. Elli lugte hinein und entdeckte eine Trockentoilette. Sehr modern, eine Biotoilette, das Neueste vom Neuen, dachte sie und studierte die hinter Glas gerahmte Gebrauchsanleitung an der Wand. Ein schwarzer Plastikeimer, voll mit Einstreu, stand darunter auf einem dreibeinigen blau lackierten Holzhocker. Desinfektionsspray war in nutzerfreundlicher Höhe an die Wand geschraubt. Dass es in den Cottages weder Elektrizität noch fließendes Wasser geben würde, wusste Elli. In der *Inishark Holiday Village* Broschüre war viel von *Bewahrung des ursprünglichen Charmes der ro-*

hen Steinhäuser und von *Nachhaltigkeit* die Rede. Nur im Gemeinschaftshaus mit seiner Gemeinschaftsküche und dem Gemeinschaftsbad gab es Strom und fließendes Wasser. Elli ging zurück in den Wohnraum und begann, ihren Rucksack auszupacken. Dann schüttete sie den Rest ihrer Wasserflasche in Ronnies Napf. Der Labrador bequemte sich vom Sofa, trottete zu seiner Schüssel und fing an, daraus zu schlabbern. Dass er dabei rundum den Steinfußboden nass spritzte, störte Elli nicht. Sie zog ihr Handy aus der Jackentasche und sah auf das Display. Kein Netz. Sie hielt es hoch über ihren Kopf, doch noch während sie das tat, wusste sie, dass es sinnlos sein würde. Kein einziger Balken. Was hatte Ní Shíthigh zu ihr gesagt? Elli war sich sicher, dass sie ihn nicht missverstanden hatte. Na, dem würde sie was erzählen.

»Ronnie, bei Fuß.«

Der Hund kam schwanzwedelnd auf sie zu und sah sie erwartungsvoll an. Offenbar hoffte er auf einen langen Spaziergang. Die Leine würde sie nicht brauchen, entschied Elli. Ronnie durfte sich hier frei bewegen. Auf der Insel gab es keine Autos, keine Lastwagen und keine anderen Menschen. Ein Hundeparadies. Sie traten gemeinsam aus der Tür. Eine Böe fegte Ellis Haare steil nach oben. Die Tür knallte hinter ihr zu. Wieder sah Elli hinüber nach Inishbofin. Die Wellen hatten jetzt weiße Schaumkrönchen, die der Wind an Land peitschte. Seevögel kreischten und segelten steil im Wind. Eine Krähe saß auf dem Dach ihres Cottage und beobachtete Elli aus schwarz glänzenden Augen mit schief gelegtem Kopf. Elli ging den steinigen Weg hinauf zum Gemeinschaftshaus. Eine steife Brise blies ihr in den Rücken und schob sie fast den Hügel hinauf. Vor dem Gemeinschaftshaus traf sie mit Lotti zusammen.

»Mensch Mädel, ist das geil hier.« Lottis Wangen waren vom Wind gerötet. »Ich hab mir gerade die Kirche angeschaut. Da stehen nur noch die Außenmauern, das Dach fehlt komplett. Mein Cottage ist eine Wucht. Wie vor hundert Jahren.« Lottis Augen leuchteten grün wie die einer Katze. »Jetzt schauen wir mal, was uns da drinnen erwartet.« Sie stieg die Steinstufen hinauf und stieß die Tür auf. Elli folgte ihr.

»Also, mir gefällt es«, meinte Elli, während sie sich umsah. Die Steinmauern waren weiß getüncht. Etliche gerahmte Schwarz-Weiß-Fotos hingen an den Wänden. Zwei bequem aussehende Sofas, auf denen mehrere Schaffelle lagen, standen über Eck unter den kleinen Fenstern. Ein großer hölzerner Küchentisch nahm den Platz vor einem weißen Uralt-Küchenofen ein. Darüber befand sich ein hölzernes Gestell zum Wäschetrocknen. Ein antiker irischer Küchenschrank, voll mit bunten Tassen und Tellern, zog Ellis Blicke auf sich. Sie atmete erleichtert auf, als sie den Kühlschrank und die Waschmaschine entdeckte. Zumindest in dieser Hinsicht hatte Ní Shíthigh nicht geschwindelt. Lotti war schon voraus ins angrenzende Zimmer gegangen und steckte jetzt den Kopf durch die Tür. »Bad und Klo sind hier drin«, rief sie. »Schaut ganz okay aus. Dachte schon, ich darf zehn Tage lang nur Katzenwäsche machen«, grinste sie.

Elli folgte ihr. Die Toilette war, wie in ihrem Cottage, ein modernes Bio-Klo samt Einstreu-Eimer und Schäufelchen. Die gusseiserne Badewanne stand auf geschwungenen Füßen im Eck neben dem Waschbecken. Es gab einen milchweißen Duschvorhang mit Muschelmuster, und über der Wanne war zusätzlich zum normalen Wasserhahn und Duschkopf eine *electric shower* montiert. Mit einfachen weißen Kacheln gefliest, sah das Bad sauber und frisch aus.

»Woher kriegen wir eigentlich den Strom?«, fragte Lotti.

Elli kramte in ihrem Gedächtnis. Ní Shíthigh hatte etwas von einem Generator gesagt. »Lotti, schau dich mal um. Hier muss irgendwo ein Generator sein.«

»Der ist bestimmt draußen«, meinte Lotti und ging auf die Haustür zu. Dort stieß sie fast mit Mama Feuchtwanger zusammen. Die Lippen ihrer Mutter waren fest zusammengekniffen. Elli musste nur einen Blick auf ihre Mutter werfen, um zu wissen, dass ihr ein Donnerwetter bevorstand. Doch das konnte warten, entschied sie und lief hinter Lotti her. Auf der windgeschützten Seite des Cottage fanden sie den Generator. Er war in einem mit Wellblech überdachten kleinen Häuschen untergebracht. Die Vorderseite war offen, nur die Seiten waren aus rohen Betonsteinen gemauert. Eine Krähe flatterte auf, als sie näher kamen.

»Weißt du, wie man so was zum Laufen bringt?« Elli studierte die Bedienungsanleitung, die auf dem Generator in ihr unverständlichen Piktogrammen aufgeklebt war.

Ellis Schwester war passionierte Motorradfahrerin. Als Lotti vor zwei Jahren bei Elli zu Besuch in Dublin war, hatte sie die zwei Uralt-Motorräder von Seáns Tante wieder zum Laufen gebracht. Elli vertraute darauf, dass ihre Schwester auch mit einem Generator zurechtkam. Sie sah, wie Lotti sich auf die Fersen hockte und das Gerät in Augenschein nahm. »Das ist ein relativ neues Modell«, sagte sie und drehte mit einer schnellen Handbewegung den Peilstab heraus. Sie warf einen kurzen Blick darauf, meinte zufrieden: »Öl ist drin«, und steckte den Stab wieder zurück. Dann überprüfte sie die Kraftstoffanzeige. »Benzin haben wir auch«, murmelte sie und öffnete das Benzinventil. »So«, sie zwinkerte Elli zu, »dann wollen wir mal.« Sie drückte die ON-Taste, verschob den Chokehebel, nahm den Startergriff in die rechte Hand, zog leicht, bis sie einen Widerstand spürte. Dann riss sie mit einer raschen Bewegung die ganze Schnurlänge heraus. Der Generator fing laut an zu rattern. Lotti schob den Chokehebel zurück und grinste Elli an. »Wie ein Rasenmäher, babyleicht.«

»Haben wir jetzt Strom im Haus?« Elli wollte es genau wissen.

»Ja, Schwesterchen, jetzt müssten wir Strom haben.« Lotti klopfte sich die Jeans ab. »Komm, wir testen das gleich mal.«

Gemeinsam gingen sie zurück ins Haus. Der Generator knatterte weiter vor sich hin. Lotti drehte am Lichtschalter, und die Hängeleuchte über dem Küchentisch verbreitete ein angenehm warmes Licht. Lotti drehte das Licht wieder aus und ging zum Kühlschrank. Auch der war zum Leben erwacht und summte leise.

»Wie schaut's aus? Will jemand eine Tasse Tee?« Sie schwenkte den elektrischen Wasserkocher und ging damit zum Spülstein. Klares Wasser schoss spritzend aus dem Hahn. »Die Wasserpumpe geht jetzt auch.« Lotti ließ den Kessel volllaufen und schaltete ein. »Wir sollten unsere Lebensmittel wegpacken«, meinte Lotti. »Du hast bestimmt Zeugs dabei, das in den Kühlschrank muss.«

»Hauptsächlich Fleisch und Wurst, Käse, Butter, Milch, Eier.« Elli hatte den ersten Karton bereits aufgeschlitzt. »Hier drin sind fast nur Dosen.« Elli nahm zwei Packungen Spaghetti heraus und begann, Bohnen, Erbsen, Tomaten, Dosenmilch, Thunfisch und Corned Beef in den unteren Teil des Küchenschranks zu schlichten. Die rote Schachtel Teebeutel stellte sie neben den Wasserkocher. »Seán bringt dann übermorgen meinen Geburtstagskuchen mit. Und einen Lammrücken vom Metzger. Falls ich was vergessen habe, ist es auch nicht so schlimm. Pius Murray macht in der

Hochsaison für die Touristen fast jeden Tag Inselrundfahrten. Der kann uns was mitbringen.«

Ellis Handy pingte. »Oh, hier hab ich sogar ein Netz«. Sie setzte sich auf das Sofa und fing an zu scrollen. »Seán schreibt, dass Met Éireann für heute Nacht eine Sturmwarnung herausgegeben hat. *Orange alert.* « Ellis Handy pingte mehrfach hintereinander. Stirnrunzelnd las sie die Nachrichten und tippte dann schnell eine Antwort. Ihre beiden Daumen flogen über die Tasten.

Vater Feuchtwanger stellte zwei Tassen Tee auf den niedrigen Tisch und ließ sich neben Elli auf der Couch nieder. »Was bedeutet in Irland *orange alert*«, wollte er wissen.

Elli sah kurz von ihrem Handy auf. »Vermutlich dasselbe wie in Deutschland: starker Wind und viel Regen«, sagte sie. »Kleinen Moment, Papa. Ich will nur noch schnell eine SMS an Seán schicken.«

Mama Feuchtwanger ließ sich ächzend auf dem anderen Sofa nieder. »Sturm heißt das, Manfred, orkanartige Niederschläge, Unwetter, umstürzende Bäume, Überschwemmungen.«

»Ganz so schlimm wird es schon nicht werden«, beschwichtigte Elli. »Außerdem gibt es auf Inishark keine Bäume, die umstürzen könnten. Seán hat nur geschrieben, dass wir uns von den Klippen fernhalten sollen, weil es Böen zwischen 100 und 130 km/h geben kann. Wir sollen im Haus bleiben.«

»Apropos Klippen«, sagte Elli, »wo sind eigentlich Lona und Bendix?«

Kapitel 5

Lotti sprang auf. »Ich geh sie lieber suchen«, sagte sie und zog sich die Kapuze ihres azurblauen Hoodies über den Kopf. »Nicht dass sie wieder Energie absorbieren wollen und dabei die Klippen hinunterfallen.«

Mama Feuchtwanger verzog das Gesicht. »Darüber macht man keine Witze!«

Als Lotti die Tür öffnete und hinausschlüpfte, drang das Tosen des Windes, gefolgt vom Krachen der Wellen, die sich mit Wucht gegen die Böschung warfen, bis zu ihnen in die Wohnküche.

»Also, ich weiß ja, dass es *dein* Geburtstag ist und dass *du* dir etwas Besonderes zum Vierzigsten aussuchen wolltest, aber wirklich ...« Mama Feuchtwanger machte eine Kunstpause. »... musste es ausgerechnet eine unbewohnte Insel am Arsch der Welt sein?«

»Gitti!« Manfred Feuchtwanger sah seine Frau beschwörend an.

»Nein, Manfred, ist doch wahr.« Mama Feuchtwanger hatte rote Flecken am Hals, so sehr regte sie sich auf. »Die Autofahrt von Dublin nach Cleggan hat fast vier Stunden gedauert. Dann haben wir eine Stunde auf die Fähre gewartet. Für die Überfahrt haben wir dann noch mal eine Dreiviertelstunde gebraucht, und weil das immer noch nicht langt, hat sie uns in einer Nussschale über den Atlantik gejagt, auf eine steinige Insel, die kein vernünftiger Mensch auch nur im Traum besuchen würde. Nicht genug damit, dass es in diesen *wahnsinnig* tollen Cottages in diesem *wahnsinnig* romantischen verlassenen Dorf weder Strom noch fließend Wasser gibt. Es gibt weder Fernsehen noch Radio, kein Geschäft, keinen Arzt, nicht einmal ein Funknetz, über das man Hilfe holen könnte, wenn jemand krank wird. Und als i-Tüpfelchen, quasi als Sahnehäubchen obendrauf: eine Sturmwarnung! Super! Damit wir auch ganz bestimmt auf dieser verdammten Insel festsitzen und nicht mit dem nächsten Boot abhauen können. Weil ... genau! Es kommt nämlich kein Boot. Weil kein Mensch, der seine fünf Sinne einigermaßen beieinanderhat, auf die Schnapsidee kommen würde, zu dieser Insel zu fahren.«

Elli spürte, wie ihr die Tränen kamen. Sie hatte ihrer Familie etwas ganz Besonderes bieten wollen. Etwas, was sie noch nie erlebt hatten. Einen Urlaub wie nie zuvor. Gut, vielleicht war sie ein bisschen über das Ziel hinausgeschossen. Aber ... seit sie nach Irland ausgewandert war, sah sie ihre Eltern viel zu selten. Und mit ihren beiden Schwestern kam sie so gut wie gar nicht mehr zusammen. Hatte sie sich deshalb so für diese einsame Insel begeistert? Für einen von der Welt abgeschiedenen Ort, an dem sie ihre Familie um sich scharen konnte. Für gemeinsame Abende, die nicht von der Glotze bestimmt wurden, sondern vom Miteinander. Sich unterhalten, Geschichten erzählen, miteinander lachen, Karten oder Mensch-ärgere-dich-nicht spielen. Elli schluckte. Sie hatte sich alles so schön ausgemalt. Wenn Seán und die Jungs erst da wären, könnten sie gemeinsam mit Ronnie die Insel erkunden. Sie freute sich schon so auf das Vogelreservoir und auf die Robbenkolonie. Extra deswegen hatte sie ein starkes Fernglas eingepackt.

»Es tut mir leid«, sagte Elli und zwang sich, das Zittern in ihrer Stimme zu unterdrücken. »Ich dachte, es würde euch hier gefallen. Schließlich redest du immer davon, dass wir viel zu wenig Zeit miteinander verbringen. Da dachte ich, es wäre schön, so richtig *Old Style* Urlaub zu machen. Ohne Telefon, ohne Fernsehen, ohne Videospiele, ohne E-Mail, ohne den ganzen modernen Quatsch.« Elli nahm ihre Teetasse und trank einen Schluck. Der Tee war nur noch lauwarm. Angewidert stellte sie die Tasse ab. »Hier, am Ende der Welt, können wir mal richtig den Kopf freikriegen«, fuhr Elli fort. »Die Seele baumeln lassen, entspannen, einfach mal nichts tun.« Besonders auf das Nichtstun hatte Elli sich gefreut. Seit sie vor einigen Jahren gemeinsam mit ihrem Geschäftspartner Tadhg Kelly das Detektivbüro O'Shea & Kelly gegründet hatte, war sie so gut wie nicht mehr im Urlaub gewesen. Wo konnte man besser nichts tun als auf einer Insel, auf der es nichts gab? »Dass es hier keine Autos gibt, fand ich einfach genial. Die Jungs können gefahrlos mit Ronnie herumtollen.«

»Gefahrlos«, schnitt Mama Feuchtwanger ihr mit schriller Stimme das Wort ab. »Gutes Stichwort. Schön, von einem Auto können sie nicht überfahren werden, aber dass sie von einer Sturmböe ins Meer geweht werden, erscheint mir durchaus im Bereich des Möglichen.

»Jetzt mach mal einen Punkt, Gitti«, mischte Vater Feuchtwanger sich ein.

»Von wegen nichts tun«, giftete Mama Feuchtwanger. »Ohne die ganzen kleinen elektrischen Helfer im Haushalt wirst du bald merken, dass es im Haus wesentlich mehr Arbeit gibt, als du denkst.« Sie schnaubte vernehmlich. »Meine Großmutter hatte Muskeln wie ein Bodybuilder von der vielen schweren Hausarbeit.«

»Mama!«, rief Elli. »Wir haben einen Kühlschrank, eine Waschmaschine, einen Wasserkocher. Es gibt hier alles, jeden Komfort. Sogar mein Handy funktioniert hier.«

»Ja, klar. In unserem Cottage gibt es nicht einmal elektrisches Licht.« Mama Feuchtwangers Lippen verzogen sich zu einem dünnen Strich. »Über die Toilette will ich gar nicht reden.« Dann schoss sie nach. »Ein besseres Plumpsklo, mehr ist es nicht.«

Elli zwang sich, nicht die Augen zu verdrehen. »Mama, hier im Gemeinschaftshaus hast du alles, auch ein Bad.«

»Im *Teach pobail*«, meldete sich Vater Feuchtwanger zu Wort. Er hatte einen grünen Ringordner auf den Knien liegen und blätterte darin. Vermutlich hörte er die Tirade seiner Frau bereits zum zweiten Mal. »So heißt das auf Gälisch, *Teach pobail*. Wusstet ihr, dass die Insel schon seit 1960 unbewohnt ist?«

»Das wundert mich nicht«, murrte seine Frau. »Mich wundert höchstens, dass sie überhaupt mal bewohnt war.« Sie ging zum Spülstein und fing an, daran herumzuwienern.

Die Tür flog auf, und mit dem Wind kamen Lona, Bendix und Lotti herein. Alle drei waren durchnässt. »Wir haben ein Dolmengrab aus der Bronzezeit gefunden« berichtete Lona strahlend. »Auf einer Anhöhe, weiter im Inselinneren.«

»Zumindest waren sie nicht in der Nähe der Klippen«, meinte Lotti. »Gibt es noch Tee? Meine Finger sind eiskalt.«

Elli ging auf den Ofen zu und öffnete eine der Türen. »Sollen wir den Küchenofen anheizen? Ihr seht aus, als könntet ihr ein bisschen Wärme vertragen.« Sie nahm etwas Zeitungspapier und ein paar dünne Holzscheite aus dem Blecheimer neben dem Ofen, knüllte das Papier zu runden Ballen zusammen und schichtete alles im Inneren auf. Dann riss sie ein Streichholz an und warf es hinein. Erst nach mehreren Versuchen fing das Zeitungspapier Feuer und brachte die Holzscheite zum Glühen. Elli holte etwas Torf aus dem runden Weidenkorb neben dem Ofen und legte ihn vorsichtig auf die brennenden Scheite. Sie ließ die Ofentür einen Spalt offen stehen, damit der Zug stärker wurde und der Torf Feuer fing. Bald breiteten sich der typische Torfgeruch und eine wohlige Wärme im Zimmer aus. Elli füllte einen großen Topf mit Wasser und stellte ihn auf einen der Ofenringe. »Ihr habt bestimmt alle Hunger«, sagte sie. »Ich koche uns Nudeln mit Tomatensoße.« Das Augenrollen ihrer Mutter war ihr nicht entgangen. Trotzdem fragte sie: »Oder wollt ihr lieber was anderes?« Sie wandte den Kopf und sah, wie sich ihre Schwestern über ihren Vater beugten, der immer noch in den grünen Ringordner vertieft war. Ellis Vater spürte, dass sie ihn ansah, und hob den Kopf. »Das hier ist sehr interessant. Die Geschichte von Inishark. Von der Bronzezeit bis 1960, als die letzten 23 Bewohner der Insel aufs Festland umgesiedelt wurden. Die Inselbewohner konnten im Winter oft wochenlang nicht von der Insel weg, weil der Seegang zu gefährlich war. Manchmal saßen sie sogar mehrere Monate hier fest. Die Regierung hat schließlich entschieden, dass es billiger wäre, die Leute umzusiedeln, als einen teuren Hafen zu bauen. Stellt euch vor, gegen Mitte des 19. Jahrhunderts haben hier noch über zweihundert Menschen gelebt.«

Bendix, der mit gerunzelter Stirn vor einem der gerahmten Bilder an der Wand stand, zeigte auf die Aufnahme. »Auf diesem Foto kann man unser Cottage genau erkennen.« Er ging mit dem Kopf ganz nah an das Bild heran. »Mit anderen Worten: Unser Cottage sah 1960 genauso aus wie jetzt.« Er nahm Lona bei der Hand, die neugierig näher gekommen war.

»Ob das die damaligen Bewohner waren?« Lona betrachtete das Foto. »Eine junge Familie mit vier Kindern. Und die Frau sieht aus, als wäre sie schon wieder schwanger.«

Bendix hüstelte und musterte Lona aus schmalen blauen Augen. »Damals wurde nicht verhütet, Liebes. Mit anderen Worten: eine gute katholische Familie.«

Kapitel 6

»Hier hat einer einen breiten Lattenrost auf dem Rücken«, rief Lotti, die zu Lona und Bendix getreten war. »Wahnsinn, das wurde alles in diese langen schwarzen Ruderboote geschafft«, sagte sie und deutete auf ein anderes vergilbtes Foto, auf dem Stühle kreuz und quer im Boot gestapelt lagen.

»*Currach*«, warf Vater Feuchtwanger vom Sofa aus ein. »Die Boote heißen *Currach.*« Er legte die Hand auf den Ordner. »Hier steht, dass die Männer von Inishark dafür bekannt waren, dass sie die besten und mutigsten Bootsmänner an der ganzen Westküste waren. Die *Currachs* wurden zum Fischen genutzt, aber sie sind damit auch regelmäßig nach Inishbofin hinüber- und natürlich wieder zurückgerudert.«

»Das mag man sich gar nicht vorstellen.« Mama Feuchtwanger war aufgestanden und sah sich nun auch die Bilder an. »Der ganze Hausstand wurde bei der Evakuierung von den Männern ans Festland gerudert.« Sie zeigte auf ein anderes Foto. »Hühner, Enten, Gänse, Katzen, Hunde, sogar ein Esel – alle wurden in diesen schwarzen Ruderbooten umgesiedelt!«

Elli sah zu Ronnie, der seelenruhig neben dem Küchenofen lag und schlief.

»Hier sieht man ein größeres Boot, auf dem Männer,

Frauen und Kinder sitzen«, sagte Lona, »scheint eine Art Segelboot zu sein.«

»Sieh mal, Liebes«, sagte Bendix, der fasziniert zwischen Lona und dem Foto hin und her geschaut hatte. »Das Mädchen hat genauso lange Locken wie du. Mit anderen Worten: Ihr habt die gleiche Frisur.«

Elli trat zu den beiden und betrachtete das Foto: Es zeigte ein Mädchen, wie es den steinigen Hügel zu ihrem Cottage erklomm. Anders als die meisten Inselbewohner auf den Bildern hatte sie keine dunklen, sondern helle Haare, die ihr in langen Ringeln über den Rücken fielen. Sie trug weiße Söckchen in ihren schwarzen Halbschuhen und einen hellen Mantel. Der Mantel mochte beige, gelb oder vielleicht sogar hellblau gewesen sein. Das konnte Elli auf dem Schwarz-Weiß-Foto nicht erkennen. Sie trug eine Schleife im Haar und kehrte dem Fotografen den Rücken zu. Rechts von ihr waren riesige Schieferplatten zu einer Trockenmauer aufeinandergestapelt. »Das sieht aus wie mein Cottage«, sagte Elli. »Man kann es gut an den hohen Fenstern erkennen.«

Nachdem Elli den Esstisch gedeckt hatte und sich alle darum versammelt hatten, um sich mit ihrem bescheidenen Mahl aus Spaghetti mit Tomatensoße zu stärken, drehten sich ihre Gespräche immer noch um die ehemaligen Bewohner von Inishark. »Was muss das für ein hartes Leben gewesen sein«, meinte Mama Feuchtwanger.

Papa Feuchtwanger nickte bestätigend. »Im Ordner steht, dass es verschiedene Ansichten über die richtige Übersetzung von *Inish Airc* gibt. Manche sagen, der Name stammt von einem Stammeshäuptling namens *Erc;* andere meinen, der Name kommt von *searc,* ›love‹. Die am häufigsten vertretene Meinung allerdings ist, dass es vom altirischen *airc* abgeleitet ist, und das bedeutet *hardship,* also Entbehrung, wenn ich das richtig übersetze.«

»Das erscheint mir auf diesem steinigen Felsen auch am wahrscheinlichsten«, stimmte Mama Feuchtwanger zu. »Man muss die Leute bewundern, die hier überlebt haben.« Sie rollte gekonnt eine Gabel Spaghetti auf und schob sie sich in den Mund.

»Und das schon seit sechstausend Jahren«, bemerkte Papa Feuchtwanger, der den Ordner immer noch nicht aus der Hand gegeben hatte.

»Uns interessiert vor allem der Steinkreis aus der Bronzezeit«, schaltete Lona sich ein. »Nicht wahr, Bendix?«

»Und den *clochán* würde ich gern sehen«, sagte Bendix und reckte sein kantiges Kinn vor. »Mit anderen Worten: die Bienenkorbhütte.«

Lotti gähnte laut hinter vorgehaltener Hand. »Das kann bis morgen warten. Mit anderen Worten: Ich freue mich jetzt schon auf mein Bett.« Sie nahm ihren Teller und trug ihn zum Spülstein. »Ich helfe dir noch schnell, die restlichen Lebensmittel zu verstauen.«

Elli lachte. »Du willst nur wissen, was ich alles eingekauft habe.«

»Das auch«, sagte Lotti. »Ich hoffe auf Schokolade. Einen ganzen Karton voll Schokolade.« Sie zückte das Küchenmesser und schlitzte den nächsten Karton auf. »Haferflocken!« Lotti sah Elli mit zusammengezogenen Brauen an. »Ich esse ja gern mal eine Schüssel Porridge zum Frühstück, aber ich finde, du übertreibst.«

Elli sah Lotti fragend an. Dann zog sie ein paar Packungen aus der Schachtel. »Tatsächlich, nur Haferflocken. Aber ich hab doch gar keine ...« Sie verstummte und schlitzte den nächsten Karton auf. »Fusilli«, wieder durchwühlte sie den Karton. »Ausschließlich Nudeln, sonst nichts.« Lotti hatte bereits den nächsten Karton aufgerissen. »Damenbinden?« Sie sah Elli ungläubig an. »Jetzt übertreibst du aber wirklich.«

Elli fühlte, wie ihr die Hitze den Hals hinaufkroch. In Windeseile hatte sie alle braunen Schachteln aufgerissen. Ungläubig starrte sie auf den Inhalt. »Das kann doch nicht wahr sein«, stotterte sie. »Das sind nicht meine Pakete.« Auf dem Küchentisch stapelten sich ein Karton mit Sonnenblumenöl, zwei Kartons mit Kartoffeln, ein Karton mit Zwiebeln, ein Karton mit im Dutzend abgepackten Eiern, Haferflocken, Fusilli, Damenbinden und ein ganzer Karton mit Crunchie Bars. Elli nahm einen Lieferschein aus der Crunchie Schachtel. »Das Zeug war für den Laden auf Inishbofin bestimmt«, rief sie und deutete mit vor Wut zitterndem Zeigefinger auf die Anschrift. »Die haben beim Ausladen unsere Sachen vertauscht.« Sie sank auf den nächsten Küchenstuhl und stützte den Kopf in die Hände. »Ich glaub es einfach nicht. Von meinen neun Kartons ist nur einer richtig bei uns angekommen. Wir haben keinen Käse, keine frische Milch, keine Wurst, kein Fleisch und kein Hundefutter.« Ronnie hob den Kopf und stellte die Ohren auf.

Lotti fing an zu lachen. »Also Elli, dass du immer alles wörtlich nehmen musst. *Inish Airc*, Insel der Entbehrung«, prustete sie los.

»Schön, dass du das lustig findest«, stieß Mutter Feuchtwanger durch zusammengepresste Zähne hervor. »Ich kann darüber beim besten Willen nicht lachen.«

»Jetzt hab dich nicht so, Mama.« Lotti kicherte immer noch. »Wenn der Skipper morgen vorbeikommt, soll er das Zeug aufladen und gegen unsere Sachen umtauschen. Schließlich sind wir nur fünfzehn Minuten Fahrt von Inishbofin entfernt.«

»Ich will mich jetzt hinlegen.« Mama Feuchtwanger erhob sich. »Kommst du, Manfred.«

»Es ist doch noch hell.« Papa Feuchtwanger warf einen Blick auf seine Armbanduhr. »Oh, doch schon so spät. In Irland bleibt es im Sommer immer so lange hell. Daran kann ich mich noch von unserem letzten Besuch erinnern. Damals, in Celbridge, als dein Nachbar ermor... Er warf einen verstohlenen Blick auf seine Frau, beendete den Satz nicht und stand mühsam auf. Den Ordner legte er offen vor Elli auf den Tisch. »Na dann, gute Nacht, schlaft gut.« Er ging zur Tür und öffnete sie galant für seine Frau. Ein Windstoß fegte ins Zimmer und fuhr in den Ordner. Die Seiten flatterten. Das Dröhnen der tosenden Brandung erfüllte den Raum. Als die Tür hinter ihren Eltern zugeschlagen war, fing Elli ein loses Blatt auf, das der Wind aus dem Ordner herausgewirbelt hatte. Es handelte sich um eine kurze Zusammenfassung in deutscher Übersetzung.

Sie las: Inishark oder Inishshark (gälisch: *Inis Airc;* deutsch: *Insel des Meerungeheuers)*

Kapitel 7

Der Regen hämmerte unablässig an Ellis Fenster. Der Wind heulte und schrie wie eine Banshee. Die Wellen brandeten laut krachend gegen die Küste. Elli zog sich die Laken bis zum Kinn hoch. Sie fühlte sich wie gerädert. Mehrmals war sie in der Nacht vom Tosen des Windes wach geworden. Sie hatte die Tür zur Schlafkammer offen stehen lassen, und Ronnie war in der Nacht zu ihr hereingeschlichen und hatte sich auf das Fußende ihres Bettes gelegt. Normalerweise erlaubte Elli dem Hund nicht, dass er in ihr Bett kam. Doch in dieser wilden Nacht hatte es etwas Tröstliches gehabt, seinen warmen Körper an den Füßen zu spüren. Es war eiskalt im Zimmer. Von wegen Hochsommer, dachte Elli. Schnapsidee, Schnapsidee, Schnapsidee. Warum war sie nicht nach Regensburg gefahren, um dort ihren Geburtstag zu feiern? Oder, wenn es unbedingt eine Insel sein musste, warum hatte sie ihre Familie nicht nach Lanzarote eingeladen? Eine Freundin hatte dort eine Finca, die sie ihr schon hundertmal angeboten hatte. Auf dem sonnigen, warmen Lanzarote.

Der Wind rüttelte an den Fenstern. Der Regen klatschte dagegen und lief in breiten Strömen am Glas hinunter. Elli sank immer tiefer in ihre Laken. Ronnie sah sie aus seinen dunkel umrandeten schwarzen Augen fragend an. Der Hund würde bald rausmüssen. Elli gab sich einen Ruck und setzte sich im Bett auf. Sie blickte auf die Uhr.

Kurz vor sieben. Ihre nackten Füße zuckten vor dem kalten Steinfußboden zurück. Ronnie war aus dem Bett gesprungen und lief in den Wohnraum. Elli streifte sich hastig die Kleider des Vortages über. Sie zog ihre wasserfesten Wanderschuhe an und schlüpfte in die Regenjacke. Dann stellte sie sich ans Fenster und sah hinaus. Das Meer schien zu kochen und zu brodeln. Unablässig warfen sich meterhohe Wellen krachend an Land. Sie stülpte sich die Kapuze über und band sie unterm Kinn fest. »Ronnie, bei Fuß«, Elli öffnete die Tür. Regen prasselte ins Zimmer. Geduckt schlüpfte sie hinaus. Ronnie hinterher. Gemeinsam liefen sie hinauf zum *Teach pobail.* Der Regen fühlte sich an wie Nadelstiche auf ihrer Haut. Die nassen Steine unter ihren Füßen waren rutschig geworden vom vielen Wasser. Ein breites Rinnsal strömte am Rande der Trockenmauer den Hügel hinab. Elli sah, wie Ronnie sich im Schutze der Mauer hinhockte. Er pinkelt immer noch wie ein Mädchen, dachte sie amüsiert.

Sie öffnete die Tür des Gemeinschaftshauses und trat ein. Auf der kurzen Strecke war sie klatschnass geworden. Sie schälte sich aus ihrer Regenjacke und hängte sie an das Trockengestell über dem Küchenofen. Dann begann sie damit, die Asche vom Vortag aus dem Ofen zu kratzen. Elli mühte sich mit dem Ofen. Sie wollte, dass es in der Küche warm und gemütlich war, wenn ihre Familie zum Frühstück kam. Frühstück? Was konnte sie zum Frühstück anbieten? Sie hatte nur Haferflocken oder Eier. Elli entschied sich für Porridge. Und da sie keine frische Milch hatte, würde sie den Porridge mit Wasser kochen müssen, *Scotish style.* Sie stellte einen großen Topf auf die Herdplatte, maß Wasser und Haferflocken mit einer Tasse ab und rührte alles zusammen. Im Küchenschrank hatte sie eine Grundausstattung Salz und Zucker gefunden. Elli gab eine Messerspitze Salz dazu. Dann stellte sie das Teewasser auf. Leider hatte sie weder Honig noch Ahornsirup, weder Beeren noch Marmelade, um den Porridge etwas aufzupimpen.

Elli hob den Kopf. Irgendetwas war anders. Sie sah aus dem Fenster. Es hatte aufgehört zu regnen. Sie öffnete die Tür, um Ronnie hereinzulassen, doch der Hund war nirgends zu sehen. Der Wasserkessel pfiff, und Elli eilte zurück zum Küchenofen. Sie warf einen Teebeutel in die größte Tasse, die sie finden konnte, und goss mit kochendem Wasser auf. Dann rührte sie heftig im Kochtopf, damit der Haferbrei nicht anbrannte, verschloss den Topf mit einem Deckel und schob ihn auf die Warmhalteplatte. Dann legte sie Torf nach. Sie rührte etwas Dosenmilch in ihre Teetasse und setzte sich damit auf das Sofa. Der Raum war jetzt warm und strahlte Gemütlichkeit aus. Der Haferbrei duftete. Die Familie konnte kommen.

Elli zog ihr Handy aus der Hosentasche und tippte eine SMS an Pius, den Skipper. Sie fragte, wann er rausfahren würde, und bat ihn, auf Inishark haltzumachen, weil sie die falschen Pakete bekommen hätten. Anschließend rief sie Seáns Nummer an, bekam aber nur den Anrufbeantworter. Wahrscheinlich war er mit den Jungs schon unterwegs ins Soccer Camp. Sie sandte auch ihm eine SMS. Sie schrieb, dass der Sturm zwar schlimm gewesen sei, aber dass der Regen jetzt aufgehört hatte. Alles in Ordnung, schrieb sie. Dann pingte ihr Handy. Pius. Wetter zu schlecht. Fahren nicht raus, las sie. Sonst nichts. Sie schrieb zurück: Wann voraussichtlich? Und wartete auf eine Antwort.

Die Tür flog auf, und Lona kam mit Bendix herein, gefolgt von den Eltern Feuchtwanger. »Meine Güte, war das ein Wetter letzte Nacht.« Mama Feuchtwanger schälte sich aus ihrer Regenjacke. »Ich hab die ganze Nacht kein Auge zugetan.«

»Mama, Regen ist Heilung«, sagte Apolonia sanft. »Bendix und ich haben meditiert und sind dann ganz entspannt eingeschlafen.« Sie strich mit der Hand über ihren langen geflochtenen Zopf. Der neue Claddagh Ring, den Bendix ihr geschenkt hatte, glänzte golden. »Hättest du auch machen sollen.« Mama Feuchtwanger wandte ihrer jüngsten Tochter den Rücken zu, sah Elli mit hochgezogenen Brauen an und verdrehte dann die Augen. »Wer will zuerst ins Bad?«, fragte sie anstelle einer Antwort.

»Ich hab Porridge zum Frühstück gemacht«, rief Elli. »Setzt euch doch erst mal«, schlug sie vor und deutete auf den liebevoll gedeckten Tisch. »Ich brühe nur schnell eine frische Kanne Tee auf.« Lotti kam gähnend zur Tür herein. »Mann, ich habe geschlafen wie ein Stein«, sagte sie und rieb sich den Schlaf aus den Augen. »Hast du auch meditiert?«, fragte ihre Mutter spitz. »Was? Nein, aber wenn der Regen so aufs Dach trommelt, dann schlafe ich immer wie ein Baby.« Lotti setzte sich an den Tisch und sah auf den Haferbrei in der Keramikschüssel, die Elli vor sie hingestellt hatte. »Darf ich mir eines von den Crunchie Bars nehmen?« Elli wollte schon protestieren, doch dann nickte sie nur. »Klar, sind ja genug davon da.« Lotti riss die Packung auf und krümelte die Schokolade über ihren Porridge. Sie schob sich einen Löffel davon in den Mund. »Göttlich«, seufzte sie und zwinkerte Elli zu.

»Ich habe leider eine weniger gute Nachricht für euch.« Elli wollte es hinter sich bringen. »Unser Skipper fährt wegen des schlechten Wetters heute nicht raus. Das bedeutet, wir müssen also noch mit den Lebensmitteln auskommen, die da sind.« Schnell fügte sie hinzu: »Wir haben auf jeden Fall genug zu essen. Es ist nur leider nicht das, was ich geplant hatte.« Elli war immer noch stinksauer wegen der Verwechslung. Da hatte sie tagelang ausgeklügelte Menüpläne geschmiedet, hatte unzählige Kochbücher nach Rezepten durchforstet, hatte alles bis ins kleinste Detail geplant, nur um dann von Haferbrei und Nudeln zu leben. Na egal, sobald sich das schlechte Wetter wieder verzogen hatte, würde sie mit Skipper Murray nach Inishbofin fahren und die falsch gelieferten Vorräte umtauschen.

»Porridge ist sowieso das gesündeste Frühstück«, meinte Lona und rührte in ihrem Brei, »nicht wahr, Bendix.«

»Stimmt«, sagte Bendix, »Haferflocken sind reich an Beta-Glucanen. Mit anderen Worten: Haferflocken sind reich an löslichen Ballaststoffen.«

»Ja, ja«, fiel Mutter Feuchtwanger ein. »Haferflocken sind gut für die Verdauung, senken den Cholesterinspiegel, machen lange satt, enthalten wichtige Vitamine und Mineralstoffe und so weiter, und so weiter. Das heißt aber noch lange nicht, dass ich sie jeden Tag essen will.«

»Bellt da nicht der Hund?«, unterbrach Lotti ihre Mutter. Sie sprang auf und lief zur Tür. Der Wind riss ihr fast den Türgriff aus der Hand. Elli trat zu ihr. Ronnie stand vor der Tür und schüttelte sich ausgiebig. Sein kurzes blondes Fell flog, und feine Wassertröpfchen spritzten in alle Richtungen. Dann hob er etwas vom Boden auf, spazierte in die Küche und ging schwanzwedelnd auf jeden Einzelnen am Tisch zu, um ihn zu begrüßen. Er war offensichtlich höchst zufrieden mit sich.

»Was hast du denn da?« Elli kniete sich vor Ronnie hin und versuchte, ihm das Ding aus dem Maul zu ziehen. »Ronnie, gib.« Schließlich ließ der es zu und öffnete die Schnauze. »Iiiih!« Elli ließ es sofort fallen, sobald sie erkannt hatte, was sie da in der Hand hielt. Ronnie wollte wieder danach schnappen, aber Ellis scharfes »Aus!« hielt ihn davon ab. »Pfui, ein Knochen.« Elli stieß ihn mit der Fußspitze an. »Wo hast du den her?« Ronnie sah sie an, als würde er lächeln, und wedelte mit dem Schwanz.

»Hier gibt es Schafe, Robben, Hasen«, meinte Vater Feuchtwanger. »Bestimmt hat er irgendwo ein verendetes Tier gefunden.«

Elli sah sich ihren Hund genauer an. Zuerst hatte sie gedacht, er sei nur dreckig vom Matsch und vom Regen. Doch seine Vorderpfoten wiesen Erdspuren auf. So als hätte er damit gegraben. Sie ging in die Hocke und besah sich das Teil genauer. »Zu groß für einen Hasen«, meinte sie. »Vielleicht ein Schaf?«

»Meiner Meinung nach ist das die Tibia«, sagte Bendix. »Mit anderen Worten: das Schienbein.« Er hockte sich auf die Fersen und drehte den Knochen vorsichtig um. Vater Feuchtwanger beugte sich vor, ließ sich dann neben Bendix auf die Knie sinken und betrachtete Ronnies Fundstück schweigend. Dann stand er auf, fuhr sich mit der Hand über das Gesicht und sagte: »Der stammt nicht von einem Tier, das ist ein Menschenknochen.«

Kapitel 8

Familie Feuchtwanger saß mit Bendix um den Küchentisch herum und sah gebannt auf den bräunlich gelben Knochen, der auf ein paar Blättern Zeitungspapier in der Mitte des Tisches lag. Elli hatte ihn unter dem Wasserhahn abgespült und von den Erdresten gereinigt. Jetzt lag er feucht glänzend vor ihnen. Ronnie war, seines Fundes beraubt, zurück an seinen Platz neben dem Ofen getrottet und hatte den Kopf auf die Pfoten gelegt. Er sah aus, als würde er die Stirn runzeln. Vater Feuchtwanger hatte mit der Autorität des ehemaligen Polizeibeamten behauptet, der Knochen wäre mindestens hundert Jahre alt. »Wie kannst du dir so sicher sein«, wollte Elli wissen. »Vielleicht ist er noch älter«, fiel Lona ein. »Vielleicht stammt er sogar aus der Bronzezeit.« Aufgeregt klatschte sie in die Hände. »Stellt euch vor, Ronnie hat gar einen archäologisch wichtigen Fund gemacht.« Ronnie, der seinen Namen gehört hatte, hob den Kopf und wedelte träge mit dem Schwanz.

»Der Fund muss jedenfalls der Polizei gemeldet werden«, sagte Vater Feuchtwanger. Alle um den Tisch Versammelten sahen ihn groß an. »Das ist Vorschrift«, behauptete der pensionierte Kriminalhauptkommissar. »Bei Knochenfunden, egal, wie alt, muss die Polizei verständigt werden. Selbst wenn man sich sicher ist, dass der Fund aus einem der letzten Jahrhunderte stammt, weil die Polizei bei jeder unnatürlichen Todesart ermitteln muss. Das kann der Laie ja oft gar nicht richtig einschätzen. Auch bei sehr alten Knochen laufen die polizeilichen Ermittlungen ab wie beim Fund einer frischen Leiche. Erst wenn die Polizei festgestellt hat, dass es sich um kein Verbrechen handelt, wird ein Archäologe dazugezogen. Der Archäologe bestimmt dann, ob der Fund historisch wertvoll ist oder nicht.«

»Na, viel Glück dabei, hier eine Polizeistation zu finden.« Mutter Feuchtwanger deutete mit einer vagen Handbewegung zur Tür.

»Das muss ja nicht sofort sein«, fiel ihr Mann ein. »Wir melden den Fund, wenn wir wieder zurück auf dem Festland sind.« Er lächelte, »Da ich nicht davon ausgehe, dass ein Verbrechen vorliegt, besteht auch kein Grund zur Eile.«

»Was passiert mit dem Knochen, wenn die Polizei ihn wieder freigibt?«, wollte Lotti wissen, schob die Hände in die Hosentaschen und lehnte sich auf dem Stuhl zurück.

»Hier gilt die Regel, was im Boden bleiben kann, bleibt auch dort. Die Knochen werden normalerweise wieder begraben, wo sie gefunden wurden. Außer das ist nicht möglich, zum Beispiel wegen Bauarbeiten.«

»Und was passiert, wenn der Archäologe bestimmt, dass die Knochen von historischer Bedeutung sind?«, fragte Lona, die offenbar immer noch hoffte, Ronnies Fund wäre aus der Bronzezeit.

»Dann werden sie archiviert und für mögliche weitere Forschungen eingelagert.« Vater Feuchtwanger schnäuzte sich. »Solche Fälle hatten wir in Regensburg oft.« Er steckte sein Taschentuch zurück und lächelte. »In fast jeder Baugrube werden in der Regensburger Altstadt Knochen oder Scherben gefunden.« Er schob seinen Stuhl zurück und stand auf. »In Irland wird das bestimmt ähnlich gehandhabt.«

»Wir wissen aber nicht, wo Ronnie den Knochen gefunden hat«, wandte Elli ein.

»Genau«, stimmte Lona ihr zu, »wir sollten den Fundort suchen. Bestimmt liegen dort ganze Skelette. Mit Grabbeigaben!« Sie verschränkte die Finger auf dem Tisch und beugte sich vor. »Wäre es nicht der Wahnsinn, wenn wir ein Gräberfeld aus der Bronzezeit entdecken würden?«, flüsterte sie und sah alle mit großen Augen an. »Vielleicht sogar einen wertvollen Schatz?«

»Das wäre in der Tat interessant«, stimmte Bendix ihr zu. »Grabbeigaben geben Auskunft über Bestattungssitten, Jenseitsvorstellungen und Totenkult. Mit anderen Worten: Grabbeigaben legen Zeugnis ab über das Leben schriftloser Kulturen.«

Lona stieß ihren Stuhl zurück und stand auf. »Worauf warten wir noch? Wer kommt mit?« Ihre blauen Augen blitzten vor Abenteuerlust. Elli und Lotti sahen sich an. Dann schauten sie aus dem Fenster. Der Regen hatte aufgehört. Sogar das Tosen des Windes klang nicht mehr so wütend. Elli stand auf und ging zum Fenster. Bleierne Wolken jagten am steingrauen Himmel entlang. »Es wird bald wieder regnen«, sagte sie.

»Ein Grund mehr, jetzt gleich zu gehen«, meinte Lona und zog ihren bunt geblümten Regenmantel an. Bendix tat es ihr gleich, und zu Ellis Überraschung standen auch ihre Eltern vom Tisch auf und zogen ihre Jacken an. Mutter Feuchtwanger kramte ein Beanie aus der Jackentasche und stülpte es sich über die Ohren. Die in verschiedenen Blautönen gestreifte Kopfbedeckung passte farblich perfekt zu ihrer schicken Regenjacke. Sie schob ihre Haare unter die Mütze und sah Elli dabei fragend an. »Was ist? Kommst du nicht mit?«

Elli nahm ihre alte Regenjacke vom Trockengestell und schlüpfte hinein. »Ronnie, bei Fuß«, sagte sie und zog den Reißverschluss bis unters Kinn zu. Ronnie stand bereits neben der Tür und bekundete schwanzwedelnd seine Freude auf einen Spaziergang. Lotti trat an Elli heran. »Meinst du, er findet die Stelle wieder?« Sie deutete mit dem Kopf auf Ronnie, während sie sich ein breites schwarzes Stirnband aus Mikrofasern über die Ohren zog. Ihre knallgelbe Regenjacke erinnerte Elli an die Friesennerze ihrer Kindheit. Als die drei Feuchtwanger-Mädchen mit ihren Eltern auf Urlaub an der Nordsee waren und es zwei Wochen lang nur geregnet hatte. Elli betete zu Gott, dass ihr gemeinsamer Urlaub diesmal nicht wieder so nass werden würde.

Lotti schien ihre Gedanken gelesen zu haben, denn sie sagte: »Wisst ihr noch, als wir damals an der Nordsee waren und es zwei Wochen lang nur geregnet hat?« Sie lachte. »Gegen das Wetter hier in Irland war das nur Pillepalle.«

Im Handumdrehen waren alle ausgehfertig. Vater Feuchtwanger hielt seinen Damen die Tür auf. Auf den Stufen des *Teach pobail* blieben sie stehen und sahen zum Ufer hinunter. Luft und Meer schienen ineinander verschmolzen zu sein. Der steingraue Himmel spiegelte sich im Wasser und wurde eins mit den Wellen. Regenschwere Wolken jagten über die unruhige See. Böiger Wind riss an ihren Jacken. Ihre Hosenbeine flatterten laut. Elli zog sich die Kapuze über den Kopf und band sie unterm Kinn fest. »Ronnie, such«, forderte sie ihren Hund auf.

Ronnie sah sie fragend an. Dann senkte er pflichtbewusst die Nase und lief den steinigen Weg entlang Richtung Kirche. Lona nahm Bendix bei der Hand, und beide liefen kichernd dem Hund nach. Lonas schwerer blonder Zopf tanzte auf dem Rücken ihres bunt geblümten Regenmantels hin und her. »Kindsköpfe«, murrte Vater Feuchtwanger.

Sie gingen an den Überresten der Kirche St. Leo vorbei. Der Putz des einfachen rechteckigen Gebäudes war an vielen Stellen abgeplatzt, sodass das Gerippe der Mauern, das aus verschieden großen Feldsteinen und Schieferplatten bestand, sichtbar war. An den Giebelenden erhob sich jeweils ein einfaches steinernes Kreuz. Eine einsame Krähe saß auf einem der Kreuze und beäugte sie misstrauisch. Ein spitz zulaufendes schmales Fenster war an der Stirnseite der Kirche zu sehen, zwei weitere an den Seiten. Elli fragte sich, ob früher einmal buntes Bleiglas die leeren Öffnungen geziert hatte, durch die jetzt unbarmherzig der Wind pfiff. Dach gab es keines mehr. Bröckelnde Steinmauern umschlossen den mit hohem Gras zugewachsenen Vorhof. »Vielleicht hat der Hund den Knochen vom Friedhof«, mutmaßte Vater Feuchtwanger. Elli sah sich um. »Der Friedhof muss woanders sein. Hier ist er nicht.«

Mutter Feuchtwanger zupfte ihr Beanie tiefer über die Ohren. »Trostlos« sagte sie. »Hier willst du nicht begraben sein.« Sie steckte beide Hände bibbernd zurück in die Jackentaschen. »Und das im Hochsommer. Wie mag es hier erst im Winter sein.«

Manfred Feuchtwanger legte einen Arm um seine Frau. »Komm her und lass dich wärmen«, sagte er und zog sie an sich. »Dafür ist die Aussicht einmalig.« Er beschrieb einen weiten Bogen mit seiner freien Hand. »Gib zu, dass du so etwas noch nie gesehen hast.«

Inishbofin lag hinter einem grauen Vorhang aus Wind

und Wolken vor ihnen in der Ferne. Brigitte Feuchtwanger hob den Kopf und wollte gerade etwas erwidern, als lautes Rufen zu ihnen drang. Lottis knallgelbe Jacke war in der Entfernung gut zu erkennen, und es sah aus, als würde sie winken. »Ich glaube, sie haben was gefunden«, sagte Elli und fing an zu laufen.

Kapitel 9

Auf einer Anhöhe unweit der Anlegestelle stießen sie auf Lotti. »Lona und Bendix sind dort unten«, sagte sie und deutete Richtung Meer. Elli sah sich um. Der alte Friedhof war von einer niedrigen, an vielen Stellen verfallenen Steinmauer umgeben. Einfache Grabsteine erhoben sich hier und da über dem harten sturmgepeitschten Gras. Vereinzelt standen verwitterte Steinkreuze schief auf dem verlassenen Gottesacker. Selbst dem tosenden Wind gelang es nicht, die Melancholie zu vertreiben, die über dem verwaisten Friedhof hing.

Elli ging langsam durch die seit der Evakuierung unberührten Grabreihen. Viele Inschriften waren kaum noch zu entziffern. Regen, Wind und Salz hatten die Spuren der Bewohner unkenntlich gemacht. Wie mochte das Leben dieser Menschen gewesen sein? Hart und entbehrungsreich, wie die Namensdeutung der Insel *Inish Airc, Hardship* vermuten ließ? Eine eingeschworene Gemeinschaft, die der Natur ein karges Leben abgetrotzt hatte? Familien, die sich gegenseitig dabei halfen, das Beste aus dem felsigen Boden herauszuholen? Kinder, die früh mithelfen mussten, aber frei und unbekümmert aufwuchsen? Oder hatte es auch hier Neid und Missgunst gegeben? Rivalitäten und Konkurrenzdenken? Wie würde das Leben auf der Insel heute aussehen, wenn die irische Regierung einen sicheren Hafen gebaut hätte, statt die Einheimischen aufs Festland umzusiedeln? Vielleicht ähnlich wie auf der Nachbarinsel Inishbofin, wo es eine lebendige Inselgemeinschaft gab und viele vom Tourismus lebten.

Elli, die eigentlich nicht zur Schwermut neigte, fand den tristen Friedhof unsagbar traurig. Eine Böe riss ihr die Kapuze vom Kopf. Elli tauchte aus ihren Gedanken auf und sah sich nach ihrer Familie um. Wo waren alle? Sie band ihre Kapuze wieder unterm Kinn fest, warf einen besorgten Blick auf die einfallende schiefergraue Wolkenwand und ging weiter Richtung Meer. Der Regen würde nicht lange auf sich warten lassen. Sie entdeckte die bunten Regenjacken ihrer Familie am Ende des abschüssigen Friedhofs. Lotti sah sie und winkte sie zu sich. »Schau mal, Elli. Es sieht aus, als wäre ein Teil des Friedhofs ins Meer gefallen.« Sie standen an einer Abbruchkante. Unter ihnen waren Erdreich, Grabsteine und Schiefer den Hang hinabgerutscht. Wenige Meter vor ihnen krachten weiß schäumende Wellen an Land.

»Ist das die Stelle, wo Ronnie den Knochen gefunden hat?« Elli beugte sich vor und versuchte, im Geröll menschliche Überreste zu entdecken. »Schwer zu sagen.« Lotti hatte einen Schritt zurück gemacht. »Geh lieber nicht so nah ran. Wir wollen doch keinen neuen Erdrutsch auslösen.«

Lona und Bendix gesellten sich zu ihnen. Lonas schwerer Zopf stand fast waagrecht im Wind. »Sieht aus, als wären ein paar der alten Gräber ins Meer abgerutscht.«

Bendix dozierte: »Die häufigste Ursache für einen Erdrutsch sind gewaltige Mengen Wasser. Mit anderen Worten: Wegen zu geringer innerer Haftreibung erfolgt ein Verlust der Stabilität.«

Lona strahlte ihn an. »Was du alles weißt, Bendix.«

Lotti verdrehte unmerklich die Augen.

»Ich denke, wir konnten Ronnies Knochenfundort ausmachen«, rief Vater Feuchtwanger hinter ihnen.

»Geht bitte von der Klippe weg!« Mutter Feuchtwangers Stimme schnitt mühelos durch den Wind.

»Mama, das ist keine Klippe. Nicht einmal ein Klippchen.« Elli konnte es nicht lassen, ihrer Mutter zu widersprechen. »Die richtig hohen Klippen sind im Westen der Insel.« Sie ging auf ihre Eltern zu. »Du meinst auch, dass der Schienbeinknochen von hier stammt?«, fragte sie ihren Vater.

Der zuckte mit der Schulter. »Ich denke schon. Zumindest scheint das die logischste Erklärung zu sein.« Er sah über Ellis Schulter. »Wir sollten machen, dass wir heimkommen. Da zieht ein Riesenunwetter auf.«

Sie schlängelten sich durch die Gräber zurück zum Ausgang. Plötzlich bemerkte Elli ein Grab, das, anders als die anderen Gräber, über und über mit Schieferplatten bedeckt war. Ihre Neugier war geweckt, und sie ging auf das Grab zu, um es sich genauer anzusehen. Lotti folgte ihr. Auf der obersten Platte nahe des niedrigen aufrechten Grabsteins lagen drei weiße Tonpfeifen. Elli bückte sich und betrachtete die Pfeifen aus der Nähe. Der Name *Hynes* war in Großbuchstaben in den Schaft gedruckt. Die Pfeifen wirkten, als wären sie erst gestern dort abgelegt worden.

»Das war vermutlich der Hersteller«, meinte Elli und deutete mit dem Finger auf den Firmennamen.

»Hier ist noch so ein Grab!« rief Lotti.

Elli folgte ihr und sah, dass auch dort große Schieferplatten auf dem Grab lagen, mit Tonpfeifen als Grabbeigabe obendrauf. »Solche Gräber hab ich noch nie gesehen«, murmelte Elli wie zu sich selbst. Lotti meinte wenig pietätvoll: »*Smoking kills.*« Elli sah sie tadelnd an. »Mich wundert, warum nur diese beiden Gräber mit Schieferplatten bedeckt sind und die anderen nicht.«

»Mich wundert, dass diese Pfeifen noch da sind und nicht von irgendwelchen Touristen als Souvenir mit nach Hause genommen wurden«, sagte Lotti und blickte nach oben. »War das ein Regentropfen?«

Elli hob das Gesicht zum Himmel. »*Shit*, jetzt aber schnell«, rief sie und fing an zu laufen. Lotti hechtete hinterher. »Wo ist Ronnie?«, rief Elli gegen den Wind an und hielt ihre Kapuze fest. »Ist der mit Mama mit?« Sie drehte den Kopf nach allen Seiten, konnte den Hund jedoch nirgends entdecken. Sie stolperten über dicke Grasbüschel, bis sie an den steinigen Weg gelangten, der zum Gemeinschaftshaus führte. »Ronnie!« rief sie, »Ronnie!« Sie blieben stehen und schrien Ronnies Namen in alle Himmelsrichtungen. Endlich gaben sie auf und rannten Richtung Dorf.

»Der ist bestimmt bei den anderen. Ist ja nicht dumm, der Hund«, keuchte Lotti neben ihr, während sie den Hügel hinaufliefen. Regentropfen prasselten auf sie herab. Der Wind heulte. Orkanartige Böen holten sie beinahe von den Füßen, der Regen schien von allen Seiten auf sie einzuhämmern. Sie liefen geduckt nebeneinanderher. Hielten die Kapuzen mit einer Hand fest, obwohl so das kalte Regenwasser in den Jackenärmel hinein- und innen den Arm hinunterlief. Endlich beim *Teach pobail* angekommen, stürmten sie die zwei Stufen zur Tür hoch und rissen sie auf. Ronnie lag warm und trocken neben dem Ofen und hob den Kopf, als sie hereinkamen. Er stellte die Ohren auf und sah sie fragend an. So als wollte er sagen, wo habt ihr euch denn bei dem Sauwetter herumgetrieben.

Ellis Mutter schimpfte sofort: »Wollt ihr euch den Tod holen, da draußen? Wo wart ihr so lange?«

Elli und Lotti schälten sich aus ihren Jacken und hängten sie auf das hölzerne Trockengestell über dem Küchenofen.

»Gut, dass ich die Glut von heute Morgen wieder anfachen konnte«, sagte Vater Feuchtwanger zu seinen Töchtern, die bibbernd und frierend neben dem Ofen standen. »Danke, Papa«, antworteten beide wie aus einem Mund. Elli nahm einen Torfballen aus dem Korb und schob ihn ins lodernde Feuer. »Ich stell mich unter die Dusche«, sagte Lotti und verschwand im Badezimmer. Kurz darauf öffnete sich die Badezimmertür einen Spalt, und Lotti reichte Elli ihre nasse Kleidung mit der Bitte, sie aufzuhängen.

Elli tat, wie ihr geheißen. Sie sah aus dem Fenster. Mit einem Mal war es dunkel geworden. So, als würde jemand die Rollos herunterlassen, verschwand das Licht aus dem Zimmer. Eine Sekunde lang war es totenstill, dann warf sich der Regen mit solcher Wucht gegen die Fenster, dass Elli zusammenzuckte. Ihrer Mutter entfuhr ein leiser Aufschrei. Auch ihr Vater, Lona und Bendix sahen sich erschrocken an. Elli ging zur Tür und drehte den Lichtschalter an. Sie würde Lotti bitten müssen, den Kraftstofftank des Generators nachzufüllen. Elli hatte keine Ahnung, wie lange eine Tankfüllung vorhalten würde. Sie war nur dankbar, dass der Generator auch bei Wind und Wetter seine Arbeit tat.

»Wie wäre es mit Bratkartoffeln zum Mittagessen?«, fragte sie ihre verstört dreinschauende Familie. »Mit Spiegelei.« Elli versuchte normal zu klingen. Doch auch ihr war angesichts dieser gewaltigen Wetterfront mulmig zumute. »Und danach spielen wir eine Runde Rommé.« Sie nahm einen großen Topf aus dem Küchenschrank und füllte ihn mit Kartoffeln. Dann goss sie Wasser hinein, legte den Deckel obenauf und stellte ihn auf die große Herdplatte. »Immerhin haben wir Kartoffeln«, versuchte sie ihre Familie aufzuheitern. »Wisst ihr eigentlich, dass der irische Pro-Kopf-Verbrauch in 19. Jahrhundert bei 1500 Kilo im Jahr lag?« Elli ging zum Sofa und ließ sich drauffallen. »Heute isst der Durchschnitts-Ire immerhin noch gut und gern 100 kg Kartoffeln im Jahr.«

Mutter Feuchtwanger hob den Kopf und klemmte ihren Zeigefinger in das Buch, das sie gerade las. »Unser Irland-Urlaub wird ja immer authentischer«, nörgelte sie. »Wir sitzen auf einer steinigen Insel im Regen fest und haben als einziges Nahrungsmittel kiloweise Kartoffeln zum Essen.«

»Und Crunchie Bars«, warf Lotti lachend ein, die, in ein breites Handtuch gewickelt, aus dem Badezimmer gekommen war.

Mama Feuchtwanger ignorierte ihre älteste Tochter und sagte streng: »Elli, ruf doch noch mal diesen Skipper an, erkundige dich nach der Wettervorhersage und frag ihn, wann er wieder rausfährt.«

Elli, die eigentlich zuerst Seán hatte anrufen wollen, tat, was ihre Mutter verlangte, und suchte Pius' Nummer in ihrem Handy. Dann drückte sie die Taste mit dem grünen Telefonhörer. Das doppelte Rufzeichen erklang dreimal, bis sich jemand mit einem schroffen *»Hello«* meldete. *»Hello, Pius?«*, rief Elli laut, um den Regen zu übertönen. »Hier ist John-Paul«, sagte John-Paul. »Pius ist nicht da. Er ist ...« Elli wartete. Dann rief sie: »Hallo?« Als sie keine Antwort bekam, schrie sie in den Hörer: »John-Paul, hallo! Hören Sie mich?« Sie starrte auf ihr Handy. »Das kann doch nicht wahr sein!« Kein einziger Balken. Sie hatte kein Netz! Was war denn jetzt schon wieder los? Sie hob die Augen und sah ihre Familie nacheinander mit bebender Unterlippe an. »Ich hab kein Netz.«

Kapitel 10

»Hier steht, dass sich die Mobilfunkbasisstation auf Inishbofin befindet und ein Verstärker das Signal an den Funkempfänger im *Teach pobail* weiterleitet.« Vater Feuchtwanger saß am Küchentisch mit einer Infomappe vor sich, wie man sie auch in Hotelzimmern vorfindet. »Woher hast du die Mappe?«, wollte Elli wissen.

»Die lag unter den ganzen Werbebroschüren in der Schublade vom Küchenschrank«, murmelte ihr Vater und blätterte weiter. »Eigentlich recht informativ. Da sind genaue Anleitungen drin: wie der Generator läuft, wie der Küchenofen angezündet wird, wie die Toiletten und die elektrische Dusche funktionieren und so weiter. Alles in drei Sprachen erklärt«, sagte er und klappte die Mappe mit einem Schnappen wieder zu. »Damit ist auch klar, warum wir immer nur hier ein Netz gehabt haben und sonst nirgends. Vielleicht hat der Wind den Empfänger am Haus verdreht. Wenn der Sturm nachlässt, schau ich mal nach.« Er stand vom Küchenstuhl auf und setzte sich neben seine Frau aufs Sofa. »Wann gibt es Mittagessen?« Mama Feuchtwanger zuckte mit den Schultern.

Elli ging zum Küchenofen, hob den Deckel vom Topf und stach mit der Gabel in eine Kartoffel. »Dauert nicht mehr lange.« Sie goss die Kartoffeln ab und stellte den vollen Topf zurück auf den Herd, um die gekochten Kartoffeln ausdampfen zu lassen. Sie nahm zwei Zwiebeln aus dem Karton und schnitt sie in kleine Würfel. Anschließend stellte sie zwei Bratpfannen auf die Kochplatten, goss Öl hinein und gab jeweils eine der gewürfelten Zwiebel in die Pfanne. »Kann von euch jemand die Kartoffeln pellen«, rief sie ihrer Familie über die Schulter zu und begann damit, die Zwiebelwürfel anzuschwitzen. Der Duft karamellisierender Zwiebeln ließ ihr das Wasser im Mund zusammenlaufen. Lotti und Lona übernahmen das Pellen. Lotti war immer noch in das Handtuch gewickelt. Ihre dunklen kurzen Locken glänzten feucht. »Willst du dich nicht langsam wieder anziehen?«, fragte Lona. Lotti befühlte ihre Jeans auf dem Trockengestell. »Die sind noch ein bisschen feucht«, sagte sie. »Bei dem Wetter mag ich nicht in mein Cottage gehen, um trockene Anziehsachen zu holen.«

»Meine Hose ist schon fast wieder trocken«, meldete sich Elli. »Der Küchenofen wärmt wunderbar.«

»Du hättest dich auch ausziehen und warm duschen sollen«, unkte ihre Mutter. »Du holst dir ja den Tod in den nassen Sachen.« Dann steckte sie die Nase zurück in ihr Buch. Elli warf ihr einen finsteren Blick zu. Das war der Nachteil, wenn man mit seinen Eltern in den Urlaub fuhr, dachte sie. Man bleibt immer Kind und wird wie ein Kind behandelt.

Sie nahm die geschälten Kartoffeln von Lotti entgegen, schnitt sie in Scheiben und verteilte sie auf beide Pfannen. Das heiße Öl spritzte; Elli ruckelte die Pfannen, damit die Kartoffeln nicht anbrannten. »Gar nicht so leicht, auf einem Holzofen zu kochen«, rief sie laut, um das Brutzeln zu übertönen. »Man kann die Hitze nicht regulieren wie bei einem Gas- oder Elektroherd.« Elli schwitzte über dem heißen Ofen. Bratkartoffelduft erfüllte den Raum. Die mehligen Kartoffeln zerfielen fast zu Brei. Elli füllte die goldbraune Kartoffelmasse in eine Warmhalteschüssel, goss Öl in die Pfannen nach und schlug die Eier auf. »Kann schon mal jemand den Tisch decken«, rief sie, ohne sich umzudrehen. Das Eiweiß bildete Blasen im heißen Fett und verfärbte sich dunkelbraun an den Rändern. Elli gab jeweils zwei Spiegeleier auf die Teller und reichte sie an ihre Schwestern weiter, die sie auf dem Esstisch verteilten. Zum Schluss stellte sie die große Schüssel mit Bratkartoffeln in die Mitte. »Bitte bedient euch«, sagte sie und steckte einen Servierlöffel in die Kartoffelmasse.

»Das sollen Bratkartoffeln sein?« Ihre Mutter lugte über den Schüsselrand und rümpfte die Nase. Vater Feuchtwanger nahm sich zwei große Portionen und fing an zu essen. »Schmecken ausgezeichnet«, bekundete er mit vollem Mund. Auch die anderen nahmen sich zuerst zögernd von der Kartoffelmasse. Bald darauf war die Schüssel leer, und alle saßen gesättigt und zufrieden am Küchentisch. »Schön waren sie nicht, deine Bratkartoffeln«, meinte Lotti, »aber volle Punktzahl für den Geschmack.«

Elli zuckte die Achseln. »Für Bratkartoffeln braucht man festkochende Sorten. Gibt es in Irland aber kaum welche. Die Iren lieben mehlig kochende Kartoffeln. Je mehliger, desto besser.« Sie begann, die Teller einzusammeln. »Morgen kann jemand anders kochen.« Sie schichtete das Besteck auf die bunten Teller und trug alles zum Spülstein. »Freiwillige vor!« Elli sah nicht ein, dass sie in ihrem Urlaub die ganze Arbeit machen sollte, während andere – sie sah kurz zu ihrer Mutter hinüber – nur herummäkelten.

»Wir kochen morgen.« Lona strahlte in die Runde. »Nicht wahr, Bendix?«

»Sehr gern, meine Liebe. Mit anderen Worten: Wir werden morgen etwas Leckeres für euch zaubern.«

Mutter Feuchtwanger machte leise »hmpf«.

»Ich spüle heute ab«, sagte Lotti. »Setz dich hin.«

»Danke dir«, murmelte Elli zerstreut und sah zu Ronnie hinüber. Was sollte sie dem Hund zu fressen geben? Zu blöd, dass das Hundefutter, von dem sie etliche Dosen eingekauft hatte, in den verwechselten Paketen auf Inishbofin geblieben war. Sie holte eine Büchse Corned Beef aus dem Küchenschrank. Ronnie verfolgte jede ihrer Bewegungen mit großem Interesse. Als Elli seine Schüssel hochnahm, stand er auf und wedelte erwartungsvoll mit dem Schwanz. Er setzte sich neben sie und hob den Kopf. Die Dose in Ellis Hand ließ er keine Sekunde aus den Augen. Als Elli die Büchse mit Corned Beef öffnete, tropfte Speichel von Ronnies Lefzen. Elli schüttete die Fleischmasse in Ronnies Schüssel und zerteilte sie. Dann gab sie zwei Löffel Haferflocken und eine gekochte Kartoffel dazu. »Gell, du hast Hunger«, sagte sie leise und schlug zu guter Letzt noch ein Ei über die Menge, rührte alles zusammen und stellte die Schüssel vor Ronnie auf den Boden. Der große Labrador stürzte sich darauf. Nach wenigen Minuten war die Schüssel leer. Elli wusch sie aus, füllte sie mit Wasser und stellte sie zurück neben die Eingangstür.

Sie schaute aus dem Fenster. Der Regen schien eine Pause zu machen. Das Gras bog sich im Wind. Vereinzelte Seevögel segelten über den weiß schäumenden stahlgrauen Wellen. Elli zog ihr Handy aus der Hosentasche. Sie drückte die Anruftaste, versuchte Seáns Nummer, versuchte Pius' Nummer – nichts funktionierte. Sie hatte kein Netz. Ihr Blick wanderte hinüber nach Inishbofin. Ein knapper Kilometer lag zwischen ihnen und der größeren Nachbarinsel. Und doch war es, als lägen Welten zwischen ihnen. Elli nahm ihre Regenjacke vom Trockengestell. »Ich schau mal, ob ich weiter oben eine Verbindung bekomme«, sagte sie zu ihrer Familie, die es sich mit Tee und Büchern auf den Sofas bequem gemacht hatte. »Will jemand mitkommen?« Alle sahen auf. »Nö, geh du nur«, meinte Lona träge. »Wir verdauen erst mal, nicht wahr, Bendix?« Bendix nickte nur »mhm« und blätterte zur nächsten Seite seines Buches mit keltischen Sagen. Auch Mama und Papa Feuchtwanger verneinten. »Vielleicht später«, sagte ihre Mutter, trank einen Schluck Tee und steckte die Nase zurück in ihr Buch von Maeve Binchy. Papa Feuchtwanger legte den Kopf in den Nacken, schloss die Augen und verschränkte die Hände auf seinem Bauch. »Vielleicht später«, brummte auch er und war im nächsten Moment eingenickt. Lotti sagte: »Wenn wir hier kein Netz haben, dann wird es weiter oben auch keins geben.« Sie stellte einen Teller in das Abtropfgestell. »Bleib lieber hier. Es fängt bestimmt bald wieder an zu regnen.«

Elli sah Ronnie an. Der Labrador legte den Kopf auf die Pfoten und schielte zu ihr auf. Bei dem Hundewetter bringen mich keine zehn Pferde vor die Tür, schien er sagen zu wollen. Er rollte sich neben dem Ofen zusammen und schloss die Augen. Na schön, dachte Elli. Geh ich eben allein.

Sobald sie vor die Tür getreten war, bereute sie ihren Entschluss. Der Wind riss an ihrer Kleidung und blies ihr die Haare in die Augen. Ihr Gesicht schmerzte wie von tausend kleinen Nadelstichen. Sie stapfte den steinigen Weg entlang, der vom Dorf hinaus- und den Hügel hinaufführte. Die Insel lag an ihrer höchsten Stelle knapp hundert Meter über dem Meeresspiegel. Elli dachte, das würde sie locker schaffen, doch sie hatte nicht mit der

Wucht des Windes gerechnet. Sie brach ihr Vorhaben ab und entschied sich, um die Anhöhe herumzugehen. Vielleicht ließe sich der Hügel von der anderen Seite leichter erklimmen. Sie zog sich die Kapuze über den Kopf, schob ihre Haare hinein und verknotete die Schnur unter dem Kinn. Dann steckte sie die Hände in die Jackentaschen und spazierte los. Der steinige Weg verengte sich bald zu einem Pfad. Je weiter sie in das Innere der Insel vordrang, umso unberührter war die Umgebung. Sie hörte nur das Heulen des Windes und das gelegentliche Kreischen eines Vogels. Vereinzelt grasende Schafe hoben wachsam ihre Köpfe, als Elli an ihnen vorüberging. Ihre dick verfilzte Wolle wogte zerzaust im Wind. Auf dünnen schwarzen Beinen mit weißen Einsprenkelungen rannten sie schutzsuchend von Elli weg, um sie schließlich aus sicherer Entfernung aus ihren waagrecht lang gezogenen Pupillen anzustarren. Elli hoffte, dass keines der Tiere auf die Idee kommen würde, sie auf die Hörner zu nehmen. Der schmale Weg, dem sie folgte, verengte sich zu einem Trampelpfad. Schafsköttel säumten den Wegesrand, und Elli fragte sich, ob sie nur den Laufwegen der Tiere nachstieg. Bisher konnte sie keine Abzweigung erkennen, die sie den Hügel hinaufgeführt hätte. Sie zog ihr Handy heraus und überprüfte die Anzeige: kein Netz. Elli wusste, dass die Insel nur knapp 1,5 Kilometer breit und 2,5 Kilometer lang war. Trotzdem wollte sie sich auf gar keinen Fall verlaufen und vom Regen überrascht werden. Nirgends gab es eine Möglichkeit, sich unterzustellen. Keinen Baum, kein Nichts. Der Trampelpfad hatte sie vom Hügel weg und auf verschlungenen Wegen zurück Richtung Küste geführt. Dunkle Wolken flogen tief über die Insel hinweg. Bald würde es wieder zu regnen beginnen.

Elli wollte gerade umkehren, als sie in der Entfernung

ein Haus zu erkennen glaubte. Hatte der Weg sie zurück ins Dorf geführt? Elli, deren Orientierungssinn noch nie besonders ausgeprägt war, folgte dem Pfad. In der Ferne konnte sie Inishbofin und das Meer ausmachen. Anscheinend war sie näher an der Küste, als sie gedacht hatte. Es fing an zu tröpfeln. Elli beeilte sich. Es war nicht einfach, auf dem matschigen Pfad zu laufen. Geröll und dicke Grasbüschel wechselten sich mit tiefen Rillen und Pfützen ab, die der Regen hinterlassen hatte. Elli hastete vorsichtig weiter. Sie wollte sich auf keinen Fall den Fuß vertreten oder den Knöchel verstauchen, oder – noch schlimmer – sich gar ein Bein brechen. Gerade als sie bei dem winzigen Steinhaus angekommen war, öffneten sich die dunklen Wolken und entluden ihre nasse Last über der Insel. Hastig schlüpfte sie unter das rostrote Wellblechdach, das ein wenig über der Haustür vorstand. Der Regen traf sie von der Seite. Trotz des Unterstands würde sie innerhalb weniger Minuten komplett durchnässt sein. Sie drehte am Türknauf. Die Holztür schwang auf knirschenden Scharnieren nach innen. Zögernd trat Elli in den ebenerdigen Raum ein. »Hallo?«, sagte sie und fragte sich sogleich, warum sie das gesagt hatte. Sie waren doch allein auf der Insel. Elli sah sich um. Im trüben Licht, das durch ein einziges schmales Fenster fiel, erkannte sie einen Holztisch, zwei Stühle, ein Regal mit Büchern und ein wenig Geschirr. In der hintersten Ecke stand ein Bett. Auf dem Bett lag ein glänzender blauer Schlafsack.

Kapitel 11

Der Regen hämmerte an die Tür und trommelte ein Stakkato auf das Wellblechdach. Es klang wie das Maschinengewehrfeuer in alten Mafia-Filmen. Regungslos stand Elli neben der dunkelgrün gestrichenen Tür, deren Farbe in langen Streifen abblätterte und darunter mehrere Schichten hellgrüner und roter Farbe freigab. Ihre Hand lag auf dem Türknauf. Sie fühlte das kalte Metall, spürte jede Delle und jeden Kratzer des abgenutzten Türgriffs. Tief zog sie die Luft in ihre Lungen. Vor Schreck hatte sie aufgehört zu atmen. Vor ihren Augen begann es zu flimmern. Ihr war schwindlig. Sie zwang sich einzuatmen. Laut hörbar sog sie die Luft in abgehackten Stößen ein und aus. Versuchte, sich zu beruhigen. Ihr Puls raste. Ihre Blicke flogen in jede Ecke der winzigen Steinhütte. Sie vergewisserte sich, dass sie allein in dem Ein-Zimmer-Cottage war. Sie starrte auf den Schlafsack, der auseinandergerollt auf der einfachen Bettstatt lag. Es war ein modern aussehender Mumienschlafsack. Dunkelblau mit orangefarbenem Innenfutter.

Elli holte tief Luft, nahm ihre Hand vom Türknauf und ging langsam zu dem Bett hinüber. Hastig warf sie einen Blick aus dem Fenster. Das Regenwasser lief in breiten Strömen am Glas hinunter und verschleierte ihr die Sicht. Sie fuhr mit der Hand leicht über das Fußende des Schlafsacks. Kein Staub. Sie legte den Kopf schräg und sah sich die Bücher auf dem Regal neben dem Tisch an. Die Titel handelten fast alle von Ornithologie. Auf dem Nachtschränkchen neben dem Bett lag aufgeschlagen und mit dem Umschlag nach oben ein Krimi von Ann Cleeves, *Die Nacht der Raben.* Sie fuhr mit dem Finger über das oberste Regalbrett. Auch hier keine Spur von Staub. Elli sah sich den Tisch genauer an: Alles schien sauber und staubfrei zu sein. Eine rote Tasse, die mit einem blauen Werbeschriftzug für Schokoladenkekse bedruckt war, stand in der Mitte des Tisches. Eine braune Flüssigkeit bedeckte den Tassenboden. Jetzt erst bemerkte sie den kleinen schwarzen Holzofen, der geduckt im offenen Kamin an der linken Steinwand der Hütte stand. Auf der Heizplatte eine bauchige Aluminiumkanne. Daneben war ein einfaches Holzregal an die Wand gelehnt. Mehrere Dosen, eine Schachtel Teebeutel und eine Tüte Zucker waren darauf gestapelt. Elli ging hinüber, um die Beschriftungen der Dosen zu lesen. Bohneneintopf, Ravioli, Spaghetti Hoops. Die Auswahl war begrenzt, aber staubfrei. Elli fühlte eine leichte Wärme an ihren Beinen. Vorsichtig hielt sie die Hand über den Ofen, legte sie schließlich flach auf die raue metallene Oberfläche: Sie war warm.

Kapitel 12

Elli stolperte mit ihren klobigen Wanderschuhen über die Schwelle des *Teach pobail* und schlug der Länge nach hin. Ihre Familie sprang erschrocken auf und scharte sich um sie, als sie, von Kopf bis Fuß durchnässt und mit Schlamm besudelt, wie ein geprellter Frosch auf dem Fußboden des Gemeinschaftshauses lag. Lotti schlug die Tür zu, um den Regen und die Kälte auszusperren. »Was um Himmels willen ist mit dir passiert!«, rief ihre Mutter.

»Hast du dir wehgetan?« Lona versuchte, Elli beim Aufstehen behilflich zu sein.

»Du siehst aus wie eine ertränkte Maus.« Lotti hakte Elli auf der anderen Seite unter, und zusammen stellten Lona und sie Elli wieder auf die Beine.

Vater Feuchtwanger, der aus tiefstem Schlummer hochgeschreckt war, schüttelte das ergraute Haupt. »Unverantwortlich, bei dem Wetter aus dem Haus zu gehen. Einfach unverantwortlich«, brummte er.

»Hattest du wenigstens Erfolg?«, wollte Bendix wissen und kniff die schmalen Augen zusammen. »Mit anderen Worten: Hattest du Empfang?« Alle redeten und riefen durcheinander.

Elli atmete schwer. Sie war den ganzen Weg zurück durch den strömenden Regen gerannt. Zweimal war sie ausgerutscht und hingefallen. Ihr rechtes Knie schmerzte bei jeder Belastung. Vermutlich hatte sie sich das Kniegelenk verdreht, als sie in ein Loch getreten war; wahrscheinlich stammte das von den Kaninchen, die zu Tausenden die Insel bevölkerten, und war als Teil ihres Höhlensystems in den Boden gegraben worden. Beide Handballen waren vom Sturz auf den steinigen Weg aufgeschürft und schmerzten pochend. Der Schreck saß ihr in allen Gliedern.

»Du siehst echt scheiße aus«, sagte Lotti. »Als hättest du ein Gespenst gesehen.«

»Du ziehst dich jetzt aus und stellst dich unter die heiße Dusche«, befahl ihre Mutter. »Lotti, lauf und hol trockene Sachen aus Ellis Cottage. Lona, stell Teewasser auf und koch ihr eine starke Tasse Tee mit viel Zucker.«

Elli fügte sich ohne Widerrede. Sie ging ins Bad, schloss die Tür hinter sich und schälte sich die nassen schlammigen Kleider vom Leib. Ihre Hände pulsierten, und verwundert betrachtete sie die vielen winzigen Steinchen, die sich unter ihre Haut gegraben hatten. Sie schaltete die *electric shower* ein, drehte die Wassertemperatur ein paar Grad höher, kletterte in die Wanne und zog den Duschvorhang zu.

Als sie aus der Dusche stieg, fiel ihr erster Blick auf den Stoß frischer Kleidung, den Lotti für sie auf den Hocker neben dem Waschbecken gelegt hatte. Elli trocknete sich sorgfältig ab, band ihre Haare zu einem Turban hoch und schlüpfte in die trockenen Sachen. Sofort fühlte sie sich besser. Sie wischte mit der Hand über den beschlagenen Spiegel und sah hinein. Ihr Gesicht glühte rosig. Sie band das Handtuch über ihren Haaren noch mal neu und ging zurück in die Küche, wo sie von Lona mit einer großen Tasse süßen Tee empfangen wurde.

»Danke.« Elli nahm die Tasse entgegen und setzte sich an den Küchentisch. Vorsichtig hielt sie den Henkel der

Teetasse zwischen den Fingern. Sie hätte gern beide Hände um die Tasse gelegt, um sich zu wärmen, aber ihre Handballen schmerzten zu sehr. »Ich hab ein Cottage gefunden«, sagte sie und sah ihren Vater an. »Es scheint bewohnt zu sein.«

»Bewohnt?« Schrill fiel ihr ihre Mutter ins Wort. »Du hast gesagt, wir sind allein auf der Insel!«

»Das hab ich auch gedacht«, erwiderte Elli. »Deshalb hab ich mich ja so erschrocken«, murmelte sie.

»Warum glaubst du, dass das Cottage bewohnt ist«, wollte Lotti wissen und setzte sich auf den Stuhl neben Elli. Lona nahm auf der anderen Seite Platz und legte ihren Arm um die Schultern ihrer Schwester. »Du zitterst ja.«

Vater Feuchtwanger setzte sich Elli gegenüber an den Tisch. »Hast du jemanden gesehen?«, hakte er nach. Elli trank einen Schluck ihres viel zu süßen Tees. Dann erzählte sie ihrer Familie von dem winzigen Steinhaus, dem Schlafsack und dem noch warmen Ofen. »Versteht ihr? Ich muss die Person nur knapp verpasst haben. Der Ofen war noch warm. Eine leer getrunkene Tasse Tee stand auf dem Tisch.« Sie schauderte. »Ich hab so eine Panik bekommen, dass ich aus dem Cottage geflohen bin und erst mit dem Rennen aufgehört habe, als ich wieder hier war.« Lotti legte ihre Hand auf Ellis Unterarm. »Nur weil noch jemand auf der Insel ist, musst du dich doch nicht fürchten. Wir warten, bis der Regen nachlässt, und dann gehen wir alle zusammen zu diesem Cottage und sehen uns die Person an, die da wohnt.«

Elli hob den Kopf und sah ihrer Schwester in die Augen. »Danke«. Dann sagte sie: »Wohnen ist vielleicht zu viel gesagt. Es sah eher aus wie ein Unterschlupf.« Sie fuhr sich mit einer Hand über die Augen. »Du weißt schon, wie eine dieser unbewohnten Almhütten in den Bergen, in denen man ein Unwetter abwarten kann.« Elli lachte kurz auf. »Wahrscheinlich hab ich total überreagiert. Aber der warme Ofen, die Dosen, der Schlafsack, das war alles so unerwartet gekommen.« Sie atmete langsam aus. »Bestimmt gibt es eine ganz normale Erklärung dafür.«

Vater Feuchtwanger sah sie mit gerunzelten Brauen an. »Lotti hat recht. Wir müssen uns die Person ansehen, die mit uns auf dieser Insel ist.« Er lächelte sie warm an. »Und wenn es nur dazu dient, dass du dich wieder beruhigst und nicht meinst, du musst nachts dein Cottage verrammeln.« Mutter Feuchtwanger presste die Lippen zusammen und sah ihren Mann mit zu Schlitzen zusammengezogenen Augen an. Dann sagte sie laut und deutlich: »Selbstverständlich werden wir ab sofort die Türen unserer Häuser abschließen.«

Kapitel 13

Elli schlug die Augen auf. Was war das? Hatte sie geträumt oder hatte sie tatsächlich das Tuckern eines Dieselmotors gehört? Unruhig wälzte sie sich in ihrem Bett hin und her. Schließlich schlug sie die Bettdecke zurück, stand auf und tappte im viel zu kurzen Nachthemd zur Haustür. Das Licht der Taschenlampenfunktion ihres Handys wies ihr den Weg. Ronnie, der am Fußende ihres Bettes lag, hob den Kopf und spitzte die Ohren. Elli blieb an der blau gestrichenen Haustür stehen und lauschte. Die Kälte des Steinfußbodens drang durch ihre nackten Fußsohlen. Elli legte die Hand auf den metallenen Türknauf. Sie drehte ihn langsam und vorsichtig, äußerst bedacht darauf, kein Geräusch zu machen. Die Tür bewegte sich nicht. Es war abgeschlossen. Elli atmete erleichtert auf. Sie war sich zwar sicher gewesen, dass sie am Abend abgeschlossen hatte, und doch hätte sie keine Minute länger im Bett bleiben können, ohne sich zu vergewissern, dass die Haustür tatsächlich verschlossen war.

Sie verharrte mit der Hand auf dem Türknauf und legte ein Ohr gegen die hölzerne Tür. Hatte sie draußen Schritte gehört, oder spielte ihr ihre überbordende Fantasie einen Streich? Ronnie sprang aus dem Bett und lief auf sie zu. Seine Krallen klackerten laut auf dem harten Steinfußboden. Er wedelte träge mit dem Schwanz und sah sie mit schief gelegtem Kopf aufmerksam an. Elli tätschelte seinen blonden Schädel. Wenn jemand draußen vor der Tür wäre, würde Ronnie Alarm schlagen, dachte sie, und der Gedanke beruhigte sie. Gerade als sie sich umdrehte, um zurück ins Bett zu gehen, hielt Ronnie seine Nase an den Türspalt und schnüffelte. Seine Nackenhaare sträubten sich, und ein tiefes Knurren, zuerst leise, dann immer lauter, stieg aus seiner Kehle. Elli gefror das Blut in den Adern. Was hatte der Hund gewittert? Stand jemand auf der anderen Seite der Tür? Jemand, der versucht hatte, in ihr Cottage einzubrechen? War sie deshalb wach geworden? Hatte ihr Unterbewusstsein das Geräusch wahrgenommen und im Traum in das Tuckern eines Dieselmotors umgewandelt?

Mit gespreizten Vorderbeinen stellte sich Ronnie vor die Tür und schlug an. Sein tiefes Bellen hallte durch das steinerne Cottage. Wieder stieß er die Nase an den Türspalt. Lauerte, fuhr mit seinem empfindlichen Riechorgan an der Tür entlang, schnupperte wieder und setzte sich dann hin. Schließlich drehte er sich zu ihr um und hechelte. Was immer er zu riechen geglaubt hatte, war weg. Elli schlich sich ans Fenster und versuchte, von Wand und Fensterrahmen verborgen, hinaus in die Dunkelheit zu spähen. Sie schaltete die Taschenlampe am Handy aus. Würde gleich ein Gesicht im Fensterglas erscheinen? Sie hielt den Atem an und schob den Kopf vorsichtig weiter ins Fenster hinein. Nur schwarzes Nichts. Was hatte sie auch erwartet auf einer Insel ohne Lichtverschmutzung? Sogar der Mond, der am Abend, als sie das Gemeinschaftshaus verlassen hatte, dick und rund am Himmel stand, hatte sich hinter eine dichte Wolkendecke verzogen. Kein Stern funkelte. Kohlrabenschwarz, dachte Elli, und plötzlich kam ihr das Buch in den Sinn, das sie auf dem Nachtkästchen in dem winzigen Steinhaus mit dem roten Wellblechdach gesehen hatte. *Die Nacht der Raben.* War es der mysteriöse Fremde, der um ihr Cottage geschlichen war? Elli schaltete das Handylicht wieder ein, kontrollierte die Fenster und vergewisserte sich, dass sie fest verschlossen waren. Sie ging zurück ins Schlafzimmer und setzte sich auf die Bettkante. Was sollte sie tun? Sie schaute ihren Hund an. Ronnie lag bereits wieder in ihrem Bett. Sie sah auf die Uhr. Halb drei. Ihre Blase drückte. Es war verrückt, aber sie traute sich nicht, zur Toilette zu gehen. Nicht, solange es draußen stockfinster war. Ihre Mutter hatte recht gehabt. Es war nur ein besseres Plumpsklo. Warum musste es in einem Anbau untergebracht sein, der nur von außen erreichbar war? Sie klopfte das Kopfkissen zurecht. Bald würde es hell werden, dachte Elli und schlüpfte unter die Bettdecke. Sie stopfte sich das Kissen in den Rücken. Mit brennenden Augen starrte sie in die Dunkelheit. So hatte sie sich ihren Inselurlaub nicht vorgestellt.

Sie fingerte nach den Streichhölzern auf ihrem Nachttisch. Bestimmt hatte sie überreagiert, dachte Elli und zündete die Kerze auf dem Nachttisch an. Vielleicht hatte Ronnie ein Schaf gewittert, das nachts vor ihre Tür geirrt war. Die liefen auf der Insel überall herum. Das Kerzenlicht flackerte und warf seltsame Schatten an die Steinwände ihres Cottage. Elli sehnte sich nach Seán. Noch nie hatte sie sich so allein gefühlt wie jetzt. Hätte sie doch nur darauf bestanden, dass die Jungs das Soccer Camp frühzeitig abbrechen mussten. Dann wären sie jetzt alle zusammen auf der Insel. Aber nein, sie hatte sich wieder einmal erweichen lassen. Nur weil ihre Jungs darum gebettelt hatten, dass sie beim großen Abschlussspiel dabei sein durften. Seán war natürlich sofort einverstanden gewesen, dachte Elli mürrisch. Logisch, so konnte er die

Zeit, die er mit Ellis Familie verbringen musste, um volle drei Tage verkürzen. Wenn das Wetter nicht bald besser würde, dann ...

Elli dachte den Gedanken nicht zu Ende, weil ein Geräusch sie erschreckt hatte. Sie saß kerzengerade im Bett und lauschte. Außer Ronnies regelmäßigen Atemzügen hörte sie nichts. Ich werde noch verrückt, dachte sie. Ihre Blase drückte immer stärker. Sie hätte sich die zweite Tasse Tee nach dem Abendessen verkneifen sollen. Da! Da war es wieder. Wie ein Würgen, ein widerliches Aufstoßen. Elli sah zu Ronnie. Der verdammte Hund schlief schon wieder. Na, der war keine Hilfe. Sie blies die Kerze aus und kroch aus dem Bett. Leise schlich sie zum Schlafzimmerfenster und lugte hinaus. Über dem Meer wurde es langsam hell. Twilight Zone, dachte Elli. Sie sah nur die schattenhaften Umrisse der Trockenmauern, die ihr Cottage umgaben. Da! Ihr drehte sich fast der Magen um. Es kam von der Mauer. Nein, wahrscheinlich von hinter der Mauer. Elli starrte angestrengt aus dem Fenster. Es war immer noch viel zu dunkel, um etwas zu erkennen. Nur der trübe Schein über dem Meer erhellte ihre Umgebung ein wenig. Elli rang mit sich. Schließlich zog sie ihre Jeans vom Stuhl und schlüpfte hinein. »Ronnie, bei Fuß!« Der Hund musste mit. Sie fuhr barfuß in ihre Gummistiefel und sah sich nach einer Waffe um. Der *Blackthorn Stick*, der so dekorativ über dem Holzofen an der Wand angebracht war, musste reichen. Elli drehte den Schlüssel im Schloss. »Ronnie!« Der Hund wedelte müde mit dem Schwanz. »Bei Fuß«, flüsterte Elli und öffnete die Tür. Kalte Luft fuhr durch ihr dünnes Nachthemd, dessen Enden sie in die Jeans gestopft hatte. Der Regen hatte aufgehört. Es roch angenehm frisch nach Gras und salziger Luft. Nur das Meeresrauschen und das Brechen der Wellen waren zu hören. Elli umfasste den schwarzen Stock fester. Den klobigen Griff nach vorne gerichtet, um jederzeit damit zuschlagen zu können, schlich sie zu der Stelle an der Mauer, wo sie das Geräusch gehört hatte. Da! Es klang so laut und so grausam, dass Elli wie versteinert stehen blieb. Ronnie lief einfach weiter, wedelte mit dem Schwanz und schnüffelte an der Mauer. Dann hob er das Bein, sah Elli an, pinkelte und trottete zu ihr zurück. Elli sah ihren Hund verwundert an. Witterte er denn überhaupt keine Gefahr? Sie lockerte ihren Griff um den *Blackthorn Stick*. Ging die letzten zwei Meter zur Steinmauer und lugte hinüber. Zwei Schafe lagen eng nebeneinander im Schutz der Trockenmauer. Das dichte Wollflies umgab sie wie ein riesiger Wattebausch. Gerade als Elli sich umdrehen wollte, rülpste eines der Schafe. Elli versteifte sich, dann drehte sie die Augen zum Himmel. Das war das Geräusch? Ein rülpsendes Schaf? Davor hatte sie sich gefürchtet? Sie konnte es nicht fassen. Typisch Stadtkind, dachte sie. Von nichts eine Ahnung.

Sie ging zur Toilette. Wenigstens konnte sie jetzt ohne Angst ihre Notdurft erledigen. Noch während sie auf der Toilette saß, fing sie an zu kichern. Wie doof konnte man sein? Das Kichern steigerte sich zu einem Lachen. Sie lachte, bis ihr die Tränen kamen. Das würde sie nie jemandem erzählen können, dachte sie und wischte sich mit den Handrücken über die Augen. Elli ging zurück in ihr Cottage. Ronnie folgte ihr brav auf dem Fuß. Sorgfältig verschloss sie die Eingangstür, stieg aus den Gummistiefeln, ging ins Schlafzimmer, streifte die Jeans ab und legte sich ins Bett. Innerhalb von Sekunden war sie eingeschlafen.

Kapitel 14

Als Elli am nächsten Morgen mit einiger Verspätung ins *Teach pobail* eintrat, saß ihre Familie bereits beim Frühstück. »Tschuldigung, hab verschlafen«, brummte sie auf dem Weg ins Bad. Nach einer schnellen Dusche fühlte sie sich fast schon wieder wie ein Mensch. Eine schöne starke Tasse Tee würde sie vollends aufrichten. In der Küche werkelten Lona und Bendix am Herd. Elli setzte sich an ihren Platz am Küchentisch. »Magst du auch ein Omelett?«, wollte Lona wissen, »oder lieber Spiegeleier?« Bendix stellte eine große Tasse Tee vor sie hin. Elli erkannte schon am Geruch, dass der Tee viel zu dünn war für ihren Geschmack, aber sie bedankte sich artig und sagte zu Lona: »Ein Omelett wäre himmlisch.« Elli sah auf ihr Handy. Immer noch kein Netz. Langsam wurde die Situation vertrackt. Wie lange sollten sie von Eiern, Nudeln und Kartoffeln leben? »Habt ihr auch immer noch kein Netz?« Elli sah ihre Familie an, die alle den Kopf schüttelten. »Digital Detox«, zwitscherte Bendix gut gelaunt. »Mit anderen Worten: Etwas digitale Entgiftung wird uns allen guttun.« Er schlug zwei Eier in eine Rührschüssel und bearbeitete sie kräftig mit dem Schneebesen. »Kann ich drei Eier in mein Omelett haben«, sagte Elli, der Bendix jeden Tag mehr auf die Nerven ging. »Bist du sicher?« Bendix sah sie besorgt an. »Ich meine wegen des Cholesterins, jetzt, wo du quasi schon vierzig bist. Mit anderen Worten: Der Konsum von einem Ei täglich verkürzt das Leben im gleichen Maße, wie wenn du jahrelang jeden Tag fünf Zigaretten geraucht hättest.« Elli dachte, sie hört nicht recht. Erst setzte er ihr wässrigen Tee vor und dann belehrte er sie über zu viel Cholesterin in ihrem Alter. »Ich hab's mir anders überlegt«, sagte sie. Bendix lächelte. »Ich will vier Eier in mein Omelett.« Bendix hob eine Augenbraue, schlug dann aber demonstrativ langsam zwei weitere Eier in die Schüssel und verrührte sie kräftig. »Wie du meinst. Mit anderen Worten: Dein Wunsch ist mir Befehl.« Er ging an den Herd und goss die Eimasse in die heiße Pfanne. Dann beugte er sich zu Lona und flüsterte ihr etwas ins Ohr. Lona kicherte. Elli warf ihrer jüngeren Schwester einen bösen Blick zu. Lotti setzte sich neben sie. »Hast du schlecht geschlafen? Du hast Augenringe wie ein Panda.« Elli fuhr sich über das Gesicht. »Ja, ich bin mitten in der Nacht wach geworden und konnte erst am frühen Morgen wieder einschlafen.« Sie zwang sich zu einem entspannten Lächeln. Ihre nächtliche Schaf-induzierte Panikattacke würde sie ihrer Familie gegenüber mit keinem Wort erwähnen. »Und du?«

Lotti lachte. »Ich hab mich über rülpsende Schafe geärgert. Du glaubst gar nicht, wie laut die Viecher aufstoßen.« O doch, das glaub ich sofort, dachte Elli, sagte aber nichts. »Das ist das Methangas«, mischte sich ihr Vater ein. »Das Wiederkäuen von Gräsern setzt Gase frei, vor allem Methan. Durch das Rülpsen werden die Schafe die Gase los.«

Wie kommt es, dass alle in meiner Familie über rülpsende Schafe Bescheid wissen, nur ich nicht, dachte Elli frustriert.

»Der größte Schafbock kann nicht so laut rülpsen, wie euer Vater schnarcht«, behauptete Mutter Feuchtwanger und warf ihrem Mann einen anklagenden Blick zu. »Wollten wir heute nicht zu der Hütte gehen, von der Elli glaubt, dass sie bewohnt ist?« Aus ihrem Mund klang es, als würden Ali Baba und die vierzig Räuber in der Hütte hausen. Mama Feuchtwanger sah aus dem Fenster. »Ausnahmsweise regnet es mal nicht. Wir sollten gleich nach dem Frühstück aufbrechen.« Sie stand auf und trug die Teller zusammen. Elli kippte die Hälfte ihres Omeletts in Ronnies Schüssel. Der Labrador stürzte sich gierig darauf. »Ich muss nur noch schnell etwas aus meinem Cottage holen«, rief sie und lief zur Tür. »Wir treffen uns in fünf Minuten wieder hier.«

Die Sonne trat hinter den Wolken hervor, als Familie Feuchtwanger sich aufmachte, die Insel zu erkunden. »Weißt du noch, wo die Hütte steht?«, erkundigte sich Vater Feuchtwanger bei Elli. »Ich glaube schon«, nickte Elli. »Wenn wir dem Pfad in östlicher Richtung entlang der Küste folgen, müssen wir daran vorbeikommen.«

»Was ist das für ein schicker Stecken, den du da bei dir hast?«, wollte Lotti wissen.

»Das ist ein *Blackthorn Stick*«, sagte Elli, »auch *Shillelagh* genannt. Der Stock hing in meinem Cottage über dem Kamin. Mein rechtes Knie schmerzt immer noch ein bisschen, wenn ich es belaste, deshalb hab ich vorsichtshalber den Stock mitgenommen.« Elli schwang den schwarzen Stock übermütig. »Was aussieht wie ein Gehstock, ist in Wahrheit eine Waffe«, sagte sie und zeigte Lotti den unschuldig aussehenden Wurzelknoten. »Früher wurde der Griff oft ausgehöhlt und mit flüssigem Blei gefüllt – für garantiert durchschlagenden Erfolg.« Elli grinste. »Der hier ist allerdings reinste Touristenware.«

Sie folgten dem steinigen Weg an der Küste entlang. Der Wind blies vom Meer her und zerrte an Haaren und

Kleidung. Über dem aufgewühlten Wasser konnten sie in der Ferne den weißen Sandstrand von Inishbofin ausmachen. Sie blieben stehen und sahen still zur großen Nachbarinsel hinüber. Dort drüben gab es Pubs, Hotels, einen Laden ... Elli schwang ihren Stock, als wollte sie damit ihre wachsende Sehnsucht nach Zivilisation vertreiben, und setzte sich in Bewegung. Der Weg wurde immer schmaler, bis Familie Feuchtwanger schließlich im Gänsemarsch hintereinander lief. Elli ging voran, doch bald schon hatte sie das ungute Gefühl, sich verlaufen zu haben. Tapfer stapfte sie weiter. Irgendwann mussten sie doch an dieser vermaledeiten Hütte vorbeikommen, dachte sie und stützte sich schwer auf ihren Stock.

»Warte mal«, rief Lona von hinten. »Dort oben auf dem Hügel ist etwas, das wir uns gern ansehen würden. Nicht wahr, Bendix?«

Elli blieb stehen und folgte mit den Augen dem ausgestreckten Finger ihrer Schwester. Lona und Bendix lösten sich aus der Reihe und liefen landeinwärts einen kleinen Hügel hinauf. Die anderen folgten ihnen langsam. Ronnie sprang mit flappenden Ohren durch das hohe Gras. Roter Klee und wilder Thymian wucherten zwischen den von grünen Moosen bedeckten Steinen. Schafe hörten mit dem Kauen auf und starrten sie an, bis sie an ihnen vorbeigegangen waren. Bei einem Haufen Steinen blieben Lona und Bendix stehen und warteten, bis alle aufgeschlossen hatten.

»Das muss der Clochan sein, von dem in der Mappe die Rede war«, sagte Lona. »Nicht wahr, Bendix?«

Bendix strich sich eine blonde Strähne aus der Stirn und ging langsam um den Steinhaufen herum. »Ich denke schon«, erwiderte er und kletterte in das Innere der runden Einhegung. »Seht mal, hier an dem Stein ist ein eingeritztes Kreuz«, rief er und klang, wie Howard Carter geklungen haben musste, als er das Grab von Tutanchamun entdeckt hatte. »Mit anderen Worten: Wir haben den Clochan Leo gefunden!«

Elli beugte sich interessiert vor. Von der einstigen Bienenkorbhütte standen nur noch die großen Steine der Einfassung. Das kuppelförmige Dach war vermutlich schon seit Langem eingestürzt.

»Die Steinhütte wird dem heiligen Leo zugeschrieben.« Vater Feuchtwanger hatte die Mappe auch gelesen. »Dem Leo, dem auch die Kirche geweiht war.« Er deutete mit dem Finger auf einen kleinen Hügel in nordöstlicher Richtung. »Dann wird diese kleine Erhebung dort oben das Grab des heiligen Leo sein«, mutmaßte er.

»Da müssen wir jetzt aber nicht auch noch hin«, jammerte Mutter Feuchtwanger, die ihre Hände in den Jackentaschen vergraben hatte. Ihr sonst sanft gewelltes kinnlanges Haar stand fast waagrecht im Wind. »Der Haufen Steine ist mir wurscht. Wir sollten uns beeilen, diese Hütte zu finden, solange es nicht regnet.«

Ausnahmsweise musste Elli ihrer Mutter recht geben. Zwar schien die Sonne, doch der Wind blies unaufhörlich. Anscheinend änderte sich das Wetter hier an der Westküste noch schneller als in Dublin. Vier Jahreszeiten an einem Tag, dachte Elli und strich mit der Hand leicht über einen der verwitterten großen Felsbrocken. Ronnie war seiner Nase gefolgt und den Hügel hinaufgelaufen. Dort stand er nun mit gereckter Rute und sah aufmerksam zu ihnen herunter. Lona war zu Bendix in das Innere des zerstörten Clochans geklettert. Gemeinsam untersuchten sie jeden Stein, fanden jedoch bis auf das eingeritzte Kreuz nichts.

»Können wir dann weiter?«, fragte Lotti und erhob sich von einem Felsen.

»Passt auf, wohin ihr tretet«, rief Vater Feuchtwanger. »In der Nähe des Clochan gibt es laut Infomappe irgendwo ein Blow Hole.«

»Das wird ja wohl näher an der Bucht sein«, meinte Lotti und stiefelte los.

»Ronnie! Ronnie, bei Fuß«, rief Elli, doch der Hund war über den Hügel gelaufen und nicht mehr zu sehen.

»Hast du eigentlich keine Angst, dass dein Hund die Schafe jagt?«, wollte Lotti wissen.

»Nein, hab ich nicht.« Elli schwang ihren Stock. »Ronnie läuft nicht einmal einem Kaninchen nach, das ihm direkt über die Füße hoppelt. Der ist so was von tiefenentspannt, null Jagdinstinkt.« Elli lachte, »Der jagt das Schaf erst, wenn es mit Rosmarin und Knoblauch gespickt in der Röhre liegt. Aber er ist gut im Apportieren. Wenn wir spazieren gehen, findet Ronnie ständig Zeugs, das er dann im Maul herumträgt. Holzstöcke, kaputtes Kinderspielzeug, einmal hat er einen alten Schuh im Gebüsch gefunden.« Elli schüttelte den Kopf. »Das will er dann immer nach Hause tragen. Ein richtiger Sammler ist unser Ronnie.«

Lotti nickte. »Wie der Knochen, den er gestern angeschleppt hat.«

»Genau.« Elli blieb stehen und sah sich um. Hier irgendwo musste doch dieses Winz-Cottage sein. Sie befanden sich jetzt nah an der Küste. Das aufsteigende Sprühwasser der Wellen schuf im Sonnenlicht kleine glitzernde Mini-Regenbögen. Die karge Insel sah im Sonnenschein plötzlich wunderschön aus. Nur die Wellen schlugen unverändert mit harter Kraft gegen die zerklüftete Küste.

»Wie weit ist es noch?«, rief Ellis Mutter hinter ihnen.

Woher soll ich das wissen, dachte Elli, riss sich aber zusammen und drehte sich um. »Nur noch ein paar Minuten, glaube ich.«

»Glauben heißt nichts wissen«, kam es, wie erwartet, von ihrer Mutter zurück. Elli sah Lotti an und verdrehte die Augen. Lotti grinste. »Du hast ihr aber auch eine Steilvorlage dafür geliefert«, sagte sie leise.

Schweigend folgten sie dem schmalen Trampelpfad, der sich durch das harte Gras schlängelte. Schwertlilien säumten ihren Weg. Die Wiesen, durch die er führte, wurden zunehmend matschiger. Sie durchliefen die Senke, bis der Weg wieder anstieg und sie hinauf auf eine felsige Kuppel führte. Oben angekommen, konnten sie fast bis zum Ende der Insel sehen. Nur wenige Meter vor ihnen, über einer kleinen Bucht, erblickten sie das Steinhaus mit dem roten Wellblechdach.

»Na, was hab ich gesagt?«, rief Elli.

»Das Haus ist tatsächlich winzig«, meinte ihre Mutter und setzte sich schon in Bewegung.

»Lass mich das machen«, rief Papa Feuchtwanger und eilte seiner Frau hinterher.

Zu sechst standen sie vor der grün gestrichenen Holztür, als Manfred Feuchtwanger mit den Knöcheln der Faust dreimal dagegenschlug. Elli schirmte ihr Gesicht mit beiden Händen ab und versuchte, durch das kleine Fenster ins Innere des Hauses zu sehen. Nichts rührte sich. Papa Feuchtwanger klopfte noch einmal. Diesmal kräftiger. Elli wandte sich vom Fenster ab und sah sich suchend um.

»Lass mich mal«, sagte Mutter Feuchtwanger und drehte, bevor ihr Mann sie daran hindern konnte, am Türknauf. Knirschend öffnete sich die Tür. »Hallo!«, rief sie in die Hütte hinein, bevor sie darin verschwand. Papa

Feuchtwanger folgte ihr auf dem Fuß. Neugierig gingen die anderen hinterher. Elli zögerte und drehte sich im Türstock um. Sie hatte das Gefühl, als würde sie beobachtet. Langsam ließ sie den Blick über die karge Landschaft gleiten. Außer einer schwarzen Krähe, die auf einer Trockenmauer saß, und ein paar grasenden Schafen in der Ferne bewegte sich nichts. Wo war Ronnie? Sie sah ein Aufblitzen am hintersten Rand der zerklüfteten Küste. Eine Luftspiegelung? Schließlich trat auch Elli über die Schwelle des kleinen Hauses. Sechs Personen hatten kaum Platz in der winzigen Hütte. Elli sah zum Bett. Der Schlafsack war weg.

Kapitel 15

»Ich schwöre, dass dort auf dem Bett ein Schlafsack gelegen hat!« Auf Ellis Stirn hatte sich eine steile Falte gebildet. »Und dort im Regal waren Konservendosen!« Elli legte die Hand auf den Holzofen. »Und der Ofen war warm!« Sie zeigte mit dem ausgestreckten Finger zum Tisch. »Und dort stand eine Teetasse!«

»Jetzt beruhige dich doch«, sagte ihr Vater und legte ihr die Hand auf die Schulter. »Wir glauben dir ja.«

»Die Vogelbücher sind jedenfalls noch da«, meinte Lona mit einem Blick in das Bücherregal.

Elli sah zum Nachtkästchen. »*Die Nacht der Raben* ist weg«, murmelte sie. Sie fing einen Blick auf, den ihre Mutter ihrem Vater zuwarf. »Ich hab mir das nicht eingebildet!« Elli strich sich über die Augen. Sie hatte sich das nicht eingebildet, oder?

»Natürlich hast du dir das nicht eingebildet«, sagte Lotti. »Sieht doch ein Blinder, dass vor Kurzem jemand hier war.«

Elli sah auf und folgte dem Blick ihrer großen Schwester. Unter dem Tisch stand halb verborgen ein Abfalleimer. Darin lagen drei leere Konservendosen. Lotti zog den Eimer hervor. »Schau, die sind noch wie neu. Kein Schimmel, nicht verrostet, die sind noch nicht lange hier.«

Mama Feuchtwanger stemmte die Hände in die Hüften.

»Und wo ist der Kerl jetzt?« Sie zog den Stuhl heran und setzte sich. »Wie soll jemand von dieser Insel verschwinden, wenn es keinen Schiffsverkehr gibt?«

Gute Frage, dachte Elli.

»Woher willst du wissen, dass es ein Kerl ist und kein Mädchen?«, fragte Lotti. Ihre Mutter sah sie mit großen Augen an. »Vergiss es.« Lotti ging zur Hütte hinaus. Einer nach dem anderen verließ das steinerne Cottage. Vater Feuchtwanger musste den Kopf einziehen, um sich nicht am Türrahmen zu stoßen.

»Was machen wir jetzt?«, fragte Lona, deren blonde Locken wild im Wind flatterten. Sie zog ihr Scrunchie vom Handgelenk und band ihre Mähne zu einem lockeren Knoten zusammen.

»Wir könnten uns die kleine Bucht ansehen«, schlug Lotti vor.

Elli sah in den blauen Himmel. Das Wetter schien zu halten. »Gute Idee«, meinte sie und ging voraus. Der steinige Pfad führte sie steil den Hang hinunter. Auf den letzten paar Metern waren Stufen aus dem Felsen herausgeschlagen worden. Elli hüpfte von der letzten Stufe in den feinen weichen Sand. Auf beiden Seiten erhoben sich zerklüftete schwarze Klippen. Wasservögel saßen auf Vorsprüngen, Robben lagen am äußersten Ende der Bucht schlafend im Sand. Ellis Herz machte einen Sprung. Genau das hatte sie sich von der Insel erhofft. Ihre Jungs würden es lieben. Wenn der Wind nachließ, konnte man in der Bucht vielleicht sogar baden. Ihre Jungs. Elli seufzte. Morgen hätten sie mit Seán auf die Insel kommen sollen. Sie sah hinaus aufs Meer. Wenn der Wind nicht bald nachließ, würde auch morgen kein Schiff zu ihnen herauskommen können. Elli ging ein paar Schritte im Sand.

Am Strand waberte dicker weißer Schaum in der steifen Brise.

»Was ist das für ein Zeug?« Mama Feuchtwanger stand plötzlich neben ihr. »Sieht aus wie Waschmittel. Bestimmt von der Umweltverschmutzung.«

»Algen, soviel ich weiß«, antwortete Elli. »Ganz harmlos. Durch den Wind entstehen kleine Luftbläschen im Meerwasser, die mit den Algenablagerungen reagieren. Ein bisschen wie aufgeschäumte Milch.«

»Die Bucht könnte so schön sein, wenn der Wind nicht wäre.«

Elli sah ihre Mutter überrascht an. Das war das erste halbwegs positive Wort, das ihre Mutter über die Insel verloren hatte. Aber sie hatte natürlich recht. Die kleine Bucht war herrlich. Im Sonnenschein ohne Wind wäre sie ein Traum. Sie sahen zu Lona und Bendix, die im Sand nach Muscheln suchten. Lonas Haarknoten hatte sich gelöst. Ihre langen blonden Locken flogen im Wind. Bendix war stehen geblieben und beobachtete Lona verstohlen von hinten. Dann machte er einen Schritt auf sie zu, umarmte sie und zog sie an sich.

»Wie findest du ihn?«, wollte Mama Feuchtwanger von Elli wissen.

»Ach.« Elli zögerte. Vielleicht war sie Bendix gegenüber ungerecht, aber sie mochte ihn nicht. »Ach, ich weiß nicht. Nicht ganz so verpeilt wie der Letzte«, sagte sie ausweichend.

Ihre Mutter nickte zustimmend und malte langsam mit dem Fuß Kreise in den Sand. »Ja, kann sein. Er schaut auch nicht schlecht aus. Aber wenn er noch mal ›Mit anderen Worten‹ sagt, dreh ich ihm den Hals um.«

Elli lachte. »Für einen Mord ist eine einsame Insel der beste Platz.« Sie bückte sich nach einer besonders schönen Muschel. »Lotti wollte ihn schon auf der Fähre über Bord werfen.«

Sie sahen sich nach den anderen um. Lotti und Papa Feuchtwanger waren zu den Klippen gegangen. Dort, wo die zerklüfteten schwarzen Felsen ins Meer ragten, hatten sich Wasserbecken zwischen den Rillen gebildet. Napfschnecken in allen Farben und Größen saßen festgesaugt an den Felswänden.

»Er ist eigentlich immer nett und hilfsbereit, aber …« Mama Feuchtwanger ging ein paar Schritte weiter, »ich weiß nicht. Manchmal schaut er Apolonia so an, da läuft es mir kalt den Rücken runter.«

Elli blieb stehen. »Das ist mir auch schon aufgefallen. So ein komischer Blick. Nur ganz kurz. Wenn er sich unbeobachtet fühlt.« Beide schauten auf das junge Paar, das unbeschwert am Strand Muscheln sammelte.

»Vielleicht bilde ich mir das auch nur ein.« Ellis Mutter zuckte mit den Schultern. »Mir muss er ja nicht gefallen.«

»Wir drehen lieber wieder um«, sagte Elli, »sonst kommen wir den Robben zu nah.«

Sie machten kehrt und gingen, um nicht von den Wellen nass gespritzt zu werden, in ausreichender Entfernung vom Meer zurück. Lotti und Papa Feuchtwanger waren bereits wieder neben den in den Stein gehauenen Stufen angekommen und winkten.

»Wo, glaubst du, ist dein Fremder von der Steinhütte hin?« Mama Feuchtwanger schirmte ihre Augen mit der Hand gegen das einfallende Sonnenlicht ab und sah Elli fragend an.

Elli blies die Backen auf, stieß die Luft aus und sagte. »Ich weiß es nicht. Aber wo immer er hin ist, übers Meer ist er nicht gefahren.« Beide sahen auf die hohen Wellen. »Zumindest kann ich mir das schlecht vorstellen. Wir sollten vorsichtshalber die ganze Insel absuchen. Irgendwo muss er ja sein. So groß ist die Insel nicht.« Elli fühlte sich unbehaglich. Sie wusste mit Sicherheit, dass ihr der Vermieter des Feriendorfes gesagt hatte, außer ihnen wären keine anderen Gäste auf der Insel. Und doch zweifelte sie an sich. Hatte sie ihn vielleicht falsch verstanden? »Nur, weil noch jemand auf der Insel ist, heißt das ja nicht gleich, dass sich dieser Jemand hier illegal aufhält.«

»Ist schon klar«, sagte ihre Mutter. »Ich würde nur gern wissen, wer es ist und was er hier zu suchen hat.« Sie zog den Reißverschluss ihrer Jacke hinauf bis unters Kinn. »Sonst kann ich hier keine Nacht mehr ruhig schlafen.«

Elli wollte sich gerade über die letzte Bemerkung ihrer Mutter mokieren, als ihr einfiel, dass sie selbst letzte Nacht zu viel Angst gehabt hatte, um aufs Klo zu gehen. »Ich hoffe nur, dass wir keinem Phantom nachjagen«, sagte sie.

Ihre Mutter unterbrach sie. »Ich glaub, die wollen, dass wir rüberkommen.«

Elli sah zu ihrem Vater, der beide Hände vor dem Mund zu einem Trichter geformt hatte und etwas rief. Allerdings war das Tosen der Wellen so laut, dass Elli nicht hören konnte, was es war. Sie gingen schneller durch den weichen Sand, bis sie bei den Stufen angekommen waren.

»Schaut mal da!«, rief Lotti triumphierend und zeigte mit dem Finger auf ein Stückchen sandige Erde, das sich zwischen den scharfkantigen Rillen der auslaufenden Klippen angesammelt hatte. Ein wenig Dünengras wuchs spärlich an den Rändern, in deren Mitte ein tiefer Schuhabdruck prangte.

Kapitel 16

»Dein Phantom hat Schuhgröße 46.« Mama Feuchtwanger richtete sich wieder auf und sah Elli durchdringend an.

»Der Abdruck muss nach dem letzten Regen entstanden sein«, meinte Papa Feuchtwanger. »Sonst wäre er weggespült worden.« Wann hatte es aufgehört zu regnen? Elli wusste es nicht. Vermutlich in der Nacht.

»Was habt ihr denn da?« Lona und Bendix kamen Hand in Hand auf sie zugeschlendert und sahen sie neugierig an.

»Den Fußabdruck eines Mannes. Eines großen Mannes, so wie's aussieht«, sagte Mama Feuchtwanger und sah Lotti von der Seite an. »Sicher nicht von einem Mädchen.«

Elli ging vornübergebeugt am Rand der Felsen entlang und untersuchte die geschützten Stellen nach weiteren Schuhabdrücken. »Ihr glaubt, dass er hier in der Bucht ein Boot hatte und damit weggefahren ist?« Elli runzelte die Stirn. »Warum sind dann im Sand keine Abdrücke zu sehen?«

Papa Feuchtwanger räusperte sich. »Ich glaube, die Flut kommt fast bis ganz hier oben hin. Das kannst du im Sand recht gut sehen. Hier, diese wellenförmigen Rillen.« Er deutete mit einer ausladenden, die ganze Bucht einschließenden Handbewegung auf den Strand. »Das Meer hat die Fußspuren wahrscheinlich einfach weggespült.«

Nachdenklich sah Elli auf die stahlgrauen peitschenden Wellen. »Ich hoffe nur, dass wer auch immer das war jetzt nicht unten auf dem Meeresboden liegt.« Elli schauderte, wenn sie sich vorstellte, sie müsste bei diesem Wellengang in ein Boot steigen. Andererseits, was hatte Bendix bei der Überfahrt gesagt? Ein Festrumpfschlauchboot sei so gut wie unsinkbar? Vielleicht hatte der Unbekannte auch ein RIB. Wie das, mit dem der Skipper Pius Murray sie nach Inishark gebracht hatte. Damit konnte man notfalls bestimmt auch auf Sand landen. »Bis Inishbofin sind es nur knapp tausend Meter«, sagte sie. »Wenn jemand verrückt genug ist, das Risiko in Kauf zu nehmen, könnte er es vielleicht schaffen.«

Ein besonders lauter Wellenbrecher donnerte an den Strand.

»Es sind nicht nur die hohen Wellen, die eine Überfahrt so gut wie unmöglich machen«, meldete sich Bendix zu Wort. »Hier gibt es auch gefährliche Strömungen. Mit anderen Worten: Die Strömungen sind tödlicher als die Wellen.«

»Das stimmt.« Vater Feuchtwanger nickte zustimmend. »Ich hab in der Infomappe von einem Schiffsunglück gelesen, bei dem drei junge Männer aus Inishark ums Leben kamen, als sie von Inishbofin nach Hause rudern wollten. Zwei von ihnen konnten nie geborgen werden, weil die Strömung sie weiß-Gott-wohin mitgerissen hat.«

»Das hab ich auch gelesen.« Lotti setzte sich auf einen Felsen. »Eine acht Meter hohe Welle hat das Boot zum Kentern gebracht. Stellt euch das mal vor! Acht Meter! In einem von diesen schwarzen Ruderbooten!«

»Currach«, berichtigte Vater Feuchtwanger.

»Wenn wir hier fertig sind, dann will ich wieder zurück in unser Cottage.« Mama Feuchtwanger zupfte an ihrer Mütze und schlang die Arme um sich. »Der Wind ist so kalt, dass mir schon die Ohren wehtun.«

Elli sah zu den Robben hinüber, die immer noch schläfrig im Sand lagen. Sie lachte. »Wenn du so eine Fettschicht hättest wie die da drüben, würdest du auch nicht frieren.«

Mama Feuchtwanger maß ihre mittlere Tochter mit einem seltsamen Blick. »Dir ist nicht kalt, oder?«, sagte sie schließlich und schritt an Elli vorbei auf die Steinstufen zu.

Lotti und Lona klappte der Mund auf. Sie sahen zuerst einander, dann Elli mit großen Augen an. Elli presste die Lippen aufeinander. Lotti und Lona redeten fast gleichzeitig los: »Sind wir uns dann einig, dass in der Hütte niemand mehr wohnt?«, sagte Lotti. »Dann glaubt ihr also, dass der große Unbekannte in einem Boot weggefahren ist?«, fragte Lona.

Bendix legte seinen Arm um Lonas Schultern. »Ich könnte jetzt eine Tasse Tee vertragen«, sagte er. »Mit anderen Worten: Bei einer schönen heißen Tasse Tee können wir unser weiteres Vorgehen besprechen.«

Lona sah zu ihm auf und gab ihm einen Kuss auf die Wange. »Du hast immer die besten Ideen, Bendix«, sagte sie und schmiegte sich an ihn.

»Na, dann.« Lotti folgte ihren Eltern den steilen Hang hinauf. Lona und Bendix kletterten ihr nach. Elli blieb in Gedanken versunken stehen. Die Schönheit der kleinen Bucht konnte ihre hässlichen Gedanken nicht besänftigen. Dann schüttelte sie sich wie ein nasser Hund. Schüttelte ihren ganzen Ärger auf ihre Mutter ab. Atmete tief. Schloss die Augen und lauschte konzentriert dem Tosen der Wellen. Sog die kühle salzige Luft durch die Nase ein und atmete konzentriert durch den Mund aus. Sie spürte, wie sich die Verspannung ihrer Kiefermuskeln löste. Spürte, wie der Ärger allmählich von ihr abfiel. Langsam stieg sie den steinigen Weg hinauf. Sie würde sich ihren Inselurlaub nicht verderben lassen. Morgen hatte sie Geburtstag, das würde sie feiern. Notfalls mit Eiern, Nudeln und Kartoffeln, so! Und wo, zum Teufel, war Ronnie? Oben angekommen, formte Elli ihre Hände zu einem Trichter und rief laut: »Ronnie! Ronnie!«

»Mama und Papa sind schon vorausgegangen«, sagte Lona und hakte sich bei Bendix unter. »Wir wollen noch mal kurz bei dem Clochan vorbeischauen und das Grab des heiligen Leo suchen. Willst du mitkommen?«

Elli schüttelte den Kopf. »Ich suche lieber nach Ronnie«, sagte sie.

Lotti gesellte sich zu Elli. »Ich helfe dir dabei«, sagte sie. »Nicht, dass er doch noch auf den Geschmack von Insel-Schaf kommt.«

Die beiden Schwestern gingen schweigend nebeneinanderher. Der Boden unter ihren Füßen gab leicht nach. Es war, als würden sie über einen weichen Korkboden laufen. Das Gras war bis kurz über der Grasnarbe abgefressen.

»Lass dich von Mama nicht ärgern«, sagte Lotti. Sie fuhr sich mit einer Hand durch ihre kurzen dunklen Locken. »Du weißt doch, wie sie ist. Irgendwann wird sie sich noch an ihrer spitzen Zunge stechen.«

Elli lachte hart auf. Dann antwortete sie leise: »Sie hat ja recht. Ich hab in letzter Zeit wirklich ziemlich zugelegt.«

Lotti zuckte die Achseln. »Wir werden alle nicht jünger.«

Elli sah ihre ältere Schwester von der Seite an. »Du schon«, sagte sie. »Du bist immer noch schlank und rank und durchtrainiert wie eine Spitzensportlerin.«

»Ich hab auch keine zwei Kinder«, sagte Lotti, und Elli meinte, eine Spur von Traurigkeit in ihrer Stimme zu hören.

»Hättest du denn gern welche gehabt?«, fragte sie erstaunt, da sie immer der Meinung gewesen war, ihre große Schwester machte sich nichts aus Familie und Kindern.

»Der Zug ist abgefahren«, sagte Lotti. »Es hat einfach nie gepasst.« Sie seufzte. »Als ich den richtigen Kerl dafür gehabt hätte, hat es mir beruflich nicht in den Kram gepasst. Und als ich dafür Zeit gehabt hätte, da hatte sich der Mann schon verabschiedet und längst mit einer anderen Kinder bekommen.«

»Welchen meinst du?« Elli konnte sich an keinen einzigen Freund ihrer Schwester erinnern, der ihrer Meinung nach als Vater getaugt hätte.

Lotti sah sie groß an. »Na, den Mike natürlich. Mit dem war ich fünf Jahre zusammen. Der wollte damals unbedingt heiraten und Kinder kriegen.«

»Der Mike?«

»Ja, klar. Wir sind doch damals sogar zusammengezogen.«

Elli staunte. Den an beiden Armen tätowierten Schlagzeuger einer Heavy Metall Band mit Vollbart und Löwenmähne hätte sie nie im Leben für einen Familienmenschen gehalten.

»Aber ich war zu beschäftigt mit dem Aufbau meiner Ledermoden«, sagte Lotti. »Ich hatte keine Zeit für Mann und Kind.« Sie zuckte die Schultern. »Dann hat er die Susi geheiratet. Du weißt schon, die aus Königswiesen, die mit dem Wuschelkopf. Sie haben drei Kinder und einen

Hund. Wohnen draußen in Regendorf in einer Doppelhaushälfte.«

»Spielt er immer noch Schlagzeug?«, fragte Elli.

»Nur die große Trommel beim Trachtenverein Zeitlarn.« Lotti grinste.

»Ich glaube, du bist gerade noch mal davongekommen«, sagte Elli, die sich ihre große Schwester überall vorstellen konnte, nur nicht in einer Wohnsiedlung in einem Regensburger Vorort.

»Ich auch«, stimmte Lotti ihr zu. »Nur manchmal bäumen sich halt die Hormone auf.« Lotti blieb stehen. Der Schalk blitzte aus ihren grünen Augen. »Übrigens ist er jetzt glattrasiert, glatzköpfig und bringt locker zwei Zentner auf die Waage. Wenn er mich vor zwei Monaten nicht zufällig im Baumarkt angesprochen hätte, hätte ich ihn nicht wiedererkannt.«

Elli lachte schallend. »Kinder sind schlecht für die Figur. Auch bei Männern.«

Lotti hob einen Finger. »Hörst du das?« Sie lauschte. »Da bellt doch ein Hund.«

Kapitel 17

Das Bellen schien aus dem Inneren der Insel zu kommen. Elli und Lotti eilten durch die abgegraste, sanft an- und absteigende Hügellandschaft. Hier und da, wo Regen und Witterung die dünne Erdschicht weggewaschen hatten, zeigte sich schroffer Fels. Vereinzelt kamen sie an zotteligen Schafen vorbei, die sie neugierig anstarrten. Winzige rosa Blüten, die auf zarten Stängeln im Wind erzitterten, wuchsen auf verfallenen, mit Moos bewachsenen Trockenmauern. Elli staunte immer wieder über den Einfallsreichtum und den eisernen Willen früherer Generationen. Was musste es für eine kräftezehrende Knochenarbeit gewesen sein, Tausende und Abertausende dieser schweren Felsbrocken übereinanderzuschichten, um der Insel bebaubaren Ackerboden abzutrotzen! Zeugen dieser Herkulesarbeiten waren auf Inishark überall zu sehen. Auch sogenannte *Lazy Beds*, in denen früher Kartoffeln angebaut wurden, zogen sich reihenweise durch die Landschaft. Die Schwestern blieben stehen und lauschten.

»Da!«, rief Lotti und deutete den Hügel hinab. »Da winselt was!«

Elli formte die Hände zu einem Trichter und rief laut: »Ronnie! Ronnie!«

Heiseres Bellen ertönte als Antwort. Elli und Lotti rannten los. Das Winseln und Bellen wurde lauter.

»Ich seh ihn!«, rief Lotti und sprintete los. Sie sprang

mit einem Satz über eine niedrige Mauer und lief zu einem verfallenen Unterstand, der früher vielleicht einmal Schafen vor Unwettern Schutz geboten hatte. Elli versuchte, es ihrer Schwester gleichzutun, hatte aber weder die Kondition noch die Geschicklichkeit. Ungelenk kletterte sie über die Mauer. »Ronnie!« Der Hund jammerte flehentlich.

»Vorsicht!«, rief Lotti. »Er steckt in einer Falle.«

Elli rannte auf ihren Hund zu. Als Ronnie sie sah, fing er an zu jaulen. Elli stürzte sich auf ihn. »Ronnie! Sch, ist ja gut, Ronnie, ruhig, wir sind ja da, ganz ruhig, sch«, beruhigte sie das verängstigte Tier, um dessen linken Hinterlauf ein dünner Metalldraht gewickelt war.

»Halt ihn fest, damit er sich nicht den Fuß abtrennt«, raunte Lotti. »Ich schau, ob ich den Draht lockern kann.« Elli umklammerte Ronnie, der versuchte, ihr das Gesicht abzulecken.

»Nimm ihn so, dass kein Zug auf der Schlinge ist, und halte ihn verdammt noch mal gut fest«, knurrte Lotti. »Das wird jetzt bestimmt sehr wehtun.«

Elli umschlang den großen Hund, der sich zitternd und winselnd in ihren Armen wand. Sie flüsterte beruhigende Worte, hoffte, er würde stillhalten, damit sich die Drahtschlinge nicht noch fester um seinen Hinterlauf ziehen würde.

Lotti bog den dünnen Draht mit kräftigen Fingern auseinander. Ein blutroter Striemen wand sich um Ronnies Hinterlauf, knapp über den Krallen. Vorsichtig betastete sie Ronnies Pfote. »Ich glaube, er ist okay, es scheint nichts gebrochen zu sein.« Ronnie zeigte seine Dankbarkeit, indem er auch Lottis Gesicht abzulecken versuchte. »Igitt, ist ja gut«, lachte sie und versuchte, ihn sich vom Leib zu halten. »Du hast noch mal Glück gehabt.« Lotti sah sich die dünne Drahtschlinge genau an. »Da hat jemand versucht, Kaninchen zu fangen«, meinte sie.

Elli, die immer noch damit beschäftigt war, Ronnie zu herzen, sah mit einem Ruck auf. »Du meinst, das war Absicht?« Sie griff nach der Schlinge. »Das war nicht bloß ein Stück Abfall, in dem Ronnie sich verheddert hat?«

»Nein, schau dir das an, das ist eine einfach gebaute Schlingfalle«, sagte Lotti und deutete auf die Stelle, wo der Draht zu einem kleinen Lasso gebogen worden war. »Sieht auch noch gar nicht alt aus.«

Die beiden Schwestern sahen sich stumm an. »Du meinst …« Elli sah zuerst auf Lotti, dann auf die Schlinge in ihrer Hand.

»Ich meine, dass dieser Draht neu ist und dass diese Falle erst vor Kurzem aufgestellt wurde«, sagte Lotti mit grimmigem Gesichtsausdruck. »Außerdem war der Draht so fest mit der Steinmauer verbunden, dass Ronnie da nie von allein rausgekommen wäre. Für eine Kaninchenfalle etwas übertrieben, finde ich.«

»Aber wer …« Elli verstummte. Wer legte auf Inishark Fallen? Um damit Kaninchen zu fangen? Die kleinen Viecher gab es zu Tausenden auf der Insel. Elli sah ihrer Schwester dabei zu, wie sie daran ging, die Falle unschädlich zu machen.

»Besser geht es nicht ohne Werkzeug«, sagte Lotti und richtete sich auf. »Ich bräuchte eine Zange, um den Draht abzuzwicken.« Sie strich Ronnie über den Kopf. »Kann der Hund laufen oder müssen wir ihn tragen?«

»Er humpelt ein bisschen, aber er kann laufen«, sagte Elli und tätschelte ihn zärtlich. Sie sah sich um. Wo waren sie hier eigentlich? Die höchste Erhebung der Insel lag direkt vor ihnen. Das Dorf musste sich demnach dahinter befinden. »Ich glaube, wir müssen da lang«, schlug Elli vor und ging langsam los. Ronnie blieb dicht an ihrer Seite. So als hätte er Angst, sie zu verlieren.

Lotti ging schweigend neben ihnen her. Plötzlich sagte sie: »Elli, mir will das gar nicht gefallen. Ich hab's niemandem erzählt, weil ich mich geniert hab, aber letzte Nacht, als mich die Schafe mit ihrem Gerülpse aufgeweckt haben, da hab ich gedacht, ich hätte Schritte gehört. So ein komisches Knirschen auf Kies.«

Elli sah sie überrascht an. Lotti hatte die Stirn in Falten gelegt. Die sonst so fröhliche Lotti, die so schnell nichts aus der Ruhe bringen konnte, wirkte besorgt.

»Ich auch!«, rief Elli. »Ich hab letzte Nacht auch gedacht, ich hätte Schritte gehört. Aber dann hab ich gedacht, es wären bloß die Schafe gewesen.«

Beide Schwestern blieben stehen und schauten einander an. »Wir fragen lieber die anderen, ob sie auch was mitgekriegt haben«, meinte Lotti. »Ich meine, ich will natürlich niemanden verrückt machen. Es kann auch eine ganz einfache Erklärung dafür geben.«

»Zum Beispiel?«, sagte Elli zweifelnd.

»Vielleicht waren es Lona und Bendix, die bei Vollmond wilden Thymian gepflückt haben.« Lotti schmunzelte. Das Funkeln kehrte in ihre grünen Augen zurück. »Gestern war nämlich Vollmond, weißt du. Und ich hab gehört, wie Bendix Lona gegenüber irgendeinen Schmarrn über die Heilkraft von bei Vollmond gepflückten Kräutern verzapft hat.«

»Möglich.« Elli war nicht überzeugt. »Gestern Nacht war der Himmel aber bewölkt«, sagte sie. »Müssen die Kräuter nicht im Mondschein geschnitten werden?«

»Woher soll ich das wissen!« Lotti schnaubte. »Mit diesem Esoterik-Quatsch kenn ich mich nicht aus.«

»Wir sollten sie auf jeden Fall danach fragen.« Elli warf

Ronnie einen prüfenden Blick zu. Er humpelte nur noch ganz leicht. »Aber bitte, ohne Mama zu alarmieren.«

Lotti lachte laut auf. »Mama ist grundsätzlich alarmiert. Das ist ihr Default Setting.«

Elli lächelte. »Rechne immer mit dem Schlimmsten, dann erlebst du keine bösen Überraschungen«, zitierte sie ihre Mutter.

Die ersten verfallenen Häuser kamen in Sicht. »Meinst du, dass die auch alle wieder aufgebaut werden?«, fragte Lotti und deutete mit dem Kinn auf ein Cottage, von dem nur noch die Grundmauern standen.

»Keine Ahnung«, sagte Elli. »Kommt wahrscheinlich darauf an, wie ertragreich das Konzept *Lebe wie vor hundert Jahren auf einer verlassenen Insel* ist. »Wenn man nur die Steinhäuser wieder aufbaut, aber keine Stromleitungen und keine Wasserleitungen verlegt, dann ist das zwar billiger, stößt aber mit Sicherheit einen großen Teil der Besucher ab.«

»Ja, da kommt für viele der Komfort zu kurz.«

»Bei uns geht es ja, weil alles in der Familie bleibt, aber mit Fremden würde ich mir das Bad nicht teilen wollen«, bekräftigte Elli.

»Auf einem Campingplatz macht man das aber auch«, wandte Lotti ein. »Dass man sich die Sanitäranlagen teilt, meine ich.«

»Na ja, die sanitären Anlagen auf einem Campingplatz kannst du aber nicht mit unserem Bad im Gemeinschaftshaus vergleichen.« Elli hasste Camping; niemals würde sie freiwillig auf einem Campingplatz übernachten.

»Stimmt«, Lotti sah sie von der Seite an. »Außerdem putzt bei uns Mama. Da kann sich jede noch so saubere Campingplatzdusche verstecken.«

Der steinige Weg wurde breiter, und die renovierten

Steinhäuser, in denen die Feuchtwangers wohnten, kamen in Sicht. »Hoffentlich haben Lona und Bendix etwas Essbares fabriziert«, sagte Lotti. »Ich habe Hunger wie ein Wolf.«

Ellis Magen knurrte wie auf Kommando. »Ich auch«, sagte sie. »Und Ronnie bekommt heute zum Trost eine ganze Dose Corned Beef.«

Im *Teach pobail* kamen ihnen Lona und Bendix aufgeregt entgegen. »Hast du unsere Vorräte umgeräumt?«, rief Lona, kaum dass Elli durch die Tür zur Wohnküche getreten war. »Ich dachte, wir hätten vier Dosen Thunfisch im Küchenschrank, und jetzt können wir nur eine Einzige finden.«

Kapitel 18

»Jetzt setzt euch doch endlich«, rief Lona, »das Essen ist fertig.«

Elli hatte Lotti dabei geholfen, den Generator mit Benzin nachzufüllen. »Sofort, wir waschen uns nur noch schnell die Hände«, sagte Elli und beugte sich über die Spüle. »Was habt ihr denn Leckeres gezaubert?«, wollte Vater Feuchtwanger wissen, der einen vollen Weidenkorb mit Torf aus dem Schuppen anschleppte.

»Spanische Omeletts«, verkündete Bendix, strich sich die blonde Strähne aus der Stirn, die ihm bei jeder Bewegung ins Gesicht fiel, und reckte sein kantiges Kinn stolz in die Luft. »Mit anderen Worten: Tortilla de Patatas.«

»Langsam gehen uns die Rezepte aus, in denen ausschließlich Kartoffeln, Zwiebeln und Eier verwendet werden«, bemerkte Lona trocken. Von der Hitze des Holzofens, auf dem sie mit drei Pfannen gleichzeitig werkelte, hatte sie einen hochroten Kopf bekommen. Schweißtropfen bildeten sich auf ihrer Stirn. Ihre langen blonden Locken hatte sie unter einem rosa Kopftuch gebändigt. In ihrem weit schwingenden wadenlangen Rock sah sie aus wie ein Bauernmädchen aus längst vergangenen Zeiten. Nur das ärmellose T-Shirt und die Birkenstock Sandalen, die sie als Hausschuhe trug, passten nicht ganz ins Bild.

»Wir hätten ja Pasta mit Thunfischsoße gemacht«, sagte Lona, »aber eine Dose Thunfisch ist zu wenig für sechs

Personen.« Sie verteilte die dicken spanischen Omeletts auf den bunten Tellern und reichte sie an Bendix weiter, der sie mit Bravour servierte. »Wer von euch hat eigentlich den Thunfisch gegessen?« Lona hob abwehrend die Hand. »Ich will niemanden anklagen. Ich möchte es nur gern wissen.« Sie strich sich mit dem Handrücken den Schweiß von der Stirn. »Ich meine, ich gönne jedem das bisschen Thunfisch, ich hab nur gedacht, wir hätten uns darauf geeinigt, unsere Vorräte zu rationieren, solange wir keinen Nachschub bekommen können.« Sie setzte sich und zog ihren Teller heran. »Ich hoffe, es schmeckt«, sagte Lona und schnitt ein Stückchen von dem golden frittierten Kartoffelomelett ab. Sie steckte es in den Mund, kaute und sah ihre Familie fragend an.

»Ganz ausgezeichnet«, murmelte Vater Feuchtwanger kauend.

»Sehr gut.«

»Schmeckt wunderbar.«

»Man kann es essen.«

Lona schob sich ein zweites Stück in den Mund. »Danke, aber das meinte ich nicht.« Sie sah mit gerunzelter Stirn auf. Gereizt sagte sie: »Der Thunfisch, ich will wissen, wer den Thunfisch gemampft hat. Ich habe nämlich ein fantastisches Rezept für Thunfischsoße.« Bendix strich ihr beruhigend über den Rücken. »Ich hätte solche Lust darauf gehabt«, klagte Lona und gab ihm ein Küsschen.

Alle sahen einander abwartend an. Niemand gab zu, hinter dem Rücken der anderen Thunfisch gegessen zu haben.

»Na schön, dann sagt ihr es mir eben nicht«, beschwerte sich Lona. »Nur damit ihr es wisst: Ich finde ein solches Verhalten unsozial und kindisch.« Sie wurde lauter: »Da stehen Bendix und ich stundenlang in der Küche, um für euch Essen zu kochen, und ihr dankt es uns damit, dass ihr heimlich an die Vorräte geht und es nicht einmal zugebt.«

Lotti legte ihre Gabel zur Seite. »Schön, wenn du es unbedingt wissen musst: Ich hab *keine* Thunfischdosen genommen.«

»Papa und ich natürlich auch nicht. Was denkst du eigentlich?«, echauffierte sich Mama Feuchtwanger.

Elli fühlte, dass alle Blicke auf ihr ruhten. Ihre Gabel stockte auf dem Weg zum Mund, sie sah auf und schluckte. »Natürlich nicht. Warum hätte ich denn die Dosen nehmen sollen?« Das war mal wieder typisch Apolonia, dachte Elli, sich so aufzuspielen. Nur weil sie einmal in ihrem Leben etwas kocht, muss sich alles um sie drehen. »Bist du sicher, dass du sie nicht selbst genommen hast?« Elli hatte die Nase voll. Erst die Angst um Ronnie, und dann nervte ihre kleine Schwester wegen ein paar Thunfischdosen. Sie schob sich ein großes Stück Omelett in den Mund.

Lona knallte ihr Besteck auf den Tisch und stemmte die Hände in die Hüften. Sie wollte gerade zu einer längeren Rede ansetzen, als Vater Feuchtwanger sich laut räusperte. Er trank einen Schluck Wasser, räusperte sich noch einmal und sagte dann bemüht geduldig: »Irgendjemand *muss* die Dosen aber genommen haben.« Er legte sein Besteck zur Seite. »Es wäre wirklich besser, wenn sich der- oder diejenige melden würde.« Er stützte die Ellbogen auf den Tisch und verschränkte seine Finger.

»Manfred, jetzt mach doch aus einer Mücke keinen Elefanten«, lachte seine Frau unsicher.

»Ich nehme an, ihr habt überall gesucht?«, fragte er Lona.

Die nickte eifrig. »Natürlich. Überall. Wir haben die ganze Küche abgesucht.«

»Und ihr seid euch sicher, dass drei Dosen fehlen?«

Wieder nickte Lona energisch.

»Also«, sagte er und lehnte sich auf seinem Stuhl zurück, »wenn es niemand von uns war, muss es jemand anders gewesen sein.«

Brütende Stille senkte sich wie eine Glocke über den Tisch.

»Du meinst, jemand ist hier eingebrochen und hat drei Thunfischdosen geklaut?« Mama Feuchtwangers Stimme wurde schrill.

»Das müssen wir in Betracht ziehen. Ich meine, wir sollten nachsehen, ob sonst noch etwas fehlt«, sagte der pensionierte Kriminalhauptkommissar mit ernster Miene. »Ich will niemandem Angst einjagen. Und schon gar nicht aus einer Mücke einen Elefanten machen«, sagte er mit einem Seitenblick auf seine Frau. »Aber ich finde, dass das untersucht gehört.«

»Wenn wir schon dabei sind«, hob Lotti an. »War von euch jemand letzte Nacht so gegen zwei Uhr draußen?« Ihr Vater sah sie fragend an. »Weil ich draußen vor meinem Cottage im Kies Schritte gehört hab.« Lotti deutete mit der Hand auf Elli. »Du doch auch Elli, gell.«

Elli zuckte mit den Schultern. »Ich war mir nicht sicher, ich hab gedacht, dass es die Schafe waren.« Es war ihr immer noch peinlich, dass sie sich so erschrocken hatte.

Ellis Vater gab sich damit nicht zufrieden. »Du hast aber auch etwas gehört, ob das jetzt Schafe waren oder nicht. Gehört hast du was?«

»Ja.« Elli sah zu Lotti hinüber, die sie auffordernd ansah. »Ich hab zuerst auch gedacht, ich hätte Schritte gehört«, gab sie schließlich zu. »Aber dann hab ich die

Schafe hinter der Mauer gesehen, und deshalb hab ich die Geräusche den Schafen zugeschrieben.«

»Warum warst du mitten in der Nacht draußen!?« Mama Feuchtwanger sah ihre Tochter mit großen Augen an.

»Ich bin nur aufs Klo gegangen, Mama«, sagte Elli leise und kam sich vor wie eine Neunjährige.

»Habt ihr in der Nacht gar nichts gehört?«, wandte Elli sich zuerst an ihre Eltern und dann an Lona und Bendix, die alle verneinend mit dem Kopf schüttelten. Elli stand auf, schob ihren Stuhl nach hinten und ging zum Küchenschrank. Sie holte alle Vorräte aus dem Schrank und stapelte sie auf der Anrichte. Nachdem sie alles überprüft hatte, sagte sie. »Wenn von euch niemand etwas genommen hat, dann fehlen die drei Thunfischdosen, eine Dose Erbsen, zwei Dosen Bohnen und ein Corned Beef. Bei den Eiern bin ich mir nicht sicher. Kann sein, dass ein Karton fehlt.

Vater Feuchtwanger rieb sich müde die Stirn. Dann sagte er: »Ihr wisst, was das bedeutet. Jemand hat die Lebensmittel genommen, als wir nicht da waren. Das heißt, wenn es niemand von uns war, dann muss es der Unbekannte aus dem Steinhaus über der kleinen Bucht gewesen sein, bei dem wir heute waren.«

Mama Feuchtwanger schlug die Beine übereinander. »Das Phantom mit Schuhgröße 46.«

»Von dem wir annehmen, dass es die Insel verlassen hat.« Elli versuchte, einen kühlen Kopf zu bewahren. Sie nahm ihren Teller und ging damit zur Tür, um die Reste des spanischen Omeletts in Ronnies Napf zu füllen. »Ihr könnt Ronnie eure Reste geben«, sagte sie und strich die letzten Stückchen Omelett mit der Gabel vom Teller. Plötzlich hämmerte es laut an der Cottagetür, und Elli blieb fast das Herz stehen. Ronnie, der mit wenigen Bissen die Reste der Omeletts verschlungen hatte, fing an zu bellen. Die Tür wurde langsam aufgeschoben und ein Zwei-Meter-Mann stand im Türrahmen. Papa Feuchtwanger und Bendix sprangen von ihren Stühlen auf. Elli, die ihm direkt gegenüberstand, sah unwillkürlich auf seine Füße, die in abgetragenen, aber teuren Wanderstiefeln steckten. Mindestens Schuhgröße 46.

Kapitel 19

»Hallo.« Der Fremde lächelte breit, als er Ellis verdutzte Miene sah. »Ich hoffe, ich habe Sie nicht erschreckt.« Er war groß und gut gebaut. Seine breiten Schultern steckten in einem verfilzten hellbeigen Wollpullover mit dem typischen Zopfstrickmuster der Aran Islands. Darüber trug er eine ärmellose wattierte Weste in Blau. Seine Jeans hatten kreisrunde Schlammspuren an den Knien. Er fuhr sich mit einer Hand durch seinen kurzen dunkelblonden Schopf. Sein dichter langer Bart leuchtete von unzähligen roten Haaren, die im Gegenlicht der Sonnenstrahlen, die hinter ihm durch die Türöffnung fielen, wie Gold hervorblitzten.

Ein Wikinger, dachte Elli im ersten Moment; wie gelähmt stand sie da und starrte ihn an. Ronnie lief auf ihn zu und beschnupperte ihn ausgiebig. Entspannt hielt der Fremde seine Hand an Ronnies Nase, damit der Labrador seinen Geruch aufnehmen konnte. Dann tätschelte er ihm die Flanke. »Guter Hund«, murmelte er leise.

»Hallo.« Elli hatte ihre Stimme wiedergefunden und hob eine Augenbraue. Sie sah ihn forschend an. Dann hielt sie dem Fremden ihre Hand hin und sagte: »Elli O'Shea, und das ist meine Familie.« Sie deutete mit einer kurzen Bewegung auf ihre Eltern und ihre Geschwister, die um den Küchentisch versammelt waren. »Und Sie sind?«

»Leo Tierney, freut mich.« Sein Händedruck war fest. »Ich bin der hiesige Ornithologe von BirdWatch Ireland.«

»Kann ich Ihnen eine Tasse Tee anbieten?«, fragte Elli, die in Gedanken sofort zwei und zwei zusammengezählt hatte und deshalb zu wissen glaubte, wer der gut aussehende Fremde war, der vor ihr stand. »Setzen Sie sich doch.«

»Das ist nett. Sehr gern, danke.«

Lotti war aufgestanden und hatte damit begonnen, die benutzten Teller einzusammeln. »Hi, ich bin Lotti, Ellis Schwester«, sagte sie. Ihre Katzenaugen ruhten eine Zehntelsekunde zu lang in den meerblauen Augen des Fremden. Sie schien in deren unergründlichen Tiefen zu versinken. Widerstrebend machte sie sich davon los und lehnte sich mit der Hüfte gegen die Tischkante. »Wo kommen Sie plötzlich her? Ich dachte, die Schiffe können die Insel bei so einem starken Wind nicht anfahren?« Lotti hielt immer noch den Stapel Teller vor ihrem Bauch.

Leo Tierney nahm dankend die dampfend heiße Tasse Tee entgegen, die Elli vor ihn auf den Tisch gestellt hatte. »Ich bin schon seit zwei Tagen auf Inishark«, sagte der Fremde gemütlich und schlang beide Hände um die Teetasse. »Ich glaube, wir haben uns heute bei *Fó Leo* knapp verfehlt.«

»Bei Fó wo?« Vater Feuchtwanger streckte sich über den Tisch und hielt dem Besucher die Hand hin. »Manfred Feuchtwanger, angenehm. Das ist meine Frau Brigitte.«

Mama Feuchtwanger nickte dem Neuankömmling kurz zu.

»*Fó Leo*, so heißt die kleine Bucht, über der meine Vogelstation steht«, erklärte der Fremde. »Hier auf Shark wird fast alles nach dem heiligen Leo benannt.« Er lächelte, wobei seine ebenmäßigen weißen Zähne blitzten. Er sah Elli an. »Sie waren doch heute in meiner Hütte, nicht wahr?« Er trank einen Schluck, wobei er die heiße Tasse mit beiden Händen zum Mund führte. »Ich hab sie durch mein Fernglas gesehen. Leider war ich zu weit weg.« Leo zuckte mit den Schultern. »Als ich endlich von meinem Rundgang zurück war, da waren Sie schon wieder weg. Aber ich hab mir gleich gedacht, dass sie die Feriengäste sind, von denen Pius Murray gesprochen hat.«

»Wir wollten nicht neugierig sein«, sagte Elli, der die Peinlichkeit ins Gesicht geschrieben stand.

»Aber wir hatten nicht damit gerechnet, dass außer uns noch jemand auf der Insel ist.« Mama Feuchtwanger sah ihn streng an. »Noch dazu schon seit zwei Tagen.«

Der Fremde lehnte sich entspannt zurück und überkreuzte die langen Beine. Er balancierte seine Teetasse auf dem Bauch. »Normalerweise bleibe ich nur eine Nacht«, sagte er. »Inishark ist klein, da bin ich an einem Tag fertig. Nur, diesmal hat mir das Wetter einen Strich durch die Rechnung gemacht. Ist nicht das erste Mal.«

»Wo ist denn ihr Boot?«, wollte Lotti wissen. »Wir haben in der Bucht keins gesehen.« Sie setzte sich neben ihn auf einen Küchenstuhl.

»Ich hab kein Boot«, erwiderte er, trank einen Schluck und stellte die Tasse zurück auf den Tisch. »Pius hat mich übergesetzt.« Er sah Lotti an. »Leider hat sich das Wetter schneller gedreht, als wir erwartet hatten. Deshalb konnte er mich noch nicht wieder abholen.« Er saß bequem zurückgelehnt auf dem alten Holzstuhl. Sein unfreiwilliger Aufenthalt auf Inishark schien ihn nicht weiter zu bekümmern. »Letzte Nacht war ich am anderen Ende der Insel, in *Pigeon Cove*, und habe dort übernachtet. Die Hütte dort ist nicht ganz so luxuriös wie die bei *Fó Leo*, aber sie ist trocken und hat ein Bett.« Er zeigte wieder sein breites Lächeln. »Ich bin nicht anspruchsvoll.«

Lona ließ das letzte spanische Omelett von der heißen Pfanne auf einen Teller gleiten und trug das duftende Gericht vorsichtig an den Küchentisch. »Wollen sie mit uns essen?« Sie legte das Besteck neben den Teller und zog das Tuch vom Kopf. Ihre blonden Locken fielen ihr in einer Kaskade den Rücken hinab. Leo Tierney schien der Atem zu stocken, als er Lona ansah. Dann gab er sich einen Ruck und sagte höflich. »Wahnsinnig gern, die Konserven stehen mir schon bis hier.« Er deutete mit der flachen Hand auf sein Kinn.

»Immer nur Thunfisch ist nicht sehr abwechslungsreich, nicht wahr«, sagte Vater Feuchtwanger und sah ihn lauernd an.

Leo Tierney bemerkte es nicht. Er widmete sich beherzt seiner Tortilla Patata. »Thunfisch wäre mal was anderes«, meinte Leo und kaute verzückt. »Ich habe diesmal nur Bohneneintopf und Ravioli dabei. Vom Discounter. Kein prickelndes Geschmackserlebnis, das können Sie mir glauben.« Er lächelte Lona an. »Nicht zu vergleichen mit diesem göttlichen Mahl.« Lonas Wangen röteten sich.

Bendix ging um den Tisch herum und legte den Arm um Lonas Schultern. »Sie haben Glück. Meine Freundin und ich waren heute mit Küchendienst dran. Mit anderen Worten: Niemand kocht Tortilla Patata so gut wie wir, nicht wahr Schatz?« Besitzergreifend zog er Lona an sich. Die wand sich geschickt aus seiner Umarmung und nahm neben Leo Tierney Platz.

»Sie sind Ornithologe, sagten Sie? Was gibt es denn auf dieser Insel an interessanten Vögeln zu beobachten?«

Der Vogelkundler legte seine Gabel auf den Teller und lehnte sich vor. An den Fingern zählte er auf: »Auf Shark gibt es Flussseeschwalben, Küstenseeschwalben, Krähenscharben, Alpenkrähen, Sturmmöwen, die große und die kleine Schwarzrückenmöwe, Silbermöwen, Atlantiksturmtaucher, Trottellummen, die brüten an der Steilküste«, er stoppte, blickte forschend in die Runde und vergewisserte sich, dass er die Aufmerksamkeit aller hatte. Dann senkte er seine Stimme dramatisch: »Aber der wahre Grund, warum ich hier bin … ist der Wachtelkönig.« Falls er auf eine Reaktion seines Publikums gehofft hatte, wurde er bitter enttäuscht. Er lachte. »Ich seh schon, ihr seid keine Vogelkundler.« Erklärend fuhr er fort: »Der Wachtelkönig ist in weiten Teilen Irlands so gut wie ausgestorben. Er steht auf der Roten Liste. Da die Vögel Bodenbrüter sind, wird ihr Lebensraum durch den Menschen immer stärker bedroht. Hier auf Shark, wo noch nie mit Maschinen gemäht wurde, gibt es noch stabile Bestände. Der Wachtelkönig ist ein Zugvogel. Das heißt, er ist nur von April bis September auf der Insel. Drüben auf Inishbofin gibt es den Wachtelkönig auch wieder vermehrt, seit wir Schutzgebiete für ihn eingerichtet haben.« Lona strich sich eine blonde Locke aus der Stirn. »Wie sieht der Vogel aus? Ich glaube nicht, dass ich schon mal einen Wachtelkönig gesehen habe.« Sie lächelte den Vogelkundler an.

Bendix plusterte sich auf. »Er sieht aus wie eine Wachtel, Liebes. Mit anderen Worten: braun und unscheinbar.«

Leo Tierney nickte. »Obwohl er nicht mit der Wachtel verwandt ist, sieht er ihr oberflächlich betrachtet ähnlich. Er ist allerdings etwas größer und ist im Lauf recht langbeinig mit langem Hals. Am einfachsten erkennt man den Wachtelkönig an seiner Stimme.« Er legte den Kopf zurück und stieß einen schnarrenden Laut aus: »rerrp-rerrp, rerrp-rerrp.« Wieder lachte er breit in die Runde. »Wenn ihr das hört, dann seid ihr dem Wachtelkönig ziemlich nah. Der Ruf des Wachtelkönigs ist durchgehend die ganze Nacht von Sonnenuntergang bis Sonnenaufgang zu hören. Tagsüber verhält er sich bis auf vereinzelte Rufe meist ruhig.«

»Sind Sie deshalb mitten in der Nacht unterwegs?«, wollte Mutter Feuchtwanger wissen.

Leo nickte. »Ja, ich bin oft bis weit nach Mitternacht unterwegs, um den Bestand zu kontrollieren.«

»Wissen Sie«, fuhr Mama Feuchtwanger fort und sah ihn streng an, »ich finde, Sie hätten schon früher bei uns vorbeischauen müssen. Wir wurden in dem Glauben gelassen, dass wir die Insel für uns allein haben. Meine Töchter sind nachts wachgeworden, weil sie Schritte vor ihren Cottages gehört haben. Sie haben ihnen Angst gemacht«, endete sie vorwurfsvoll.

»Gnädige Frau, das muss ein Missverständnis sein. Ich bin zwar nachts oft draußen, aber ich geh nicht ins Dorf. Im Dorf gibt es keine Wachtelkönige. Die halten sich nur im hohen Gras auf, wo sie sich verbergen können und wo sie geschützt sind.« Leo Tierney sah von Lona zu Lotti. »Wenn Sie nachts Schritte hören, dann stammen die ganz bestimmt nicht von mir.«

Kapitel 20

»Glaubst du ihm?«, wollte Elli von ihrem Vater wissen, nachdem der Vogelkundler sich von ihnen verabschiedet hatte.

Der pensionierte Kriminalhauptkommissar hatte die Stirn in Falten gelegt. »Mir will das gar nicht gefallen«, brummte er und drehte seine leere Teetasse in den Händen. »Entschuldige, wenn ich dich das frage, aber bist du dir sicher, dass die Dosen fehlen? Ich meine, die können nicht einfach irgendwo anders sein? Oder vielleicht sind sie Teil der verwechselten Pakete und immer noch auf Inishbofin?«

Elli überlegte. Sollte sie sich getäuscht haben? Aber nein. »Lona hat doch auch gesagt, dass von den Vorräten etwas fehlt. Woher hätte sie das wissen können, wenn sie die Dosen nicht vorher selbst gesehen hätte?«

Lona nickte eifrig. »Stimmt, Papa, die waren da.« Nervös verknotete sie ihre Finger.

»Ihr glaubt also, dass er lügt, der Herr Vogelkundler«, sagte Lona leise, und man hörte die Enttäuschung in ihrer Stimme.

Bendix antwortete sofort im Brustton der Überzeugung. »Der lügt! Mit anderen Worten: Der hat die Konserven mit Sicherheit gestohlen.« Er sah zu Lona, die auf einen unsichtbaren Punkt auf dem Tisch starrte, und sagte: »Ich fand ihn furchtbar unsympathisch, wie er hier hereinspaziert ist. Mit anderen Worten: Er hat sich aufgeführt, als würde ihm die ganze Insel gehören. Findest du nicht auch, Apolonia?«

Lona hob den Kopf. »Ich fand ihn eigentlich ganz nett«, sagte sie ruhig.

Mama Feuchtwanger polierte mit einem Tuch den Küchentisch. »Nein, da muss ich Bendix recht geben«, sagte sie mit zusammengezogenen Brauen. »Ich fand ihn auch furchtbar überheblich, wie er sich da auf dem Stuhl gefläzt hat. Gerade so, als würde das Haus ihm gehören und nicht uns. Ich kann mir gut vorstellen, dass er einfach hier hereinspaziert ist, als wir nicht da waren, und sich an unseren Vorräten bedient hat.« Sie hielt kurz inne und wedelte mit dem Putztuch. »Du kennst mich, Manfred. Ich habe ein Gespür für Menschen«, behauptete sie. »Und ich sage euch, der Kerl bildet sich Wunder was auf sich ein und meint, er kann sich alles erlauben.« Sie ging an die Spüle und fing an, das Geschirr abzutrocknen. »Er sieht gut aus und das weiß er auch.«

»Also, ich fand ihn sympathisch«, sagte Lona.

»Dass du keinen Männergeschmack hast, wissen wir«. Mutter Feuchtwanger ignorierte Bendix' empörten Blick und stapelte die Teller laut klappernd im Küchenschrank. »Was meinst du, Elli?«

Elli, die sich nicht sicher war, ob sich die Frage ihrer Mutter auf den Männergeschmack ihrer Schwester oder auf den Fremden bezog, sagte ausweichend: »Vielleicht machen wir zu viel Tamtam um die paar Konservendosen.«

Lotti tippte mit dem Zeigefinger gegen ihre vollen Lippen. »Ich muss Lona recht geben. Ich fand ihn auch sympathisch.« Sie breitete die Hände aus und grinste. »Mein Männergeschmack ist halt auch nicht der beste. Aber du musst doch zugeben«, sagte sie zu ihrer Mutter, »dass dieser Birdman rattenscharf aussieht.«

Mama Feuchtwanger verdrehte die Augen. Dann setzte sie sich unerwartet neben Lotti an den Tisch und sagte lebhaft: »Ich fand, er sieht aus wie ein Wikinger. Ihr wisst schon, wie in dem Film *Die Wikinger* mit Kirk Douglas und Tony Curtis.«

Lotti lachte. »Mit wem? Mensch, Mama, der Film ist ja schon hundert Jahre alt.«

Elli räusperte sich. »Ich finde, wir hätten ihn über die Insel ausfragen sollen. Der Mann ist Ornithologe und kennt Inishark wie seine Westentasche, und alles, was euch dazu einfällt, ist, ob er uns ein paar Thunfischdosen geklaut hat.« Sie rieb sich mit zwei Fingern über die Augen. »Wir haben ihn nicht einmal gefragt, ob außer ihm noch jemand auf der Insel ist. Außerdem hätten wir uns erkundigen sollen, wie lange es noch dauern kann, bis wir wieder von der Insel abgeholt werden können. Vielleicht hätten wir ihn bitten sollen, dass er uns die Insel zeigt.« Elli sah in betretene Gesichter. Nur Bendix schien anderer Meinung zu sein.

»Elli hat recht«, sagte Lotti. »Wenn ihr wollt, geh ich ihm nach und lade ihn für morgen zu uns zum Essen ein. Dann können wir ihn ausfragen.« Sie sah auf Ronnie. »Den Hund nehme ich mit.«

Elli stand auf. »Warte, ich hol dir die Leine. Ich will nicht, dass er wieder in eine Falle tappt.« Ronnie wedelte erwartungsvoll mit dem Schwanz. Elli lief aus der Tür und wurde sofort von einer Windböe erfasst, die ihr die Haare aus dem Gesicht blies. Sie verharrte auf den Steinstufen und sah über das Meer. Inishbofin lag friedlich in der Ferne, von Inishark nur durch tausend Meter Salzwasser getrennt. Rasend schnelle Wolken warfen ein bewegtes Schattenspiel auf den weißen Sandstrand von Bofin. Die Sonne stand knapp über dem Wasser. Bald würde sie untergehen und ihr Licht mit sich nehmen.

Elli zog gegen den Wind den Kopf ein und lief den steinernen Weg zu ihrem Cottage hinunter. Sie steckte die Hand in die Hosentasche und zog ihren Hausschlüssel heraus. Seit sie nachts Schritte gehört hatte, sperrte sie ihr Häuschen immer ab. Sie drehte den Schlüssel, trat ein und ließ die Tür hinter sich ins Schloss fallen. Wo war die Leine? Elli blieb mitten im Raum stehen. Ein Schatten schob sich vor das Fenster ihres Cottages. Es wird jeden Tag früher dunkel, dachte sie und ging in ihr Schlafzimmer. Sie zog die oberste Schublade der Kommode auf. Neben ein paar sorgfältig gefalteten T-Shirts lag Ronnies Leine. Sie griff danach und wollte die Schublade schließen, doch der Schub ließ sich nicht vollständig zurückschieben. Elli drückte und presste, zog dann die Lade komplett heraus und suchte nach der Ursache. Eines ihrer Wäschestücke hatte sich in der Schublade darunter verklemmt. Elli zog auch diese Lade heraus und stutzte. Ihre sonst so ordentlich gefalteten Höschen und Büstenhalter lagen durcheinander. Hatte sie es am Morgen versäumt, Ordnung zu schaffen? Elli sortierte ihre Unterwäsche neu, schloss die Kommode, nahm die Leine und ging eiligen Schrittes aus dem Haus. Sie steckte den Schlüssel ins Schloss und sperrte ab. Plötzlich spürte sie jemanden hinter sich.

»Ich würde mir auf dieser Insel nicht die Mühe machen abzuschließen«, sagte Leo Tierney, der hinter ihr stand. Elli fuhr herum. »Ist ja nicht wie in der Stadt, wo es Tausende von Menschen gibt«, meinte der Birdman und richtete seine sturmumwölkten blauen Augen auf Elli. »Hier kommt schon nichts weg«, sagte er, und sein Lächeln wurde breiter.

Elli schluckte. Wie sollte sie das verstehen? Was machte er überhaupt noch hier? »Ich dachte, sie wären zurück zu ihrer Hütte gegangen«, sagte sie und bemühte sich, das leichte Zittern in ihrer Stimme unter Kontrolle zu bringen.

»Mir ist nicht aus dem Kopf gegangen, was ihre Mutter gesagt hatte.« Leo Tierney sah auf den Kiesweg vor ihnen. »Ich wollte mal nachsehen, ob ich Fußspuren entdecken kann. Irgendwie kam mir die Geschichte seltsam vor. Sind Sie sicher, dass es Schritte eines Menschen waren und keine Schafe?«

Elli hob den Kopf und sah ihm ins Gesicht. Spielte er ein Spielchen mit ihr? War er der nächtliche Fremde, der von sich ablenken wollte?

»Es waren tatsächlich ein paar Schafe auf der anderen Seite der Mauer«, sagte sie und überspielte ihr leichtes Unbehagen. »Dort drüben«, sie zeigte mit dem ausgestreckten Zeigefinger auf die Trockensteinmauer hinter ihrem Cottage, auf der eine schwarze Krähe saß.

Leo Tierney ging zu der angezeigten Stelle und sah über die Mauer. Der große Vogel blieb sitzen. »Jetzt liegen da nur noch Schafsköttel«. Er lehnte sich an die Mauer und verschränkte die Arme vor der Brust. Der Wind fuhr in seinen Bart. »Wenn man die Geräusche der Insel nicht gewöhnt ist, dann können sie schnell seltsam klingen«, meinte er, und seine Stimme klang warm und beruhigend. »Wenn sie möchten, kann ich Sie und Ihre Familie morgen früh auf eine Inselwanderung mitnehmen.« Er sah sie fragend an. »Es gibt ein paar interessante Stellen aus der Bronzezeit, die ich ihnen gern zeigen würde.« Er warf einen Blick über das Meer und in den Himmel. »Außerdem können wir morgen sowieso noch nicht mit einem Schiff rechnen. Der Regen wird wohl ausbleiben, aber der Wind nimmt zu.«

Elli überlegte nicht lange. »Sehr gern, vielen Dank. Und anschließend essen Sie mit uns. Eine geführte Wanderung über die Insel ist genau das, was ich mir wünsche.« Elli lächelte ihn an. »Ich habe nämlich morgen Geburtstag.«

Kapitel 21

Am nächsten Morgen fiel ein Sonnenstrahl durch das trübe Glas des Schlafzimmerfensters auf Ellis Gesicht. Sie lag in ihrem Bett und reckte sich wohlig. Ronnie kam angelaufen und leckte ihre nackten Füße, die unter der Decke hervorschauten. Elli stieß einen spitzen Schrei aus und zog die Beine an. Es dauerte ein paar Sekunden, bis sie vollends wach war. Sie hatte so gut geschlafen, herrlich. Wie spät war es? Sie griff nach ihrer Uhr auf dem Nachttisch. Halb neun. Mit einem Ruck setzte sie sich auf. Heute war ihr Geburtstag. Vierzig. Elli sank zurück in die Kissen. Vierzig. Sie schmeckte das Wort auf der Zunge. Tastete sich heran. Probierte es in ihrem Kopf aus. Vierzig. Ronnie stupste sie mit der Schnauze an und hechelte seinen Hundeatem in ihr Gesicht. »Ronnie, aus!« Elli schob seinen Kopf weg und tastete nach ihrem Handy. Ob sie heute ein Netz haben würde? Enttäuscht sah sie auf das Display. Da wird man einmal in seinem Leben vierzig und muss den Tag ohne seine Liebsten verbringen. Fast hätte sie angefangen zu weinen. Heute wären Seán und die Jungs nach Inishark gekommen. Der Wind heulte und rüttelte an den Fensterscheiben. Ein starker Luftzug pfiff durch den Kamin. Ohne aus dem Fenster zu sehen, wusste Elli, dass auf Inishark auch heute kein Schiff landen würde. Vierzig. Vierzig und allein. Und alles nur, weil sie diese Schnapsidee mit der Insel gehabt hatte.

Elli sprang aus dem Bett. Schluss mit Trübsalblasen. Immerhin waren ihre Eltern und ihre Schwestern bei ihr. Sie würde sich eine schöne heiße Dusche gönnen, Rührei zum Frühstück essen und dann mit ihrer Familie und Birdman eine schöne Inselwanderung machen. Vierzig kann mich mal, dachte Elli und rief nach Ronnie.

Als sie mit Ronnie im Gemeinschaftshaus ankam, wurde sie von einer ausgelassenen Geburtstagsgesellschaft begrüßt. Laut schmetterte Familie Feuchtwanger *Zum Geburtstag viel Glück* und beendete ihre Vorstellung mit »Hipp, hipp, hurra«! Elli wurde gedrückt und abgebusselt und an den bunt gedeckten Tisch geführt, in dessen Mitte ein runder Kuchen stand, über und über mit Kerzen bestückt. Liebevoll verpackte Geschenke lagen auf Ellis Platz.

Elli stiegen vor Rührung die Tränen in die Augen. »Ein Kuchen?«, stotterte sie. »Wie? Ich meine woher?«

Mama Feuchtwanger hakte sich bei ihr unter. »Das ist ein Kartoffelkuchen nach dem Rezept meiner Uroma.« Sie lächelte listig. »Ohne Mehl, aber mit sechs Eiern. Und die Kerzen habe ich in meinem Koffer mitgebracht.«

Lotti rief: »Jetzt geh schnell duschen, damit wir endlich frühstücken können.«

Der Kartoffelkuchen schmeckte himmlisch. Elli hatte ihre liebe Not damit gehabt, alle vierzig Kerzen auf einmal auszupusten. Dazu gab es extra starken Tee, genau so, wie Elli ihn liebte. Diesmal hatte Lotti den Tee gekocht. Es klopfte, und gleich darauf wurde die Tür aufgestoßen. Birdman stand im Raum und wurde von Ronnie wie ein alter Bekannter begrüßt. Nachdem er Elli seinen Glückwunsch ausgesprochen hatte, wurde auch er mit Tee und Kartoffelkuchen bewirtet, der ihm sichtlich gut mundete. Schließlich strich er sich die Krümel aus seinem vollen

Bart, stand auf und sagte: »Wir sollten aufbrechen. Hat jeder von euch eine Wasserflasche eingepackt?«

Ronnie lief aufgeregt schwanzwedelnd von einem zum anderen, während sich alle anzogen und ihre Rucksäcke schnürten.

»Die Wanderung wird ungefähr drei Stunden dauern«, sagte der Birdman und sah Mutter Feuchtwanger an.

»Kein Problem«, erwiderte sie und schwang ihre ausziehbaren Walkingstöcke. »Ich bin bestens ausgerüstet.«

Bis sich endlich alle gestiefelt und gespornt vor dem *Teach pobail* versammelt hatten, vergingen ein paar Minuten. Zuletzt trat Vater Feuchtwanger mit seiner Fototasche zu ihnen. Er schoss ein paar Gruppenfotos, für die sie posierten, als stünde die Besteigung des Matterhorns auf dem Programm. Dann brachen sie auf. Leo Tierney führte sie auf dem Schotterweg an der Kirche vorbei in westlicher Richtung. Lotti und Elli hatten ihn in ihre Mitte genommen und erzählten ihm von dem Knochen, den Ronnie gefunden hatte, und von dem Friedhof, der langsam ins Meer zu stürzen drohte.

Leo hörte interessiert zu. »Der Friedhof ist wirklich in einem beklagenswerten Zustand«, sagte er. Eine steile Falte hatte sich zwischen seinen Brauen gebildet. »Ich versuche schon seit Längerem, jemanden vom County Council dazu zu bewegen, Mittel für die Instandsetzung lockerzumachen. Aber natürlich ist keiner für eine verlassene Insel zuständig.«

Sie folgten einem schnurgeraden Weg, der auf beiden Seiten von Trockensteinmauern eingefasst war. Eine Krähe ließ sich direkt vor ihnen auf der Mauer nieder.

Mit einer Hand deutete Leo auf die mit Gras und Unkraut bewachsenen Felder zu seiner Linken. »Das waren vor der Evakuierung alles fruchtbare Felder.«

Die für Ellis Geschmack recht kleinen Flecken waren von Steinmauern umgeben, die an manchen Stellen brüchig waren. Halbwilde Schafe stromerten durch die Lücken.

Lotti meinte: »Ich kann mir gar nicht vorstellen, dass hier einmal Menschen das ganze Jahr über gelebt haben.«

Leo Tierney bedachte sie mit einem unergründlichen Blick. »Man kann auch sehr gut ohne den ganzen modernen Schnickschnack leben«, entgegnete er dann und ging ein bisschen schneller.

»Apropos moderner Schnickschnack.« Elli beeilte sich, mit ihm Schritt zu halten. »Als wir hier ankamen, hatte ich ein Netz auf meinem Handy, und seit zwei Tagen hab ich keins mehr. Wissen Sie vielleicht, woran das liegen kann?«

Der Birdman lächelte breit. »Das liegt an Bofin«, sagte er. »Ich vermute, dass dort aufgrund des Sturms wieder mal der Strom ausgefallen ist. Ohne Strom kein Netz. Als ich letzte Nacht unterwegs war, ist mir aufgefallen, dass Bofin im Dunkeln lag. Nur vereinzelt hat ein Licht gebrannt. Manche haben zusätzlich Generatoren, so wie Sie«, fügte er hinzu, »aber die meisten warten einfach, bis *Electric Ireland* den Schaden wieder behoben hat.« Er blieb kurz stehen, um auf den Rest der Wandergesellschaft zu warten. »Aber das kann dauern. Wenn es am Festland auch Stromausfälle gegeben hat, dann müssen die Inseln erst einmal zurückstehen.« Sobald die anderen aufgeschlossen hatten, ging er weiter. »Wir haben immer noch oberirdische Leitungen. Beim kleinsten Sturm gehen die Lichter aus.«

Elli nickte, sie steckte die Daumen in die Träger ihres Rucksacks. Das schien eine logische Erklärung zu sein. »Wie lange dauert es normalerweise, bis die Schiffe wieder auf Inishark anlegen können?«, fragte sie ihn. »Wissen Sie, wir haben einen kleinen Versorgungsengpass.« Elli seufzte. »Die Kartons mit unseren Vorräten wurden auf Inishbofin versehentlich vertauscht. Deshalb haben wir fast nur Kartoffeln und Zwiebeln und Eier.«

Er blieb stehen und sah sie verdutzt an. Dann brach er in schallendes Gelächter aus. »Ich glaub's nicht!« Er wischte sich Lachtränen aus den Augenwinkeln. »Die klauen wirklich wie die Raben.« Elli sah ihn verständnislos an. »Sie sind jetzt schon die dritte Gruppe Feriengäste, von denen *versehentlich* die Kartons vertauscht wurden.« Hier machte er mit den Fingern das Hasen-Öhrchen-Zeichen. »Ich vermute mal, dass sie für Ihren Geburtstag allerlei Leckereien eingepackt hatten?«

Elli war wie vor den Kopf gestoßen. Das war gar kein Zufall? Das war gemeiner Mundraub? Sie fühlte, wie ihr das Blut in den Kopf stieg. Sie wechselte einen Blick mit Lotti.

Die sagte nur: »Piraten- und Schmuggler-Tradition nehme ich mal an?« Birdman zuckte seine breiten Schultern und grinste. »Lebt eigentlich außer uns und ihnen noch jemand auf Inishark?«, fragte Lotti.

Leo Tierney schüttelte den Kopf. »Nein, hier lebt seit der Evakuierung 1960 niemand mehr.« Er blieb wieder stehen, um auf Papa und Mama Feuchtwanger zu warten. »Ich komme jedes Jahr ab April ungefähr einmal im Monat nach Shark und bleibe normalerweise eine Nacht.« Er sah in den Himmel und beobachtete ein paar Möwen, die auf ausgebreiteten Schwingen im Wind segelten. Dann sah er auf die Uhr an seinem Handgelenk. »In dem Tempo werden wir doch etwas länger brauchen.« Er strich sich mit einer Hand über seinen Bart. »In einer halben Stunde sind wir an der westlichen Steilküste«, sagte er zu

Mama Feuchtwanger, die endlich zu ihnen aufgeschlossen hatte. »Dann machen wir eine Pause.«

Sie warf ihm einen giftigen Blick zu, sagte aber nichts. Elli vermutete, dass sie zu sehr aus der Puste war und sich keine Blöße geben wollte.

Eine halbe Stunde später waren sie endlich an dem Punkt der Insel angelangt, den der Birdman für ihre Ruhepause ausgewählt hatte. Eine steife Brise pfiff ihnen kräftig um die Ohren, als sie in sicherer Entfernung vor dem Rand der Klippen stehen blieben.

»Nächster Halt Amerika«, rief Leo Tierney gegen den Wind übers Meer.

Ellis Blick schweifte über den aufgewühlten Atlantik bis ans Ende des Horizonts. Die Sonne brachte die aufgepeitschten Wellen zum Leuchten. Weiße Schaumkronen ritten auf den Wogen, bis sie sich mit Wucht gegen die steilen Klippen warfen. Das Tosen des Wassers wurde lediglich von den schrillen Schreien der Vögel durchdrungen. Eine Krähe segelte über ihren Köpfen im Wind. Vater Feuchtwanger brachte seine Kamera in Stellung und knipste nach Herzenslust.

»An sonnigen Tagen kann man hier *Basking Sharks* beobachten«, sagte Leo Tierney und stemmte sich gegen den Wind. »Vielleicht haben wir Glück.« Er drehte sich zu Elli um.

Elli, die gerade aus ihrer Flasche getrunken hatte, verschluckte sich und hustete keuchend. Das Wasser trat ihr in die Augen, und Lotti musste ihr ein paarmal kräftig auf den Rücken klopfen, bis sie wieder Luft bekam. Sie verschloss ihre Wasserflasche und steckte sie zurück in ihren Rucksack.

»Früher wurden die Riesenhaie auf Shark und Bofin wegen ihres Öls gejagt«, erzählte der Birdman und setzte sich bequem auf einen flachen Felsen, der in einigem Abstand parallel zur Abbruchkante verlief. Bart und Haare wehten im Wind. »Die Einheimischen nannten den Riesenhai *Sunfish,* weil er bei Sonnenschein bis knapp unter der Wasseroberfläche schwimmt. Die Jagd war äußerst gefährlich. Sie verlangte den Männern viel Mut und Geschicklichkeit ab.«

»Der Riesenhai ernährt sich meines Wissens von Plankton«, bemerkte Bendix. »Mit anderen Worten: Als Planktonfresser stellt er keine Gefahr für den Menschen dar.«

Leo Tierney sah ihn kurz an, dann wandte er sich wieder an seine weiblichen Zuhörer. »Gefischt wurde nur bei gutem Wetter. Wenn die Männer einen Sunfish erspäht hatten, versuchten sie, so ruhig und so vorsichtig wie möglich mit dem Boot auf gleiche Höhe mit dem Hai aufzuschließen. Dann hat einer der Männer, im Boot stehend, mit einer Hand eine Harpune in die Mitte seines Rückens geschleudert. Der Hai taucht natürlich sofort, nachdem er getroffen wurde, mit einer unheimlichen Geschwindigkeit ab.« Leo Tierney fuhr mit der Hand in einer fließenden Bewegung von oben nach unten durch die Luft. »Oft hat der Hai das Boot so lange hinter sich hergezogen, bis er zu erschöpft war, um weiterzuschwimmen. Mit einer Lanze wurde dem Fisch dann ein Schnitt angebracht, damit er verblutete. Dann kam der für die Männer gefährlichste Teil. Der Hai wurde seitlich ans Boot herangezogen und vertäut. Einer der Männer stieg aus dem Boot und auf den Fisch. Mit einem scharfen Messer machte er einen Einschnitt unter dem Kinn des Hais bis zum Nabel, um die Leber zu finden. Dazu musste er sich beeilen, denn sobald er den Einschnitt gemacht hatte, füllte sich der Fisch mit Wasser und drohte zu sinken – dann würde er das Boot mitsamt den Männern mit sich in die Tiefe reißen. Sobald der Fischer die Leber an Bord gebracht hatte, sprang er zurück ins Boot, während die anderen Männer schnell den Kadaver losmachten, der dann sofort in den Fluten versank.« Elli und ihre Familie lauschten der Erzählung des Vogelkundlers gebannt. »Manchmal wurde der verendete Fisch mit ans Ufer gerudert und den Schweinen zum Fraß vorgeworfen. Für die Fischer zählte nur die Leber, aus der sie, je nach Größe, fünf bis acht Fässer Öl produzierten. Die Riesenhaie werden bis zu zehn Meter lang und wiegen sechs bis sieben Tonnen. Die Leber macht etwa 25 Prozent ihres Gewichts aus.« Leo Tierney verschränkte die Arme vor der Brust, als er fortfuhr. »Im 19. Jahrhundert, als Öl sehr teuer war, hatte Sunfishing seinen Höhepunkt erreicht. Die Norweger haben den Riesenhai damals fast ausgerottet. Jetzt ist er eine geschützte Art. Um Inishark und Inishbofin werden jedes Jahr um diese Zeit Sunfishes gesichtet. Wenn wir Glück haben, sehen wir ein paar.« Er lächelte Elli an. »Das ist dann mein Geburtstagsgeschenk.«

Kapitel 22

Nachdem sie vergeblich nach Sunfishes Ausschau gehalten hatten, führte Leo Tierney sie an den Klippen entlang Richtung Norden. »Wenn das Meer glatt gewesen wäre, hätten wir mit Sicherheit welche gesehen«, versicherte Leo Elli zum wiederholten Mal. »Dafür zeige ich euch jetzt den Steinkreis vor der heiligen Höhle. Sie liegt auf Höhe der *Aill na nUibheacha* im Nordwesten.«

»Was heißt das?« Lotti versuchte sich an der Aussprache der ungewohnten Laute.

»Die Klippen der Eier«, sagte Leo, ohne mit der Wimper zu zucken.

»Das klingt ja wahnsinnig spannend«, murrte Bendix leise. »Mit anderen Worten: Ich kann es kaum erwarten.«

Elli, Lotti und Lona hielten sich dicht bei Leo. Bendix trottete hinter ihnen her. Lona wandte sich um und warf ihrem Freund einen Kussmund zu.

»Ist Ronnie bei euch?«, rief Elli ihren Eltern zu, die weiter hinter ihnen gingen.

»Nein«, kam die Antwort.

Elli fluchte. Sie hätte ihn nicht von der Leine lassen sollen. Wohin war der eigensinnige Hund jetzt wieder gelaufen? Das Gelände stieg an und wurde immer steiniger. Vom Meer wehte ein starker Wind und brachte den salzigen Geruch mit sich, der so typisch für die Insel war. Sie hatten den Klippen den Rücken gekehrt und gingen auf einen Hügel zu. Gesteinsformationen umrahmten ein niedriges Plateau, auf das sie mit etwas Mühe hinaufkletterten. Sand und Geröll rutschten unter ihren festen Wanderstiefeln den Hang hinab. Oben schien das Gras grüner und saftiger zu sein. Atemlos blieben Sie stehen. Der Ausblick war sagenhaft. Kilometerweit konnten sie über das Meer und die Insel sehen. Grüne Wiesen, schroffe Felsen, Klippen, die fast schwarz waren, und über allem die schäumende See. Die Sonne hatte das Ganze in ein gleißendes Licht getaucht.

Elli strich sich die Haare aus den Augen. Ihre Hosenbeine flatterten im Wind. Sie drehte sich um. Wenige Schritte vor ihr standen neun mannshohe Steine in einem perfekten Kreis. Auf dem höchsten Stein saß eine Krähe und sah ihnen entgegen. Hinter dem wuchtigsten Stein, der als einziger waagrecht lag, befand sich etwa zehn Meter entfernt der schwarze Eingang einer Höhle. Lona lief als Erste in den Steinkreis. Ihre langen blonden Locken flogen im Wind. Sie ging auf einen der verwitterten Steine zu und fuhr mit den Fingern leicht über die raue Oberfläche. Elli hörte, wie Leo neben ihr die Luft einzog. Sie sah ihn von der Seite an. Er hatte nur Augen für Lona und bemerkte ihren forschenden Blick nicht.

Vater Feuchtwanger nahm den Deckel vom Objektiv seiner Kamera. »Stellt euch alle mal neben die Steine, damit ich ein Foto machen kann«, rief er und drehte am Objektiv herum.

Elli spitzte die Ohren. Das klang doch wie ... Ronnie! Einen Augenblick später sah sie auch schon das helle Fell ihres Labradors, der plötzlich im Höhleneingang erschienen war. Wieder ließ er sein tiefes Bellen hören. Als er sah, dass Elli auf ihn zuging, lief er zurück in die Höhle. Was hat er jetzt wieder vor, dachte Elli und folgte ihrem

Hund. Der Eingang der Höhle war hoch und breit genug, dass zwei Menschen nebeneinander hineingehen konnten. Elli zögerte am Eingang. Sie mochte keine Spinnen und hatte Angst, dass sich allerlei Krabbelzeug in den gefurchten Wänden und Spalten der Höhle verbarg. Ein modriger Geruch nach Fäulnis und Verwesung schlug ihr entgegen. Ronnie bellte. Leo war ihr gefolgt und sah sie fragend an. »Ronnie, bei Fuß!«, rief sie und wartete. Der Hund kam nicht. »Soll ich ihn herausholen?«, fragte Leo und lächelte. Elli, die sich keine Blöße geben wollte, verneinte. Sie würde selbst hineingehen. In einer Minute. Mittlerweile hatten sich alle anderen am Höhleneingang versammelt. Ihre Familie, die alle von Ellis leichter Spinnenphobie wussten, sahen sie belustigt an.

»Na komm, ich geh mit dir rein«, sagte Lotti schließlich und hakte Elli unter. Gemeinsam betraten sie die Höhle, die im Inneren unerwartet hoch und weitläufig wurde. Die anderen folgten ihnen neugierig. Elli hatte kein gutes Gefühl. Hier gab es mit Sicherheit Fledermäuse. Sie ging geduckt und hob den Blick vorsichtig nach oben. Außer schroffem Gestein konnte sie kein Krabbeltier entdecken. Auch nichts, was mit dem Kopf nach unten an der Decke hing. Sie atmete erleichtert auf. Die Höhle war groß und geräumig. Fast wie das Innere einer Kirche. Hier drin gab es nichts, wovor sie Angst haben musste. Ronnie bellte wieder. Sein dunkles Bellen hallte durch die Höhle und brach sich an den steilen Wänden. Elli ging zu ihm hin. Er hatte in der Mitte der Höhle zu graben begonnen.

Plötzlich stand ihr Vater neben ihr. »Riechst du das?«, fragte er. Dann lief er zu Ronnie. Der Labrador grub wie besessen. Die Erde flog zwischen seinen Hinterbeinen hindurch wie von einem Schaufelradbagger. Ein stechend süßlicher Geruch stieg Elli in die Nase.

Lotti fing an zu würgen und hielt sich ein Taschentuch vor Mund und Nase. »Was, zum Teufel, gräbt der Hund da aus!«, rief sie und wich ein paar Schritte zurück.

»Riecht wie ein verwesendes Tier«, meinte Elli und wollte nach Ronnies Halsband greifen, um ihn von dem Loch wegzuziehen, das er so eifrig grub. Dann sah sie es: einen Finger. Elli erstarrte. Nein, zwei Finger mit blau lackierten Fingernägeln. Eine Hand. Einen Arm. Ronnie grub und grub. Ihr Vater hatte die Hand ebenfalls gesehen und reagierte sofort. Er packte Ronnie am Halsband und zog ihn weg. Weg von der Leiche, die dort im Erdreich lag. In einer Höhle. Einer Höhle auf einer verlassenen Insel. Einer verlassenen Insel, auf der sich nur sie befanden. Nur sie und Birdman. Elli sah in das Gesicht des Vogelkundlers. Es war hinter dem dichten Bart schneeweiß geworden. Stumm starrte er auf die Hand in der schwarzen Erde. Die lackierten Fingernägel leuchteten wie das Blaulicht eines Polizeiautos.

»Alle raus«, donnerte Papa Feuchtwanger auf einmal. Er breitete die Arme aus und scheuchte die geschockten Schaulustigen zum Höhlenausgang. Elli hatte Ronnie die Leine angelegt und zerrte den sich sträubenden Labrador ins Freie. Draußen sog sie gierig die frische Luft ein. Ihr Herz hämmerte wie wild. Schweißperlen standen auf ihrer Stirn.

Ihr Vater, der pensionierte Kriminalhauptkommissar, stand mit gesenktem Kopf im Eingang der Höhle und überlegte. Als er den Kopf hob, leuchteten seine Augen ungewöhnlich hell. »Ich gehe zurück in die Höhle und fotografiere den Fundort der Leiche.«, sagte er. »Ihr bleibt draußen. Der Ort ist kontaminiert genug.« Ohne sich nach ihnen umzudrehen, ging er wieder hinein.

Elli sah ihre Schwestern an. Lona hatte den Arm um

ihre Mutter gelegt, die leise schluchzte. Lotti stand Leo Tierney mit verschränkten Armen gegenüber, jeder Muskel ihres Körpers war angespannt, als sie gefährlich leise sagte: »Was für ein Spiel spielen Sie eigentlich?«

Bendix stellte sich neben Lotti und verschränkte ebenfalls die Arme vor der Brust. Elli ging mit Ronnie zu ihnen. Ronnie schnüffelte an Leos Hosenbein und wedelte mit dem Schwanz. Leo setzte sich auf den waagrecht liegenden Stein des Steinkreises. Er war immer noch blass. Als er sich mit der Hand durch den Bart fuhr, sah Elli, dass sie zitterte. Er überging Lottis Frage, steckte die Hand in die Hosentasche und zog ein Päckchen Tabak hervor. Ein paar vorgedrehte Zigaretten lagen zuoberst auf dem losen Tabak. Leo steckte sich eine der zerknitterten Selbstgedrehten in den Mund. Nach ein paar Versuchen gelang es ihm schließlich, die Zigarette anzuzünden, und er nahm einen tiefen Zug. Erst dann bot er den Umstehenden davon an. Nur Lotti griff zu. Sie rauchten schweigend. Schließlich sagte der Birdman. »Ich habe damit nichts zu tun.« Er ließ den Rauch langsam aus seinem Mund entweichen. Sah zu, wie die hellgraue Wolke vom Wind hochgewirbelt wurde und verschwand. »Und Sie?« Leo kniff die Augen zusammen und sah von einer zur anderen. Dann wies er mit dem Kinn zu Bendix. »Und er?« Er trat seine filterlose Zigarette in den Dreck. »Woher soll ich wissen, dass nicht ihr es wart, die in der heiligen Höhle eine Frau verscharrt haben?«

Die Krähe, die seit ihrer Ankunft auf der Spitze des Menhirs gesessen hatte, breitete ihre Flügel aus, machte einen kleinen Satz und ließ sich neben Leo auf dem Stein nieder. Mit schief gelegtem Kopf sah sie zu ihm auf.

Elli drückte Lotti die Leine in die Hand und ging zurück

in die Höhle. Ihr Vater kniete am Boden. Vorsichtig trug er das Erdreich ab.

»Was machst du da?« Elli blieb neben ihm stehen und hielt sich die Nase zu.

Ihr Vater hielt eine Muschel in der Hand und kratzte damit vorsichtig über die schwarze Erde. »Ich will das Gesicht freilegen und fotografieren.« Konzentriert schabte er Schicht um Schicht zur Seite. »Wer weiß, wie lange wir hier noch festsitzen. Ich will sicherstellen, dass wir auch später noch die Identität der Toten einwandfrei feststellen können.« Er stand auf und streckte sich. Seine Knie knackten erbärmlich.

»Soll ich dich ablösen?«, fragte Elli.

Er hielt ihr die Muschel entgegen. »Sei vorsichtig, nicht zu viel auf einmal abtragen. Zum Glück ist die Erde hier ziemlich locker.«

Elli überwand den aufsteigenden Brechreiz und machte sich an die Arbeit. Bald kam die Nasenspitze der Frau zum Vorschein. Ihr Vater kniete sich Elli gegenüber. »Wir nehmen jetzt lieber die Hände«, sagte er. Vorsichtig, fast zärtlich legte er mit bloßen Händen das Gesicht der jungen Frau frei. Dann stand er auf, rieb seine Hände fest ein paarmal über den Stoff seiner Jeans, nahm die Kamera und begann damit, die Tote von allen Seiten abzulichten. Das Blitzlicht flammte auf und warf gespenstische Schatten an die Höhlenwände. Elli lief ein kalter Schauer über den Rücken. Einmal glaubte sie, den Schatten eines Mannes in einer Ecke der Höhle zu sehen. Als sie genauer hinsah, wusste sie, dass es eine optische Täuschung gewesen war. Sie hatte die Taschenlampenfunktion ihres Handys aktiviert und leuchtete auf die Leiche. Jemand hatte der jungen Frau die Augen geschlossen. Sie sah aus, als würde sie friedlich in der kalten Erde schlafen. Ihr Vater verstaute seine Kamera wieder in der Tasche. Stumm standen sie nebeneinander und sahen auf das Gesicht der hübschen Frau in ihrem kalten Grab. Elli beugte sich vor und beleuchtete den Kopf der Frau. »Täusche ich mich, oder hat ihr jemand die Haare abgeschnitten?«

Kapitel 23

»Was hätten wir denn deiner Meinung nach tun sollen?« In Vater Feuchtwangers Stimme schwang eine gewisse Gereiztheit mit.

Seine Frau hob die Hände und ließ sie wieder auf den Küchentisch sinken. »Ich weiß es ja auch nicht«, jammerte sie. »Aber es kommt mir so gefühllos vor, sie einfach dort in der kalten Erde liegen zu lassen.«

Sie waren, nachdem sie den grausigen Fund gemacht hatten, ohne Umwege zurück ins Dorf gegangen. Vorher hatte Papa Feuchtwanger die Tote mit der losen Erde, die Ronnie ausgegraben hatte, vorsichtig wieder zugedeckt. »Solange wir hier festsitzen, ist es das Klügste, was wir tun konnten.« Er sah zu Elli, die ihr Handy in der Hand hielt und mit zusammengezogenen Brauen darauf starrte. »Immer noch kein Netz?«

Sie schüttelte den Kopf. Wie waren sie nur in diesen Albtraum geraten? Elli konnte es nicht begreifen. Warum musste ihr vierzigster Geburtstag in dieser Katastrophe enden?

»Hätten wir diesen Birdman nicht festnehmen sollen?«, fragte Lotti. »Ich meine, wer soll es denn sonst gewesen sein, wenn nicht er?« Ihre grünen Augen waren geweitet. Das Entsetzen stand ihr noch immer im Gesicht.

Ihr Vater schüttelte den Kopf. »So einfach ist das nicht. Wir können nicht mit Sicherheit sagen, wie lange die Leiche schon in der Höhle liegt. Wir wissen auch nicht, wer vor uns auf dieser verdammten Insel war. Solange wir die Polizei nicht verständigen können, müssen wir alles so lassen, wie wir es vorgefunden haben.« Er runzelte die Stirn. »Wir haben den Fundort schon genug kontaminiert. Erst Ronnie und dann wir. Die Spurensicherung wird nicht begeistert sein.«

Elli sah zu Ronnie hinüber, der auf seinem Platz neben dem Küchenofen lag und seelenruhig schlief. Der Leichenfund schien seine Hundeseele in keiner Weise zu berühren. Anders bei Familie Feuchtwanger. Mutter Feuchtwanger hatte immer noch verheulte Augen.

»Bei allem Respekt, Herr Feuchtwanger«, begann Bendix. »Mit anderen Worten: Ich beuge mich selbstverständlich ihrer kriminalistischen Erfahrung, aber dieser Ornithologe ist meiner bescheidenen Meinung nach höchst verdächtig. Ich finde, es war falsch, dass wir ihn einfach haben gehen lassen.«

Lotti nickte kräftig. »Genau der Meinung bin ich auch.«

»Wo soll er denn hin?« Vater Feuchtwanger breitete die Arme aus. »Er kann genauso wenig von der Insel weg wie wir.« Er sah Bendix an. »Außerdem kann man einen Menschen nicht vorverurteilen, nur weil er einem unsympathisch ist.«

Bendix schnaubte. Dann sagte er: »Sie hätten ihn zumindest verhören sollen. Mit anderen Worten: Von einem Kommissar hätte ich mir etwas mehr Engagement erwartet.«

Vater Feuchtwanger straffte die Schultern und richtete sich auf. »Ich bin nicht mehr im aktiven Dienst und in Irland habe ich schon gleich gar keine Befugnis.«

»Aber Papa«, beschwichtigte Lona, »Bendix meint doch

nur, dass du der Einzige von uns bist, der sich mit solchen Sachen auskennt.«

Elli sah ihre kleine Schwester finster an. Hatte sie nicht erst letztens ihren Schwestern lang und breit von den drei Mordfällen erzählt, bei denen sie, Elli, jedes Mal den entscheidenden Hinweis zur Aufklärung geliefert hatte? In Carlow, als Seáns Onkel exhumiert wurde, und in Celbridge, als ihr Nachbar getötet wurde, und in Sandycove, als sie die Kindergartenleiterin gefunden hatte, die tot in ihrem Büro lag? Und leitete sie nicht seit Jahren erfolgreich eine Detektei? Elli wollte gerade den Mund aufmachen, um ihre eigenen Leistungen hervorzuheben, als Lotti sagte: »Elli kennt sich auch mit Mord aus. Nicht wahr, Elli?« Ernst sah sie in die Runde. »Wir sollten die SOKO ›Shark‹ gründen. Papa und Elli übernehmen die Leitung, und wir helfen alle nach Kräften mit.«

Vater Feuchtwanger schnaufte laut auf. »SOKO ›Shark‹, so ein Blödsinn.« Er stach mit dem Zeigefinger ein Loch durch die Luft. »Das ist kein Spiel, Charlotta! Eine junge Frau wurde ermordet und in einer Höhle verscharrt!«

Lotti hob abwehrend die Hände. »Hey, ich bin mir über den Ernst der Lage sehr wohl bewusst«, sagte sie. »Aber solange wir weder Handyempfang noch Schiffsverkehr haben, kann es doch nicht schaden, wenn wir uns der Sache annehmen.«

Mama Feuchtwanger schaltete sich ein. »Das kommt überhaupt nicht infrage. Ihr tut, was euer Vater sagt.« Nacheinander sah sie ihre drei Töchter an. »Wir wissen nicht, ob der Mörder noch auf der Insel ist. Vielleicht ist es Birdman, vielleicht auch nicht. Auf jeden Fall ist es gefährlich. Ich verbiete euch, auf eigene Faust zu ermitteln.«

»Frau Feuchtwanger hat recht«, warf Bendix ein. »Mit

anderen Worten: Wer sich in Gefahr begibt, kommt darin um.«

Vater Feuchtwanger stand auf. »Was wir viel dringender tun sollten, ist, den Höhleneingang zu verschließen. Gibt es auf der Insel Füchse?« Er sah fragend in die Runde, doch niemand wusste es. »Ratten gibt es bestimmt. Wir sollten alles tun, um Tierfraß zu vermeiden.« Er sah Lotti an. »Du bist doch handwerklich begabt. Womit könnten wir die Höhle verschließen?«

Lotti blies die Backen auf und überlegte. Sie stand auf. »Ich geh mal durchs Dorf und schau mich um.

»Warte.« Elli folgte ihr. »Wir sollten von jetzt an immer zu zweit unterwegs sein. Aus Sicherheitsgründen.«

Lotti schlüpfte in ihre Windjacke. »Nimm den Hund mit.« Sie fädelte den Reißverschluss ein und zog ihn hoch. Elli sah auf Ronnie, der seinen Kopf auf die Vorderpfoten gebettet hatte und sie mit seinen dunklen Augen beobachtete. Sobald Elli nach der Leine griff, erhob er sich und wedelte freudig mit dem Schwanz. Sein ganzes Hinterteil wedelte mit. Ob Ronnie als Schutzhund etwas taugt, dachte Elli. Der große Labrador war ein Familienhund, ein Kuschelhund, der geduldig mit Finn und Patrick spielte und die beiden noch nie auch nur angeknurrt, geschweige denn gezwickt oder gar zugeschnappt hatte. Aber würde Ronnie sie beschützen, sie verteidigen? Elli hatte ihre Zweifel. Ihr Hund schien jeden Menschen zu mögen und war zutraulich wie ein Gummibärchen. Sie legte ihm die Leine an und folgte Lotti ins Freie.

»Hört denn dieser verdammte Wind nie auf!« Lotti zog sich eine schwarze Sturmhaube über den Kopf.

»Wie siehst du denn aus?« Elli sah ihre Schwester missbilligend an. »Willst du eine Bank überfallen?«

Lotti lachte. »Das gute Stück habe ich heute Morgen in

der Seitentasche meines Rucksacks gefunden. War wahrscheinlich noch vom letzten Motorradtreffen drin.« Sie strich den extra langen Nacken glatt und steckte ihn in den Jackenkragen. Von ihrem Gesicht waren nur noch die Augen zu sehen. »Gib zu, dass du neidisch bist.« Lottis grüne Augen funkelten spitzbübisch. »Bei 180 km/h auf dem Motorrad bläst der Wind nicht so stark wie auf dieser verdammten Insel.«

»Du siehst lächerlich aus«, brummte Elli.

»Ich sage nur: winddicht und atmungsaktiv. Außerdem, wer sieht mich denn hier, außer dir?«

Nebeneinander gingen sie zum Schuppen, in dem ihr Torfvorrat gelagert war. Sie schoben das Holztor auf und traten in den düsteren Anbau. »Mann, haben wir wirklich schon so viel Torf verbraucht?« Elli konnte es kaum glauben.

»Der Küchenofen brennt ja fast den ganzen Tag lang«, meinte Lotti und sah sich um. »Hier drin ist nichts, mit dem man einen Höhleneingang verschließen könnte.«

»Den Bollerwagen könnten wir für den Transport hernehmen«, sagte Elli. »Die Cottages sind so spartanisch eingerichtet. Da finden wir mit Sicherheit nicht viel.«

Lotti sagte: »Eine Baustelle wäre ideal. Hast du nicht gesagt, dass ein weiteres Cottage fast schon fertig renoviert ist? Vielleicht liegen dort noch ein paar Bretter herum.«

»Gute Idee.«

Sie schlossen die Schuppentür hinter sich und folgten dem steinigen Pfad, der sich durchs Dorf wand.

»Ich glaube, es ist das letzte oder vorletzte Cottage am Dorfrand«, sagte Elli. Der Wind riss an ihren Haaren und trieb ihr die Haarspitzen schmerzhaft in die Augen. Neidisch sah sie ihre Schwester an, die mit der Motorradsturmhaube auf dem Kopf zwar lächerlich aussah, aber bestens vor dem Wind geschützt war. »Das hier ist es, glaube ich.«

Das kleine Steinhäuschen stand idyllisch gelegen, mit Blick aufs Meer, und war von niedrigen Trockensteinmauern umrahmt. Elli ging zum Fenster und sah hinein. »Da drin stehen ein paar Farbeimer«, sagte sie und drehte sich nach Lotti um. Die war bereits zur Haustür gegangen und hatte die Hand auf dem Türknauf liegen.

»Abgesperrt«, sagte sie, nachdem sie vergeblich am Knauf gerüttelt hatte. Sie ging zum nächsten Fenster und lugte hindurch. »Da hinten im Eck liegen ein paar Bretter.«

Die Schwestern sahen sich an.

»Versuchen wir mal die Hintertür«, schlug Elli vor.

Gemeinsam gingen sie um das niedrige Häuschen herum. Gras und Unkraut wucherten zwischen den Steinplatten hervor. Die Hintertür war in einem leuchtenden Gelb neu gestrichen worden. Als Elli den Griff hinunterdrückte, ging die Tür auf. Zögernd traten sie ein. Im Haus roch es nach Farbe und nach nassem Zement. Lotti zog sich die Sturmhaube vom Kopf. Ihre dunklen Locken standen wild in die Höhe. Sie gingen durch die leeren Räume. Ihre Schritte hallten auf den Holzplanken. »Das wird bestimmt sehr hübsch, wenn es fertig ist«, sagte Elli. »Ich hätte in meinem Cottage auch lieber einen Holzboden.«

»Dann nimm dir doch das nächste Mal dieses Cottage«, meinte Lotti.

Beide wussten, dass es kein nächstes Mal geben würde. Sie gingen zu den Holzbrettern, die sauber gestapelt im Eck lagen. »Siehst du hier irgendwo Schrauben oder Nägel?« Lotti kramte unter einer dicken Plastikplane, die zusammengefaltet neben den Brettern lag.

»Ich schau mal im Schlafzimmer«, sagte Elli und ging in den angrenzenden Raum. Das Zimmer war so vollgestellt, dass Elli sich nur mit Mühe hineinquetschen konnte. Alle Möbel aus den anderen Räumen hatte man hier zwischengelagert. Auf dem eisernen Bettgestell lagen sogar noch eine alte Matratze und zerwühltes Bettzeug. Ein muffiger Geruch hing über dem alten Mobiliar.

Lotti stand im Türrahmen und sah hinein.

»Vielleicht könnten wir den Höhleneingang mit diesem alten Tisch verschließen«, sagte Elli und ruckelte an der Tischplatte.

»Zu klein«, meinte Lotti und ließ ihren Blick prüfend über das alte Gerümpel schweifen. »Meinst du, wir könnten die Tür von dem Schrank da aushängen?«

Sie fuhren herum, als sie schwere Schritte auf den Holzdielen hörten.

»Was macht ihr da?« Birdman stand plötzlich hinter ihnen und funkelte sie an.

Kapitel 24

In dem niedrigen Cottage wurde es Elli wieder richtig bewusst, wie groß Birdman war. Mit seinen breiten Schultern verdeckte er fast alle Helligkeit, die von der Hintertür in den engen Flur fiel.

Lotti baute sich neben ihr auf. »Das Gleiche könnten wir Sie fragen«, sagte sie.

Elli war froh, dass ihre Schwester bei ihr war. Lotti war zwar nur 1,65 Meter groß und drahtig, doch sie hatte schon in ihrer Jugend Kampfsport betrieben und sie nahm immer noch erfolgreich an Wettkämpfen teil. »Wir suchen nach Material, um die Höhle zu verschließen«, sagte Elli in festem Ton. »Damit die Leiche nicht von Tieren ...« Die Stimme versagte ihr. Sie musste an das hübsche Gesicht der jungen Frau denken, das von der dunklen Erde bedeckt gewesen war, und Tränen stiegen ihr in die Augen.

Birdman nickte. Leise sagte er: »Genau das habe ich auch gedacht.«

Schweigend standen sie da. Schließlich sagte Elli: »Dort im Eck liegen ein paar Bretter. Aber wir haben weder Nägel noch Schrauben gefunden.«

Lotti deutete auf den Schrank in dem vollgestopften Zimmer. »Die Schranktür kann man bestimmt aushängen, aber ich fürchte, sie ist nicht breit genug, um den Höhleneingang zu verschließen«, sagte sie.

Birdman zwängte sich in den Raum. Ohne Mühe hob er die Tür aus den Angeln und trug sie in den Flur. »Wenn wir sie waagrecht vor den Eingang stellen, könnte sie breit genug sein.«

Elli sah ihn prüfend von der Seite an. Sie mochte nicht glauben, dass dieser Mann etwas mit dem Tod der jungen Frau zu tun hatte. Trotzdem mussten sie auf der Hut sein. Was wussten sie schon von ihm? Nur was er ihnen von sich erzählt hatte, und das war wirklich nicht viel.

Lotti stupste sie leicht an. »Sollen wir den Bollerwagen holen?«, fragte sie. »Dann könnten wir die Bretter aufladen.«

»Ich bleibe hier und warte auf euch«, sagte Birdman. »Vielleicht finde ich noch etwas Brauchbares.«

Elli und Lotti gingen zurück zum Schuppen.

»Was meinst du?«, fragte Lotti. »War er wirklich nur im Dorf, um Material zu suchen?«

Elli schwieg, dann zuckte sie mit den Schultern. »Keine Ahnung, irgendwie will ich nicht glauben, dass er die Frau dort in der Höhle verscharrt hat. Ich meine, warum hätte er uns ausgerechnet zu dieser Höhle führen sollen? Ohne ihn hätten wir doch dieses Plateau und diesen Steinkreis und diese verdammte Höhle nie gefunden!«

Lotti nickte zustimmend. »Vielleicht gibt es irgendeinen kranken Grund, warum er wollte, dass wir die Leiche finden?«, gab sie dann zu bedenken. »Wir wissen nichts über ihn. Der Kerl kann wahnsinnig sein. Auch wenn man ihm das nicht ansieht.«

Beim Schuppen angekommen, schoben sie die Holztür auf und zogen den Bollerwagen heraus. Die mit Eisen beschlagenen Räder ratterten laut über den steinigen Weg.

»Wir werden den Wagen nicht den ganzen Weg zur

Höhle ziehen können«, meinte Lotti. »Ein gutes Stück des Wegs werden wir die Bretter tragen müssen.«

Elli seufzte. Sie war jetzt noch erschöpft von dem langen Fußmarsch. Die ganze Strecke noch einmal laufen?

Birdman saß rauchend auf der Trockenmauer, die das Cottage umgab, als sie mit dem Handwagen zurückkamen. Er hatte die Holzbretter und die Schranktür bereits neben sich aufgestapelt. Eine Hand hatte er auf eine mattweiße gefaltete Plastikplane gelegt, damit der Wind sie nicht fortwehte. »Diese Plane habe ich im Cottage gefunden«, sagte er. »Damit können wir das Grab abdecken.«

Elli, die die Plane ebenfalls im Haus bemerkt hatte, ärgerte sich, dass ihr das nicht eingefallen war. »Gute Idee«, sagte sie, »wir können sie mit Steinen beschweren.«

Birdman verstaute die Plastikplane im Bollerwagen und legte die Schranktür und die Holzbretter darauf. Dann nahm er den Handgriff und zog den Wagen so mühelos hinter sich her, als ob er kein Gewicht hätte. Elli und Lotti liefen hinter dem laut scheppernden Wagen her. Die Hälfte des Weges bewältigten sie mühelos. Der steinige, von Mauern eingefasste Weg war breit genug für den Bollerwagen. Birdman handhabte ihn wie ein Spielzeug. Eine schwarze Krähe flatterte über ihren Köpfen. Schließlich endete der von Menschen gebaute Pfad, und sie gingen über grünes Grasland, das von den Schafen kurzgehalten wurde. Je näher sie den Klippen kamen, umso schwieriger wurde das Gelände. Birdman manövrierte den Bollerwagen über die Hügel auf und ab. Er geriet ins Schwitzen, obwohl sie jetzt wesentlich langsamer vorwärtskamen. Das Gras wuchs in dicken Klumpen zwischen scharfzackigen Felsen. Birdman gab auf, als eines der hölzernen Räder zum wiederholten Mal in einer Senke steckenblieb.

»Ab hier müssen wir die Sachen tragen«, keuchte er und wischte sich den Schweiß von der Stirn. »Es ist nicht mehr weit.«

Sie konnten das Meer vor sich sehen. Sie hörten das Tosen der Wellen, die sich mit aller Macht gegen die Klippen warfen. Das Plateau mit der Höhle lag zu ihrer Rechten.

Birdman hob die Schranktür aus dem Bollerwagen. »Wir sollten das Grab zuerst mit der Plane abdecken, denke ich.« Er reichte Lotti ein paar Bretter und hielt Elli die Plastikplane hin. Mechanisch schloss sie die Arme um den Packen und drückte ihn eng an sich, damit die Plane nicht vom Wind erfasst und übers Meer getragen wurde.

Schweigend gingen sie hinter Birdman her. Auf dem Plateau angekommen, musste Elli sich überwinden, zur Höhle zu sehen. Die aufrecht stehenden Menhire des Steinkreises kamen ihr vor wie die stummen Zeugen barbarischer Rituale. Wozu mochte dieser Kreis gedient haben? Wurde er zur Beobachtung von Himmelsphänomenen errichtet? Oder hatten die Menschen der Frühzeit diesen Steinkreis für rituelle Zwecke gebaut? Elli meinte, gelesen zu haben, dass Steinkreise den Toten gewidmet waren und dass hier Opfer- und Bestattungsrituale stattgefunden hatten. Wieder bemerkte sie eine schwarze Krähe, die auf dem höchsten Stein saß und mit schief gelegtem Kopf auf sie herabsah. Hab ich sie eigentlich noch alle, dachte Elli. Ich gehe mit diesem Fremden, mit diesem sehr großen, sehr kräftigen Fremden, in eine Höhle, in der eine Leiche liegt.

Lotti beugte den Kopf nah an Ellis Ohr und flüsterte: »Wir hätten Papa sagen müssen, wo wir sind. Mir gefällt das gar nicht.« Sie war blass, und eine steile Falte hatte sich zwischen ihren Augenbrauen gebildet.

Birdman hatte die Schranktür in der Höhle an die Wand gelehnt. Er ging an ihnen vorbei und sagte: »Ich hole nur schnell die restlichen Bretter.«

Elli und Lotti sahen ihm nach, bis er von dem Plateau verschwunden war.

»Komm schnell«, sagte Elli, »je eher wir fertig sind, umso eher können wir von hier weg.«

Sie gingen zu der Stelle, an der Ronnie gegraben hatte, und Elli ließ die Plastikplane zu Boden sinken. Gemeinsam breiteten sie die mattweiße Plane über das Grab.

»Wir legen die Holzbretter an den Rand, um sie zu fixieren«, sagte Lotti und begann sofort damit, die langen Bretter auf der Plastikplane zu verteilen.

»Ein paar schwere Steine wären auch nicht schlecht«, meinte Elli und sah sich in der Höhle um.

Der Höhleneingang verdunkelte sich, und Ellis Herz setzte einen Schlag lang aus. Birdman trat ein. Er trug die restlichen Holzbretter unter den Armen. »Gut, ihr habt schon angefangen«, sagte er und kniete sich auf die Erde. Die Bretter fielen krachend auf den Boden. Laut hallte es in der Höhle wider. Elli und Lotti griffen nach dem Holz und beendeten ihre Arbeit. Schnaufend standen sie da und betrachteten ihr Werk.

»Etwas fehlt noch«, sagte Birdman und lief aus der Höhle.

Elli und Lotti sahen sich beunruhigt an. »Komm! Schnell raus aus diesem Loch«, raunte Lotti, und sie hasteten zum Eingang. Lotti hob die Schranktür auf und wollte sie gerade quer vor den Höhleneingang legen.

»Moment noch!« Sie fuhren herum. Birdman kam angelaufen. Er hielt etwas mit seinen riesigen Fäusten umklammert. Sie wichen zurück und ließen ihn vorbei.

Elli wurde neugierig, als sie sah, dass sich der Vogelkundler wieder auf den Boden kniete und etwas auf der Plane anrichtete. Sie ging hinein. Als sie neben ihm stand, sah sie, dass Birdman aus kleinen Kieselsteinen ein Kreuz auf die Plane gelegt hatte. Bevor er sich aufrichtete, ließ er noch sacht ein paar Blüten Wilden Thymian auf das Grab fallen. Elli wusste nicht, ob sie gerührt war oder ob sie diese Rituale verdächtig finden sollte. Sie bemerkte Lotti, die leise neben sie getreten war. Stumm standen sie vor dem Grab und starrten auf das kleine Kreuz aus Kieselsteinen, das auf der milchig weißen Plane lag. Birdman bekreuzigte sich, drehte sich um und ging schnell aus der Höhle. Elli wollte ihm folgen. Da bemerkte sie etwas im einfallenden Licht am Rand der Plane. Sie bückte sich und nahm es vorsichtig mit spitzen Fingern auf. Lotti sah sie fragend an. Elli hielt ihre Hand vor Lottis Gesicht. Zwischen Daumen und Zeigefinger hingen ein paar lange blonde Haare.

Kapitel 25

Den Höhleneingang mit der Schranktür zu verschließen erwies sich schwieriger als erwartet. Es war eine solide geschreinerte Tür aus einem dicken Holzblatt, das von handbreiten Latten eingefasst war, schwer wie ein Amboss. Sie war zwar lang genug, um horizontal eine Barriere zu bilden. Doch der Wind blies sie jedes Mal krachend um, sobald sie die Tür an die Höhlenwand gelehnt hatten.

»Wir brauchen ein paar große Steine«, sagte Elli und ließ den Blick prüfend über das Plateau schweifen. Das hohe Gras bog sich im Wind, der plötzlich so stark war, dass sie kaum noch aufrecht stehen konnten. Er kam direkt über das Meer, raste über die Klippen und machte alles platt, was sich ihm in den Weg stellte.

»Da drüben liegen ein paar Felsbrocken«, rief Lotti und ging schnell zum Rand der Felsformation, die sich über dem Plateau auftürmte. Birdman folgte ihr. Gemeinsam lösten sie einen großen Brocken aus dem Gras und rollten ihn zum Höhleneingang. Der zweite gestaltete sich schwieriger, doch mit vereinten Kräften gelang es ihnen, auch diesen loszulösen und zur Höhle zu wälzen. Nun konnten sie die Schranktür vor dem Eingang fixieren. Das Gewicht der beiden Steine hielt die Tür in Position. Zu dritt standen sie vor dem Höhleneingang. Der Wind fuhr ihnen durch die Haare und zerrte an ihren Jacken.

»Mehr können wir nicht für sie tun«, rief Elli schließlich gegen das Heulen des Windes an und hielt ihre Kapuze krampfhaft fest. »Es ist schon spät, wir sollten längst zurück im Dorf sein.«

Elli wandte sich zum Gehen. Sie warf noch einen letzten Blick über das Plateau. Die Menhire des Steinkreises standen unerschütterlich aufrecht. Sie konnte gut verstehen, warum frühzeitliche Menschen ausgerechnet hier ihre Kultstätte errichtet hatten. Die langen Schatten der Steine hatten den Eingang der Höhle fast erreicht. Unheilvolle graue Wolken zogen über dem Meer auf. Der Wind hatte plötzlich nachgelassen, und die Luft hing schwer vor Erwartung des herannahenden Sturmes. Die tief stehende Sonne tauchte die Wolkendecke, die über der wogenden See hing, in ein tiefes Korallenrot und ließ sogar die Wellen des Wassers rötlich schimmern.

Elli presste die Lippen aufeinander. Nicht nur 3000 Jahre vor Christus hatte dieser Kraftort eine besondere Anziehungskraft auf Menschen ausgeübt. Erst vor Kurzem hatte ein Mensch diesen heiligen Ort für seine eigenen krankhaften Triebe missbraucht. Birdman stand ein wenig abseits von ihnen. Auch er war in das Schauspiel versunken, das Mutter Natur ihnen bot. Sein rötlicher Bart zitterte im Wind. Elli dachte, dass er in seinem Aran Jumper vermutlich genauso aussah wie die Männer, die seit Generationen auf dieser Insel gelebt hatten. Plötzlich wandte er ihr den Kopf zu und richtete seine meerblauen Augen sorgenvoll auf Elli. »Wir sollten gehen«, rief er ihnen zu. »Das Wetter schlägt wieder um. Es wird bald regnen.«

Elli wunderte sich nicht. Mittlerweile war sie daran gewöhnt, dass viele Iren den Regen vorhersagen konnten. Eine Fähigkeit, die sie sich leider, obwohl sie schon jahrelang auf der Grünen Insel lebte, noch nicht angeeignet hatte. Sie wusste nie, welche Wolken Regen brachten und welche Wolken einfach nur, na ja, Wolken waren. Beim Anblick dieses Wolkenberges jedoch wusste sogar Elli, dass ihnen ein Sturm drohte. Ein gewaltiger Sturm.

»Wir kommen«, rief sie zurück, »geh schon mal vor.«

Sie warteten, bis Birdman vom Plateau geklettert und nicht mehr zu sehen war.

Lotti sah sie durchdringend an. »Hast du die Haare noch?«, wollte sie wissen.

Elli deutete auf ihre Brusttasche, die mit einem Reißverschluss verschlossen war. »Hier drin«, sagte sie.

»Es sieht aus wie das Haar von Lona«, flüsterte Lotti. »Wie kann das auf die Plane gekommen sein?«

»Lona war nur ganz kurz in der Höhle«, sagte Elli. »Kann sein, dass es einfach vom Wind auf die Plane geweht wurde.« Sie zögerte. »Was, wenn das Haar vom Kopf der Toten stammt?«

Lotti sah sie mit großen Augen an. »Nein! Wie soll das denn gehen? Das geht doch gar nicht! Die Plane haben wir doch in dem Cottage im Dorf gefunden.«

Elli hörte ihrer Schwester an, dass sie trotz Protest an die Möglichkeit glaubte, das Haar könnte von der Leiche stammen.

Der Kopf von Birdman erschien über dem Plateaurand. »Kommt ihr?«

»Wir reden später«, sagte Elli leise zu Lotti und rief laut: »Wir sind schon da!«

Gemeinsam folgten sie Birdman über das Hügelland, vorbei an grasenden Schafen, den ansteigenden Wind im Rücken. Als sie beim Bollerwagen ankamen, nahm er den hölzernen Griff in die Hand und zog den leeren Wagen wortlos hinter sich her.

Elli war heilfroh, als sie endlich den Weg erreicht hatten, der durch schnurgerade Trockensteinmauern ins Dorf führte. Der Wind hatte wieder an Kraft gewonnen und trieb sie vor sich her. Die Wolken jagten über ihren Köpfen dahin. Licht und Schatten wechselten sich rasend schnell ab. Eine einzelne Krähe flog über ihren Köpfen hinweg. In der Ferne kamen bereits einzelne verfallene Steinhäuser in Sicht.

»Gibt es eigentlich Füchse auf der Insel?«, fragte Lotti, die zu Birdman aufgeschlossen hatte.

»Nein, aber Ratten«, antwortete er. »Wir hatten vor Jahren ein riesiges Problem mit den Ratten, weil sie überhandgenommen hatten und fast alle Vogeleier gefressen haben. Mittlerweile haben wir das einigermaßen in den Griff bekommen, aber es gibt natürlich immer noch welche.«

Elli schüttelte sich bei dem Gedanken. Auf ihrer Ekelskala kamen Ratten gleich nach Spinnen.

Lotti sagte: »Ratten wird es auch dann noch geben, wenn die Menschheit längst nicht mehr existiert.«

Elli wollte dringend einen Themenwechsel. Bei dem Gedanken an Ratten drehte sich ihr der Magen um. »Kann es sein, dass diese Krähe Sie verfolgt?«, fragte Elli.

Birdman sah kurz auf. »Das ist Morrigan«, sagte er. »Sie folgt mir überallhin, seit ich sie verletzt gefunden und wieder aufgepäppelt habe.«

Lotti hakte nach: »Marianne?«

Birdman lachte kurz auf. »Nein, Morrigan, wie die Krähengöttin Morrigan.«

Elli sah dem großen Vogel nach, der in kerzengerader Linie zwischen den Trockensteinmauern davonflog. Sie beschloss, Birdman eine Frage zu stellen, die ihr schon länger unter den Nägeln brannte. »Haben Sie eine Vermutung, wie die Tote in die Höhle gekommen ist?«, sagte sie laut und sah Leo Tierney, den Birdman, aufmerksam an.

Der starrte stur geradeaus. »Ich habe keine Ahnung«, brummte er schließlich.

»Wenn wir nur endlich von dieser verdammten Insel wegkönnten«, klagte Lotti, und man hörte die Verzweiflung in ihrer Stimme.

»Oder zumindest mit der Außenwelt Kontakt aufnehmen könnten«, stimmte Elli ihr zu. »Wie lange dauert es normalerweise, bis die Stromleitungen auf Inishbofin wieder repariert sind?«

»Je nachdem«, erwiderte Birdman und zuckte die breiten Schultern. »Es kann schon vorkommen, dass die Inseln eine ganze Woche lang ohne Strom sind.« Er sagte es mit der Gelassenheit eines Menschen, der an regelmäßige Stromausfälle gewöhnt war. »Normalerweise ist das ja auch kein Problem«, meinte er. »Die Inselbewohner wissen damit umzugehen.«

»Normalerweise« sagte Elli, »findet man auf einer unbewohnten Insel auch keine verscharrte Frauenleiche.«

Kapitel 26

Sie hatten das Dorf fast erreicht, als es zu schütten anfing. Scharfer horizontaler Regen, der wie mit spitzen Nadeln in Gesicht und Hände stach. Ein mächtiger Donnerschlag warf sie fast um. Es war ein ohrenbetäubender Lärm, so als würden zwei Schwerlastwagen miteinander kollidieren. Sofort färbte ein weiterer Blitz die Luft weiß.

Herr im Himmel, dachte Elli, das Gewitter muss direkt über uns sein.

Alle drei rannten, als wäre der Leibhaftige hinter ihnen her. Als sie keuchend die Tür des Gemeinschaftshauses hinter sich zuschlugen, klatschte der Regen gegen die Fenster, als ob eine Welle aus dem Meer aufgestiegen wäre und das ganze Dorf verschluckt hätte. Sie trieften vor Nässe.

»Du meine Güte! Wo kommt ihr denn her?!« Mama Feuchtwanger hielt den hölzernen Kochlöffel wie ein Zepter in die Höhe. Tomatensoße blubberte auf dem Herd und erfüllte mit ihrem köstlichen Aroma die Küche. Eine Packung Fusilli lag neben einem großen Topf mit brodelndem Wasser bereit.

Vater Feuchtwanger ließ das Buch sinken, in dem er gerade gelesen hatte. »Das hat aber lange gedauert!« Er legte das Buch mit dem Rücken nach oben auf den Couchtisch. »Habt ihr Material gefunden?«

Elli wischte sich das Regenwasser aus den Augen. »Ja,

wir waren auch schon bei der Höhle und haben den Eingang verschlossen.« Sie strich sich das nasse Haar aus der Stirn. »Ich erzähle euch gleich, was wir gemacht haben, aber zuerst muss ich aus den nassen Klamotten raus.« Sie drehte sich zu Lotti um. »Komm, wir teilen uns das Bad. Dann geht es schneller.« Sie ließen Birdman neben dem Küchenofen stehen, wo Ronnie eifrig um ihn herumschwänzelte.

Elli dankte Gott, dass es in dem Gemeinschaftshaus eine elektrische Dusche gab. Mit warmem Wasser! »War doch eine gute Idee, im Bad eine Garnitur frische Kleidung zu bunkern«, sagte sie triumphierend zu Lotti, nachdem sie sich abgetrocknet hatten und in saubere Jeans geschlüpft waren.

»Aus Fehlern lernt man eben«, stimmte Lotti ihr zu. »Apropos Fehler: Wir müssen daran denken, den Generator aufzutanken«, sagte sie noch, als sie gemeinsam zurück in die Küche gingen.

Birdman stand immer noch neben dem Ofen. Dampf stieg aus seinem dicken Wollpullover. »Sie können gern die Dusche benutzen«, sagte Elli. »Frische Handtücher liegen im Regal.«

Zuerst sah es so aus, als würde er ablehnen, doch dann sagte er: »Wenn es ihnen nichts ausmacht, nehme ich ihr Angebot gern an.« Er verschwand im Badezimmer.

Ronnie sah ihm nach. Dann drehte er sich dreimal im Kreis und ließ sich mit einem kleinen Seufzer auf seine Decke fallen. Mit seinen wie mit Kajal umrandeten Augen beobachtete er die geschlossene Badtür. Als wollte er sicherstellen, dass Birdman sich nicht davonschleichen würde.

»Unser Ronnie hat scheinbar einen Narren an Birdman gefressen«, sagte Elli.

Ihr Vater stand vom Sofa auf und setzte sich an den Küchentisch. »Ihr hättet mir Bescheid geben müssen, dass ihr zur Höhle geht.« Mit zusammengezogenen Brauen sah er seine beiden Töchter an, als wären sie noch Schulkinder und hätten sich unerlaubt vom Pausenhof entfernt.

Elli und Lotti schwiegen. Sie wussten beide, dass ihr Vater recht hatte. Es war dumm gewesen, mit einem Fremden zur Höhle zu gehen. Um von sich abzulenken, erzählte Elli leise von den langen blonden Haaren, die sie auf der Plane gefunden hatten.

»Wo sind eigentlich Lona und Bendix?«, wollte Lotti wissen.

»Die sind in ihrem Cottage«, sagte Mama Feuchtwanger, »meditieren.«

Wohl eher Versöhnungssex, dachte Elli, der aufgefallen war, wie übellaunig Bendix auf dem Nachhauseweg gewesen war. »Bei dem Wetter werden sie wahrscheinlich noch länger meditieren«, sagte sie laut und ging zu ihrer Regenjacke, die über dem Küchenofen zum Trocknen aufgehängt war. Sie wollte gerade den Reißverschluss der Brusttasche öffnen, als die Badtür aufging und Leo Tierney in die Küche kam. Ronnie sprang sofort von seinem Platz auf und tänzelte auf ihn zu. Der ganze Hund wackelte vor Wiedersehensfreude. Seine Krallen klackerten auf dem Steinfußboden wie die Tanzschuhe von Michael Flatley bei einer Aufführung von Riverdance. Birdman hatte ein breites Handtuch um seine Hüften geschlungen. Er war barfuß und trug einen Ballen durchnässte Kleidung vor sich her.

»Ich mach das für Sie«, sagte Mama Feuchtwanger, nahm ihm die Sachen ab und begann damit, die Kleidungsstücke kräftig auszuschütteln und auf das Trockengestell über dem Ofen zu hängen. »Sie essen doch mit uns?« Das war eigentlich keine Frage, sondern eine Anordnung, die Leo Tierney auch so verstand. Er nickte. »Vielen Dank, sehr gern.« Mit einer Hand fuhr er sich durch seine dichten feuchten Haare.

Elli betrachtete ihn aus den Augenwinkeln. Birdman war kraftvoll gebaut. Nur mit einem Handtuch um die Hüften zeigte er seinen durchtrainierten Oberkörper, der sonst unter Lagen dicker Wollpullover versteckt war. Dunkle Haare kräuselten sich über seinem breiten Brustkorb und vom Handtuchrand hinauf zum Nabel, was verwirrend sexy aussah. Elli wandte den Blick ab. Sie wollte ihn nicht anstarren. Ihre große Schwester hatte keine solchen Hemmungen. Sie starrte ihn an, als wäre er eine riesengroße Sahneschnitte, die ihr auf einem glänzenden Silbertablett präsentiert wurde. Es fehlte nur noch, dass sie sich genießerisch die Lippen leckte. Elli stieß ihr einen Ellbogen in die Rippen. »Deckst du heute den Tisch?«

Lotti grinste breit. »Sorry, ich dachte, es wäre schon angerichtet«, schnurrte sie leise. Sie ging an den Küchenschrank und nahm einen Stapel Teller heraus. Elli war froh, dass ihre Mutter den Küchendienst übernommen hatte. Sie hatte solchen Appetit, dass sie nicht mehr warten konnte und die ersten Bissen einfach nur gierig hinunterschlang. Lotti und Birdman erging es ebenso; auch sie schaufelten die ersten Gabeln ausgehungert in sich hinein. Erst nachdem der schlimmste Heißhunger gestillt war, erzählte Elli am Küchentisch, wie sie das Grab mit einer Plastikplane abgedeckt und den Höhleneingang mit einer Schranktür verbarrikadiert hatten.

Papa Feuchtwanger nickte bedächtig. »Mehr können wir in unserer derzeitigen Lage nicht tun.« Mama Feuchtwanger räumte die Teller ab. Dann stellte sie eine Kanne Tee, Zucker und Dosenmilch auf den Tisch und verteilte die Tassen. Sie richtete das Wort an Birdman: »Jetzt, wo wir alle so gemütlich beisammensitzen, können Sie es uns doch gestehen. Wir sind Ihnen auch nicht böse.« Birdman sah sie verwirrt an. »Die Konserven«, half sie nach. »Sie haben sich doch an unseren Vorräten bedient, nicht wahr?« Birdman fragte: »Welche Konserven? Ich weiß nicht, wovon Sie reden.«

Vater Feuchtwanger mischte sich ein. »Wir haben natürlich Verständnis dafür. Sie hatten sicher nicht genügend Vorräte für einen längeren Aufenthalt auf der Insel dabei.« Er räusperte sich. »Sie hätten uns einfach fragen können.«

Elli staunte wieder einmal über ihre Mutter. Anscheinend hatte sie nur auf eine Gelegenheit gewartet, die fehlenden Lebensmittel zur Sprache zu bringen, und als Birdman fast nackt und so gut wie hilflos an ihrem Küchentisch saß, stach sie zu.

Doch der Ornithologe erwies sich als stur. »Ich kann ihnen versichern, dass ich keine Ahnung habe, wovon sie reden.«

Elli erklärte: »Aus unserem Küchenschrank sind Vorräte verschwunden.«

Lotti fuhr dazwischen: »Mehrere Dosen Thunfisch zum Beispiel.«

Der Birdman sah sie der Reihe nach an, als wären sie verrückt. Dann sagte er bestimmt: »Ich habe ausreichend Proviant dabei. Ich würde mich nie einfach selbst bedienen. Das können Sie mir glauben.« Er machte Anstalten, sich zu erheben, als ihm bewusst wurde, dass er nur mit einem Handtuch bekleidet war.

»Sie brauchen keine Konserven. Sie haben ja die Hasenfallen, nicht wahr?«, sagte Lotti, beugte sich vor und stützte sich mit den Ellbogen auf den Tisch.

Irritiert sah er sie an. »Was denn für Hasenfallen? Ich lebe vegetarisch!« Langsam wurde er laut. »Was soll das alles? Was wollen Sie von mir?« Wild sah er von einer zur anderen. »Was werfen Sie mir eigentlich vor? Dass ich Hasen gejagt und ihre Vorräte geplündert habe?«

Elli sagte vorwurfsvoll: »Der arme Ronnie ist in eine Hasenfalle getreten. Der Draht hatte sich um seinen Hinterlauf geschlungen. Zum Glück haben wir ihn rechtzeitig gefunden, sonst hätte er sich womöglich das Bein schwer verletzt.«

Ronnie, der seinen Namen gehört hatte, hob den Kopf von den Pfoten und spitzte die Ohren.

Leo Tierney sah sie fassungslos an. »Ich stelle doch keine Fallen auf«, brüllte er plötzlich los. »Auf einer Insel, auf der die Schafe überall frei herumlaufen. Ich bin doch nicht bekloppt«, fügte er in gemäßigterem Ton hinzu. Die Feuchtwangers warfen sich verunsicherte Blicke zu. Elli sah aus dem Fenster. Der Regen hatte so schnell aufgehört, wie er gekommen war. Das Wasser lief laut gurgelnd die Regenrinne hinab. Mit fester Stimme sagte sie: »Wenn Sie das nicht gewesen sind, wer war es dann?«

Kapitel 27

Lotti erhob sich vom Küchenstuhl. »Wir sollten jetzt endlich den Generator nachtanken«, sagte sie. »Sonst sitzen wir bald im Dunkeln da.«

Elli stand auf und begleitete ihre Schwester zur Tür hinaus. »Glaubst du ihm?«, wollte Elli wissen.

Lotti kickte ein Steinchen vor sich her, als sie zur Rückseite des Hauses gingen. Das Dorf hatte ein blasses, frisch gewaschenes Aussehen; es erinnerte an ein Aquarellgemälde. Wasser tropfte von den Schieferdächern, Rinnsale rannen den Hügel hinab zum Meer. Die Luft roch frisch und klar. Lotti hob die Schultern. »Er klang recht überzeugend«, sagte sie.

Elli nickte. »Entweder er lügt wie ein Profi oder er sagt die Wahrheit. Such dir was aus.«

Lotti griff nach dem Benzinkanister. Sie schüttelte den Kanister. Leer. Sie nahm den nächsten zur Hand, schüttelte ihn. Auch leer. Lotti fluchte leise. »Verdammt, ich hätte schwören können, dass wir noch zwei volle Benzinkanister haben.« Der nächste Kanister fühlte sich voll an. Lotti schraubte den Verschluss ab, steckte den Füllstutzen auf und drückte Elli den Trichter in die Hand. »Hier, halt das mal.«

Elli öffnete den Tankdeckel, steckte den Trichter hinein und wartete, bis Lotti den Kanister hochgehoben hatte. Vorsichtig füllte ihre große Schwester den Tank des Generators auf. Dann schraubte sie den Stutzen ab, tat den Deckel zurück auf den leeren Kanister und stellte ihn zu den anderen. Routiniert brachte sie den Generator wieder zum Laufen. Dann ging sie zurück zu den Benzinkanistern, nahm jeden einzelnen in die Hand und schüttelte ihn. Mit verschränkten Armen und zusammengekniffenen Augen stand sie da und zählte die Kanister, die in einer Reihe nebeneinander in dem kleinen überdachten Anbau standen. »Ich hätte schwören können, dass wir noch zwei volle Kanister haben«, sagte Lotti wieder zu Elli, die sie besorgt ansah. »Wenn nicht bald ein Schiff kommt, gehen hier die Lichter aus.«

Zurück in der Küche ging Lotti schnurstracks auf Birdman zu und beugte sich vor, sodass sie fast Nase an Nase waren. Sie sagte: »Den Benzinkanister haben Sie natürlich auch nicht genommen, nicht wahr?«

Birdman wurde rot. Er sprang auf, ging mit weiten Schritten auf den Herd zu und rupfte unsanft seine Kleidung von den hölzernen Stäben des Trockengestells. »Ihr habt doch alle einen Inselkoller!« Er wollte zum Badezimmer stürmen, als die Tür aufflog und Lona hereinkam. Tränen rannen über ihre Wangen. Die langen blonden Locken hingen ihr wie ein Vorhang ins Gesicht. Ihre Lippen zitterten. Birdman blieb stehen und starrte sie an. Lona warf sich in Ellis Arme. Ihre Schultern zuckten. »Na, na, was ist denn?« Elli strich ihrer kleinen Schwester zärtlich über den Rücken. Lotti kam dazu und legte ihre Arme um sie. Zu dritt standen die Feuchtwanger-Schwestern fest umarmt in der Küche. Birdman verschwand eilig im Badezimmer.

Als er aus dem Bad kam, bemerkte Elli, dass er wieder mit seinen immer noch feuchten, Sachen bekleidet war. Sie saß mit Lona und Lotti auf der Couch. Mutter Feuchtwanger hatte Lona eine Tasse Tee aufgenötigt, als wäre es ein Allheilmittel.

Birdman hatte nur Augen für Lona, als er an die Sitzecke herantrat und sich räusperte. »Ich geh jetzt wieder zurück in die Vogelstation. Vielen Dank für alles.« Lona schlug ihre verquollenen Lider auf und versuchte zu lächeln.

Mama Feuchtwanger fasste ihn leicht am Ellbogen und dirigierte ihn zu Tür. Sie öffnete die Haustür. »Sie entschuldigen sicher, ich muss mich jetzt um meine Tochter kümmern.«

Birdman sah noch ein letztes Mal zu Lona hinüber, dann ging er hinaus.

»Was ist los?«, wollte Mama Feuchtwanger von Lona wissen, sobald sich die Tür hinter Birdman geschlossen hatte. Lona fing sofort wieder an zu blubbern.

»Jetzt beruhig dich doch«, sanft strich Elli ihrer kleinen Schwester die blonden Locken aus dem Gesicht. Vater Feuchtwanger hielt ihr eine Packung Taschentücher hin. Lona nahm ein Tuch und schnäuzte sich. Dann nahm sie ein zweites und wischte sich damit über die Augen.

»Apolonia«, sagte ihr Vater. »Reiß dich zusammen und sag uns endlich, was los ist.«

Lona bekam einen Schluckauf. »Bendix war blöd zu mir«, hickste sie. Sie hielt sich krampfhaft an ihrem Taschentuch fest. »Er hat mich angeschrien.« Unterbrochen von Schlucken und Schniefen, erzählte Lona ihrer Familie, dass Bendix in ihrem Cottage einen Tobsuchtsanfall bekommen hatte. »Er hat behauptet, ich hätte mich in Leo Tierney verguckt und dass ich ihm schöne Augen gemacht hätte, als wir zu den Klippen gegangen sind.« Sie setzte sich aufrecht hin. »Das stimmt überhaupt nicht. Ich hab ihm auch gesagt, dass er sich das nur einbildet, aber dann ist er noch wütender geworden.« Lonas Hände zitterten. »So hab ich ihn noch nie erlebt.« Elli und Lotti warfen sich über Lonas Kopf hinweg wütende Blicke zu. »Ich weiß ja, dass er leicht eifersüchtig wird«, hickste Lona, und ihre Unterlippe bebte. »Aber so schlimm war es noch nie.«

»Hat er dich angefasst?«, fragte Vater Feuchtwanger mühsam beherrscht.

»Nein« sagte Lona. »Aber das hätte er vielleicht, wenn ich nicht weggelaufen wäre.« Sie fing wieder laut zu weinen an.

»Du musstest diesen Kerl ja unbedingt mitschleppen!« Mama Feuchtwangers Mitgefühl hielt sich in Grenzen. »Ich hab gleich gesagt, dass er bei unserem Familienurlaub nichts zu suchen hat, aber du hast es ja wieder einmal besser gewusst. Und jetzt haben wir den Salat«, fügte sie düster hinzu.

Elli sah von ihrer Mutter zu ihrer Schwester, die wie ein Häufchen Elend auf der Couch saß. Obwohl sie ihrer Mutter insgeheim recht gab, fand sie, dass der Zeitpunkt für Vorwürfe schlecht gewählt war.

»Du kannst in meinem Cottage schlafen«, sagte Elli zu Lona. »Ich habe noch ein zweites Schlafzimmer.«

Wehmütig dachte sie daran, dass dieses eigentlich für ihre Söhne bestimmt war. Einerseits war sie froh, dass Patrick, Finn und Seán es nicht mehr auf die Insel geschafft hatten, bevor der Sturm anfing, und dass sie auf dem Festland sicher waren. Andererseits vermisste sie die drei schrecklich. Es klopfte kaum hörbar an der Tür, die kurz darauf langsam aufging. Ronnie sah von seinem Liegeplatz auf und begann leise zu knurren.

Bendix stand im Türrahmen. »Ich will mich entschuldigen, mit anderen Worten: Es tut mir leid«, sagte er und wollte zu Lona gehen, die stocksteif auf der Couch saß und ihn anstarrte wie das Kaninchen die Schlange.

Mutter Feuchtwanger trat ihm in den Weg. »Sie gehen besser«, sagte sie. »Sie sind hier nicht mehr erwünscht.« Ihr Gesichtsausdruck ließ keine Widerrede zu.

Bendix versuchte trotzdem, an ihr vorbeizugehen. »Lona, Liebes ...«, weiter kam er nicht.

»Du hast gehört, was meine Mutter gesagt hat«, zischte Lotti, die ihm in den Weg getreten war. »Schleich dich!«

Vater Feuchtwanger baute sich neben seiner Frau auf. Breitbeinig und mit verschränkten Armen stand er da und verströmte die gesammelte Autorität von über vierzig Jahren Polizeidienst. Gemeinsam mit Lotti und seiner Frau bildeten sie eine Mauer, mit der sie Lona vor Bendix abschirmten.

Der wich einen Schritt zurück. »Ich weiß nicht, was Apolonia Ihnen erzählt hat.« Er warf Lona einen scharfen Blick zu, »aber ich kann ihnen versichern, dass es sich um ein Missverständnis handelt. Mit anderen Worten: Lona steigert sich da in etwas hinein.«

Ronnie stand plötzlich mit gesträubten Nackenhaaren neben Lotti. Er hielt den Kopf gesenkt und hatte die Lefzen hochgezogen. Ein tiefes Grollen stieg aus seiner Brust. Bendix warf einen nervösen Blick auf Ronnie und trat hastig einen Schritt zurück. Ronnie setzte nach. Bendix wich weiter zurück. Der Hund folgte ihm.

»Halt deinen Köter zurück«, kreischte er. Obwohl Elli von ihrem Hund schwer beeindruckt war, entschied sie sich, ihn zurückzupfeifen. Sosehr ihr Bendix auch auf die Nerven ging und sosehr er Lona auch gekränkt hatte – es war wohl besser, wenn sie nicht auch noch eine Bisswunde zu versorgen hatten, solange sie auf dieser Insel festsaßen.

»Ronnie, bei Fuß!«

Bendix hatte es bis zur Eingangstür geschafft. Ronnie war stehen geblieben und war ihm nicht weiter gefolgt. Bendix jammerte: »Sie können mich doch nicht einfach wegjagen, mit anderen Worten: Ich habe Hunger!«

Mutter Feuchtwanger ging an den Küchenschrank und nahm eine Dose Bohnen in Tomatensoße heraus. »Ich lasse mir nicht nachsagen, dass ich mich nicht um unsere Gäste kümmere«, sagte sie und drückte ihm die Dose in die Hand. »Die können sie warm oder kalt essen.«

»So« sagte Lotti und öffnete die Tür, »jetzt nimm deine Bohnen und verschwinde!«

Kapitel 28

Lona beruhigte sich schnell wieder. Sie sah zwar zart aus mit ihren blonden Locken, ihrem durchscheinenden Teint und der zierlichen Figur, aber wie alle Feuchtwangers hatte auch sie einen stählernen Kern. Sie hielt die Teetasse umklammert und brütete vor sich hin. Ihre hellen Augenbrauen trafen sich fast in der Mitte, sosehr zog sie die Stirn zusammen. Mit einem Mal knallte sie die leere Tasse auf den Tisch, setzte sich aufrecht hin und sah ihre Mutter mit lodernden Augen an. »Also gut, du hast recht gehabt!«, sagte sie und presste ihre Lippen zu einem schmalen Strich zusammen. »Ich hätte Bendix nicht mit auf die Insel bringen dürfen.«

Elli sah, dass es ihrer Mutter für einen kurzen Moment die Sprache verschlagen hatte. Sie war es nicht gewöhnt, dass Apolonia so schnell klein beigab. Elli betrachtete ihre Schwester neugierig. Was war wirklich in dem kleinen Cottage am Rande der Klippe passiert? War Bendix ihrer Schwester gegenüber gewalttätig geworden? Wenn ja, dann gnade ihm Gott. Elli kniff die Augen zusammen. Soweit sie sehen konnte, wies Lona keine Verletzung auf. Doch blaue Flecken konnten sich auch unter dem langärmeligen T-Shirt verbergen.

Mutter Feuchtwanger räusperte sich. »Schön, dass du das endlich einsiehst«, giftete sie, »aber leider zu spät.

Jetzt hast du den Kerl am Hals, bis wir wieder zu Hause sind.«

Lona richtete ihre feuchtschimmernden blauen Augen auf Elli. »Du hast doch gesagt, dass ich bei dir schlafen kann, oder?«

Elli nickte.

»Na, dann ist ja alles geregelt«, meinte Lona. »Ihr müsst nur noch meine Sachen aus dem Cottage holen, dann zieh ich bei Elli ein.«

Elli und Lotti sahen einander an. Das war mal wieder typisch Lona. Erst brachte sie sich mit ihrer Impulsivität und Unüberlegtheit in eine unangenehme Lage und dann erwartete sie, dass ihre Familie sie herausboxte.

Vater Feuchtwanger sagte: »Ich komme mit.« Er stand vom Sofa auf und ging zur Tür. Lotti folgte ihm. »Was brauchst du?«

»Packt einfach alles ein«, meinte Lona und zeigte ihr traurigstes Lächeln. »Ich gehe sowieso nicht mehr zurück in dieses Cottage. Der Typ ist für mich gestorben.«

Elli fragte: »Hast du den Schlüssel?«

»Den hat Bendix«, sagte Lona. »Herr Kontrollwahn hat sich natürlich sofort am ersten Tag den Schlüssel gekrallt.«

Sie sagte es mit solch tiefer Abneigung, dass Elli sich wieder wunderte. Sie nahm sich vor, Lona zu fragen, was wirklich vorgefallen war, sobald sie beide ungestört sein würden. Zu dritt verließen sie das Gemeinschaftshaus. Mutter Feuchtwanger hatte sich neben Lona auf die Couch gesetzt und Lonas Hände in die ihren genommen. Elli warf einen letzten Blick auf die beiden und zog die Tür hinter sich zu. Sie lief den Hang hinunter, um zu Lotti und ihrem Vater aufzuschließen. Der Wind fuhr durch ihren Pullover, und Elli fluchte, weil sie keine Jacke angezogen hatte. Sie folgten dem steinigen Weg, der sich durch das Dorf wand. Niedrige Trockensteinmauern umgaben die Ruinen weit auseinander stehender Cottages. Immer wenn Elli die winzigen Häuser sah, versuchte sie sich vorzustellen, wie einst ganze Familien mit zehn oder zwölf Kindern darin gewohnt hatten. Es gelang ihr nicht. Elli hatte das Gefühl, die leeren Fenster-Augen der Ruinen würden ihr folgen, als sie daran vorbeiging. Sie blieb stehen und drehte sich um. Nur das harte Gras bewegte sich im Wind. Seelenlos standen die steinernen Häuserruinen da, wie aus der Zeit gefallen. Elli hastete weiter. Das kleine renovierte Cottage mit den Schindeln auf dem Dach, das Lona und Bendix sich ausgesucht hatten, stand am Ende der Reihe, ganz vorn an der Steilküste. Elli sah übers Meer. Wütend warf sich die Flut gegen die Klippen. Die hohen weiß schäumenden Wellen klangen im Lärm des Windes wie wild galoppierende Hufe. Papa Feuchtwanger hämmerte mit der Faust gegen die rot gestrichene Tür. Eine Böe riss seine graue Haarsträhne in die Höhe, sodass er aussah wie ein streitsüchtiger Hahn. Elli und Lotti flankierten ihren Vater, als die Tür langsam aufging. Bendix stand im Türrahmen. Seine Augen brannten in seinem Gesicht, als er sie abweisend anstarrte. »Ja?«

»Wir holen nur schnell Apolonias Sachen«, sagte Papa Feuchtwanger, schob Bendix mit geübtem Polizeigriff zur Seite und betrat das Cottage. Elli und Lotti folgten ihm. Bendix stand neben der offenen Tür und sah ihnen nach. Dann zuckte er mit den Schultern, knallte die Tür zu und ging ihnen nach. Das Cottage war sehr kuschelig. Es gab nur einen Raum, der sowohl als Schlafzimmer als auch als Wohnzimmer diente. Elli sah sich erstaunt im Zimmer um. Alles war penibel aufgeräumt. Sie konnte kaum glauben, dass ihre chaotische Schwester Lona in diesem blitzblank aufgeräumten Cottage fünf Tage lang gewohnt hatte. Normalerweise sah Lonas Wohnung schon nach einer Stunde Anwesenheit aus, als wäre eine Bombe darin explodiert.

Bendix ging zur Kommode und zog die zweitoberste Schublade heraus. Dann angelte er Lonas Handkoffer unter dem Bett hervor. »Ich packe die Sachen für euch ein«, sagte er höflich, öffnete den Reißverschluss des Koffers, klappte ihn auf dem Fußboden auf und begann, ihn mit Lonas Kleidungsstücken zu füllen. Elli hatte noch nie einen derart perfekt gepackten Koffer gesehen. Innerhalb einer Minute waren Kleidung, Jacke, Schuhe und Kulturbeutel verstaut. Bendix schloss den Reißverschluss, stellte den Koffer vor Papa Feuchtwanger hin, ging zur Haustür und riss sie weit auf. »Wenn ich also bitten dürfte.«

Papa Feuchtwanger trug Lonas Koffer zur Tür hinaus. Elli und Lotti sahen sich an. Dann folgten sie ihrem Vater. Vor dem Cottage drehte er sich noch einmal um. »Danke, falls Sie noch etwas finden, das Lona gehört …«

Weiter kam er nicht, denn Bendix hatte die Tür mit einem lauten Knall ins Schloss fallen lassen.

»Reizender Knabe«, murrte Vater Feuchtwanger, nahm den Koffer wieder hoch und ging den Steinweg zurück, den sie gekommen waren.

Lotti flüsterte Elli zu: »Den soll es doch gleich mitsamt seinem Cottage ins Meer spülen, diesen arroganten Affen.«

»Ein gutes hatte dieser Streit mit Lona allerdings«, meinte Elli trocken. Lotti sah sie fragend an. »Er spricht plötzlich wie ein normaler Mensch«, sagte Elli und grinste.

Kapitel 29

Am Abend saßen Elli und Lona nebeneinander auf dem Sofa in Ellis Cottage. Sie hatten den Holzofen angeschürt und Wasser gekocht. Jetzt hielt jede von ihnen eine Tasse mit heißem Tee in der Hand und sah hinaus in die Dämmerung. Der Wind fuhr mit solcher Wucht um das kleine Cottage, dass die Schindeln auf dem Dach wackelten. Im Inneren jedoch war es wohlig warm.

»Also, was genau war los zwischen Bendix und dir?« Elli trank einen Schluck und sah ihre kleine Schwester fragend an.

Lona antwortete lange nicht. Dann seufzte sie und drehte den Kopf, um Elli anzusehen. »Ich habe wirklich gedacht, dass ich diesmal den Mann fürs Leben gefunden habe.« Sie stellte die Tasse auf dem Couchtisch vor sich ab. »So kann man sich irren.« Sie streifte ihre Schuhe ab und verschränkte ihre Beine zum Schneidersitz. »Was stimmt nicht mit mir, Elli, dass ich immer auf die falschen Typen hereinfalle?«

Sie klang so verzweifelt, dass sich Ellis Herz zusammenzog.

»Ich habe wirklich geglaubt, dass er mich liebt, weißt du. Er war so aufmerksam, hat mir immer kleine Geschenke mitgebracht, hat sich um alles gekümmert; er hat einfach alles für mich gemacht. Ich bin noch nie von einem Mann so umsorgt worden.« Lona drehte ihren goldenen Claddagh Ring am Finger und schwieg. Elli wartete. Sie wusste, dass ihre Schwester weitersprechen würde.

»Vielleicht hätte ich schon viel früher misstrauisch werden sollen«, sagte Lona leise. »Er wollte abends nur noch bei mir zu Hause bleiben. Obwohl er selbst eine eigene Wohnung hat. Jeden Abend hat er mich von der Arbeit abgeholt, hat für mich gekocht, hat geputzt, aufgeräumt.« Mit einem Anflug von Humor sagte sie zu Elli: »Du würdest meine Wohnung nicht wiedererkennen.« Sie strich sich eine lange Haarsträhne hinters Ohr. »Beim Abendessen hat er mich dann immer nach meinem Tag gefragt. Anfangs dachte ich, er sei an *mir* interessiert. Er hat sich erkundigt, was ich erlebt habe und so weiter, aber jetzt im Nachhinein, wenn ich so darüber nachdenke, dann wollte er immer nur wissen, mit welchen Kollegen ich zusammengearbeitet habe. Mann oder Frau, verheiratet oder ledig, alt oder jung, na, du weißt schon. Da hätten meine Alarmglocken schon anfangen müssen zu schrillen, aber ich hielt es für Interesse an mir. Als er dann unbedingt mit auf die Insel kommen wollte, da konnte ich nicht Nein sagen. Ich wusste natürlich, dass ihr nicht begeistert sein würdet, wenn ich Bendix mit zum Familienurlaub auf die Insel bringe. Ihr kanntet ihn ja überhaupt nicht. Aber ich hab's einfach nicht geschafft, *Nein* zu sagen.«

Sie richtete sich auf und sah Elli flehend an. »Weißt du, er war anfangs immer wahnsinnig lieb zu mir.« Sie nahm die Tasse wieder vom Tisch und trank. »Aber dann wurde er immer anhänglicher. Wie eine Klette. Wollte immer überall dabei sein. Sogar wenn ich mit meinen Freundinnen Kaffee trinken ging, war er dabei. Als wir hier auf der Insel Birdman kennengelernt haben, wurde sein Misstrauen noch schlimmer. Schon am ersten Abend, nachdem Birdman sich bei uns vorgestellt hatte, hat er mir in unserem Cottage eine Szene gemacht. Heute ist er total ausgerastet. Hat mir unterstellt, dass ich Birdman heimlich auf die Insel bestellt hätte. So einen Blödsinn musst du dir einmal vorstellen. Er hat mir tatsächlich unterstellt, dass ich mit Birdman eine Affäre habe.« Lona stellte die Tasse mit einem lauten Knall zurück auf den Tisch, sodass Ronnie, der neben dem Holzofen eingenickt war, aus dem Schlaf hochschreckte und die Ohren aufstellte. »Bendix ist ein krankhaft eifersüchtiger Kontrollfreak!«

Elli dachte an die gebügelten, nach Farben geordneten Socken in der Schublade der Kommode. »Das ist er ganz sicher«, sagte sie, »aber dass dir Birdman gefällt, hat der krankhaft eifersüchtige Kontrollfreak richtig erraten, oder?«

»Mein Gott, was heißt schon gefällt«, wiegelte Lona ab. »Natürlich ist er was fürs Auge, das musst doch sogar du zugeben.« Elli wollte gerade nachbohren, was das »sogar du« heißen sollte, als Lona auch schon weitersprach. »Birdman ist attraktiv und sympathisch, aber das finde nicht nur ich. Lotti hat auch gesagt, dass sie ihn zum Anbeißen findet. Sogar Mama findet ihn nett.« Elli schmunzelte. Ihre Mutter war nicht leicht zu beeindrucken. »Außerdem finde ich seinen Beruf so wahnsinnig interessant«, sagte Lona und lehnte sich zurück in die weichen Kissen des Sofas. Träumerisch sah sie zur Zimmerdecke hoch. »Ornithologe«, sagte sie bedächtig, »das klingt nach Wildnis, Freiheit, Abenteuer, nicht wahr?« Sie stand auf, ging zum Holzofen, nahm die Teekanne von der Warmhalteplatte und hielt sie fragend hoch.

Elli schüttelte den Kopf. »Danke, für heute hab ich genug Tee intus.«

Lona schenkte ihre eigene Tasse voll, stellte die Kanne auf den Couchtisch und setzte sich. »Wenn ich *Ornitholo-*

ge höre, dann hab ich ganz andere Bilder im Kopf, als wenn ich *Fachanwalt für Urheber- und Medienrecht* höre.«

Elli wandte ein: »Als Medienanwalt verdient Bendix bestimmt zehnmal so viel wie ein Ornithologe.«

Lona sah ihre Schwester schweigend über ihre Teetasse hinweg an. Dann stellte sie sie auf dem Tisch ab und meinte: »Klar, du denkst natürlich nur ans Geld.«

Elli protestierte. »Das stimmt doch gar nicht. Das war nur eine neutrale Feststellung.«

Lona sah sie herablassend an. »Ach, jetzt tu doch nicht so. Du warst doch schon als Kind so knickert, dass du am Ende der Woche fast noch dein ganzes Taschengeld gehabt hast.«

Elli sah sie gekränkt an. Ausgerechnet Lona, die sich ihre ganze gemeinsame Kindheit und Jugend lang immer wieder von Elli Geld geliehen hatte, machte es ihr jetzt zum Vorwurf, dass sie gut haushalten konnte. Ronnie stand von seinem Schlafplatz auf, trottete zu Elli hinüber und legte seinen Kopf auf ihre Knie. Sie sah in seine dunklen warmen Augen und streichelte ihn. »Ronnie muss nochmal raus, bevor wir schlafen gehen«, sagte sie, froh um die Ablenkung. »Kommst du mit?«

»Nö du, ich leg mich gleich hin. Der Streit mit Bendix hat mir doch ziemlich zugesetzt. Außerdem will ich morgen früh frisch sein. Birdman hat gesagt, er will mir die Sturmtaucher zeigen.«

Elli hob eine Augenbraue. »Ach, du hast schon was mit ihm ausgemacht?«

Lona hatte den Anstand, zu erröten. »Er hat nur gesagt, dass ich gern mitkommen kann, wenn er morgen zur Steilküste geht, um den Bestand zu kontrollieren.« Sie stand auf. »Du brauchst mich gar nicht so wissend anzuschauen. Das hat überhaupt nichts zu bedeuten.«

Elli schwieg. Natürlich war ihr aufgefallen, wie Birdman Lona manchmal, wenn er sich unbeobachtet glaubte, angesehen hatte. Offensichtlich nicht nur ihr. Bendix war vielleicht ein Kontrollfreak, aber er war nicht blöd. Sie zog ihre Wanderschuhe an und schlüpfte in die Regenjacke. Ronnie stand bereits an der Tür und wedelte mit dem Schwanz.

Kapitel 30

Elli klopfte leise an Lonas Tür. Keine Antwort. Zaghaft drehte sie den Türknauf. Es war bereits neun Uhr morgens, und Elli hatte Hunger. Sie schob die Tür einen Spalt auf und steckte den Kopf in das kleine Zimmer. »Lona?«

Lonas Koffer lag offen auf dem Steinfußboden. Es sah aus, als hätte ein Dobermann darin gewühlt. Sämtliche Kleidungsstücke lagen wild durcheinander auf einem Haufen. Die abgelegte Kleidung vom Vortag führte in einer Linie kleiner Häufchen zum Bett. Die Bettdecke hing schief und zu einem Knäuel verschlungen am Fußende des schmalen Bettes. Das Bett war leer.

Elli stieß die Tür ganz auf und sah sich im Zimmer um. Dem Chaos nach zu urteilen, war ihre Schwester immer noch ganz die Alte. Elli zog die Tür zu und machte sich fertig, um zum Frühstück in das Gemeinschaftshaus zu gehen. Der ewige Haferbrei hing ihr zwar schon zum Hals heraus, aber Hunger hatte sie trotzdem. Ronnie stand bereits geduldig neben der Haustür und wartete, bis sein Frauchen ihre Stiefel fertig geschnürt hatte. »Ronnie, bei Fuß.« Gemeinsam traten sie vors Haus. Der Wind zerzauste Ellis Haare. Hastig zog sie am Reißverschluss ihrer Jacke. Sie warf einen kurzen Blick übers Meer und ging dann schnell den steinigen Weg hinauf. Zumindest regnete es nicht.

»Ein full Irish Breakfast und zwei Scheiben Toast mit

Butter, bitte«, rief sie Lotti zu, die über den Herd gebeugt im Haferbrei rührte.

»Kommt sofort«, erwiderte Lotti trocken, füllte zwei Schüsseln mit klumpigem Brei und trug sie zum Esstisch. »Guten Appetit.« Sie ging zurück zum Herd. »Mama und Papa sind heute aber spät dran«, wunderte sie sich und schob den Topf von der Herdplatte an den Rand des Ofens, um den Brei warmzuhalten. »Ich kann bald keinen Haferbrei mehr sehen«, sagte Lotti mürrisch. »Das einzig Gute daran ist, dass meine Jeans schon viel lockerer sitzt.« Sie schob ihren Daumen in den Hosenbund und zog demonstrativ daran. »Wie lange hängen wir hier eigentlich schon fest?«

Elli sah aus dem Fenster. »Heute ist der sechste Tag.« Sie schob einen Löffel Brei in den Mund. »Bald wird sich der Wind legen, dann können wir abgeholt werden«, sagte sie mit größerer Zuversicht, als sie empfand.

»Dein Wort in Gottes Ohr.« Lotti setzte sich ihr gegenüber an den Tisch. »Ich habe letzte Nacht wieder Schritte vor meinem Cottage gehört«, sagte sie. »Besser gesagt, sehr früh am Morgen. Es wurde gerade hell.«

Elli sah von ihrer Schüssel auf. »Das wird Lona gewesen sein«, meinte sie. »Die war heute Morgen schon weg, als ich aufgestanden bin.«

Lotti kratzte mit dem Löffel die letzten Breireste in ihrer Schüssel zusammen. »Halt mich bitte nicht für paranoid«, sagte sie. »Aber ich habe das Gefühl, dass außer uns noch jemand auf dieser verdammten Insel ist.«

Elli dachte an gestern, als sie meinte zu spüren, wie sich Blicke aus den leer stehenden Ruinen in ihren Rücken gebohrt hatten. Sie dachte an die Leiche der jungen Frau, die sie in der Höhle gefunden hatten, und eine eiskalte Hand legte sich auf ihre Brust. »Du meinst, außer uns und Birdman«, sagte sie.

Lotti stand auf und trug die Schüssel zum Spülbecken. »Birdman«, sagte sie leise und lehnte sich gegen den Spülstein. »Wir wissen nichts über ihn. Vielleicht ist er gar kein Vogelkundler, sondern hat uns von Anfang an belogen.«

»In seiner Hütte sind aber tatsächlich viele Bücher über Vögel«, wandte Elli ein.

»Woher sollen wir wissen, dass die Hütte wirklich ihm gehört?«, sagte Lotti. »Vielleicht gibt er sich nur als der Ornithologe aus, dem die Hütte gehört, aber in Wahrheit ist er der Killer, der das arme Mädchen in der Höhle getötet hat«, sagte Lotti langsam. »Vielleicht ist er genau wie wir vom Sturm überrascht worden und hat es nicht mehr rechtzeitig von der Insel aufs Festland geschafft.«

»Aber warum hätte er uns dann zu der Höhle führen sollen?«, fragte Elli und schob ihre Breischüssel von sich weg. »Das macht doch keinen Sinn. Wenn er der Mörder wäre, dann hätte er doch alles tun müssen, um uns von der Höhle fernzuhalten.«

Lotti schwieg einen Moment, dann meinte sie achselzuckend: »Woher soll ich wissen, was in dem kranken Hirn eines Gewaltverbrechers vorgeht.«

»Glaubst du wirklich, was du da sagst?« Ellis Hände waren plötzlich eiskalt.

Lotti sah auf, alarmiert vom Ton in Ellis Stimme. »Ich weiß es ja auch nicht. Mir gehen halt immer alle möglichen Sachen durch den Kopf«, gab sie zu. »Das Problem ist, dass wir nicht wissen, wer er ist und dass er uns erzählen kann, was er will.«

Elli stand auf und griff nach ihrer Jacke. »Lona ist bei ihm«, sagte sie und schlüpfte hinein. »Zieh dich an, wir müssen sie da rausholen.«

Lotti rannte hinter Elli her, während sie versuchte,

unter dem Laufen in ihre Jacke zu schlüpfen. »Woher weißt du, dass Lona bei ihm ist?«

»Weil sie mir gestern Abend gesagt hat, dass er ihr irgendwelche Sturmtaucher zeigen will.«

»Oh Mann!« Lotti fuhr sich mit der Hand durch die kurzen dunklen Locken. »Und du hast ihr das nicht ausgeredet?«

»Pass auf!«, rief Elli und hielt ihre Schwester gerade noch rechtzeitig davon ab, in eine riesige Pfütze zu treten. Ronnie tappte mitten hinein, schlabberte ein bisschen von dem braunen Wasser, das ihm bis zu den Knien reichte, und trabte dann gemächlich weiter. »Mach mal langsamer«, schnaufte Elli, »sonst landen wir noch im Dreck.«

Sie folgten dem Pfad an der Küste entlang. Hier blies der Wind noch stärker als im Dorf. Die Wellen donnerten unablässig gegen die Klippen. Möwen und andere Seevögel, die Elli nicht kannte, segelten im Wind. Elli hatte keine Augen für die raue Schönheit der Insel. Warum hatte sie Lona nicht davon abgehalten, sich mit Birdman zu treffen? War er wirklich der gefährliche Irre, für den Lotti ihn hielt?

Der Pfad wurde zu schmal, als dass sie nebeneinander laufen konnten, und Lotti ließ Elli vorausgehen. Wortlos hasteten sie weiter.

Elli atmete schwer, als sie endlich die Vogelstation in der nächsten Biegung ausmachen konnte. Sie würde sich um ihre Fitness kümmern, wenn sie wieder zu Hause wären, nahm sie sich fest vor. Sie blieb stehen. »Was ist unser Plan?«, sagte sie zu Lotti und sog die Luft tief in die Lungen.

Lotti stemmte die Fäuste in die Hüften. »Wir klopfen an, gehen rein und sagen, dass Lona bitte mitkommen soll, weil wir sie brauchen, um ...«, Lotti überlegte. »Einfach, dass sie mitkommen soll«, sagte sie nach einer kurzen Pause.

»Vielleicht könnten wir sagen, dass Papa sich den Magen verdorben hat und dass sie ihm eine ihrer spitzenmäßigen Kräutermischungen kochen soll«, schlug Elli vor.

»Gute Idee«, stimmte Lotti zu, »und falls er Schwierigkeiten macht, habe ich das hier dabei.« Sie zog ein Küchenmesser aus ihrer Jackentasche.

»Was willst du denn damit«, spottete Elli, »seine Kartoffeln schälen?«

»Es ist vielleicht klein, aber scharf und immer noch besser als nichts«, erwiderte Lotti und steckte es zurück in ihre Jackentasche.

»Also los«, sagte Elli, »zumindest ist er zu Hause.« Sie deutete auf den Rauch, der aus dem Kamin stieg. Erdiger Torfgeruch zog zu ihnen herüber. Auf den letzten Metern versuchten sie, sich ungesehen an das Cottage heranzupirschen. Seine schwarze Krähe saß auf dem Dach und krächzte laut, als Elli und Lotti vor der Eingangstür standen. Elli hob die Faust und klopfte dreimal kräftig gegen die Tür. Birdman öffnete kurz darauf und lächelte freundlich, als er sie sah. Ronnie stieß ihm seine Nase in den Schritt und wuselte dann freundlich schwanzwedelnd um ihn herum.

»Kommt rein«, sagte er und ging zurück in sein Häuschen. »Ich habe gerade Tee gekocht.«

Er klopfte ein paarmal gutmütig auf das helle Fell des Labradors und strich ihm über den Kopf.

»Danke, aber wir wollten nur schnell Lona abholen«, sagte Elli und lächelte zurück. Birdman hob den Kopf von der Teetasse, die er sich gerade eingeschenkt hatte. »Lona? Lona ist schon vor einer Stunde zurück ins Dorf gegangen«, sagte er.

Kapitel 31

»Lona, Lonaaa!« Elli hatte die Hände zu einem Trichter geformt und kämpfte gegen den Wind an. Zottelige Schafe stoben auseinander und liefen davon, als Elli und Lotti über die feuchte Wiese stapften. Sie blieb stehen, hielt dem Labrador die Socken ihrer Schwester vor die Schnauze und ließ ihn daran schnüffeln. »Ronnie, such!« Ronnie senkte daraufhin pflichtschuldig die Nase und lief kreuz und quer vor ihnen her. Dann blieb er stehen und sah fragend zu ihnen hinüber. »Ach Ronnie«, Elli seufzte.

»Apo-lo-nia! Lo-na!!« Mehrere Meter entfernt zu ihrer Linken gingen Papa und Mama Feuchtwanger und riefen abwechselnd nach ihrer jüngsten Tochter.

Elli und Lotti waren zurück ins Dorf gegangen. Dort angekommen, hatten sie feststellen müssen, dass Apolonia weder im Gemeinschaftshaus noch in Ellis Cottage war. Auch bei Bendix war sie nicht. Bendix hatte sie nicht in das Cottage gebeten. Abweisend, die schmalen Lippen zu einem Strich zusammengepresst, hatte er mit einem knappen Kopfschütteln verneint, Lona gesehen zu haben. Das Häuschen war so klein, dass Elli und Lotti von der Türschwelle aus sehen konnten, dass er sie nicht anlog. Daraufhin beschlossen sie, die Insel nach ihr abzusuchen.

»Lona!« – »Apolonia!« – »Lona!« Ihre Rufe hallten über die Insel. Vögel flatterten auf. Der Wind blies ihnen ins Gesicht und zerrte an ihren Jacken. Ellis Magen fühlte sich hohl an. Wo zum Teufel war Lona? Diese verdammte Insel war doch nur gut 2,5 mal 1,5 Kilometer groß. Warum konnten sie Lona nicht finden? Elli erklomm eine kleine Anhöhe und drehte sich einmal um die eigene Achse. Angestrengt versuchte sie, Lonas bunt geblümten Regenmantel in der Ferne zu entdecken. Nichts. Nur Gras und Felsen und Schafe.

Elli lief zurück zu ihrer Schwester. »Nichts«, sagte sie.

Lotti hatte die Lippen zu einem dünnen Strich zusammengekniffen. »Wir sollten zurück ins Dorf gehen«, meinte sie. »Vielleicht ist sie inzwischen wieder aufgetaucht.«

Elli nickte. Sie hatten die sandigen Buchten abgesucht, anschließend die Klippen, und waren querfeldein über den federnden, von Schafen kurzgefressenen Grasboden gelaufen. Von Lona keine Spur. In der Ferne sahen sie ihre Mutter wild mit den Armen wedeln. Sie rief ihnen etwas zu, das sogleich vom Wind verschluckt wurde. Elli und Lotti beeilten sich, zu ihren Eltern aufzuschließen. Als sie bei ihnen ankamen, sahen sie, dass ihr Vater auf einem Felsen saß, ein Hosenbein hochgerollt hatte und mit der Hand über seinen geschwollenen Knöchel strich.

»Was ist denn hier passiert?«, wollte Lotti wissen.

»Euer Vater ist in ein Kaninchenloch getreten und hat sich den Knöchel verstaucht.«

»Vielleicht gebrochen«, presste Papa Feuchtwanger zwischen zusammengebissenen Zähnen hervor, und man konnte sehen, dass er starke Schmerzen hatte.

»Heiliges Kanonenrohr!« Lotti besah sich den Knöchel aus der Nähe. »Papa, das sieht nicht gut aus.« Sie richtete sich auf. »Kannst du auftreten?«

Papa Feuchtwanger streckte seinen Töchtern auffordernd die Arme entgegen. Elli und Lotti griffen jeweils einen Arm und zogen ihren Vater langsam hoch. Er versuchte, den lädierten Fuß auf den Boden zu setzen. »Au,« entfuhr es ihm, und sein Fuß zuckte zurück. Er biss die Zähne zusammen. »Ich fürchte, das wird nichts«. Schweißperlen traten auf seine Stirn. Er war aschfahl im Gesicht.

»Wie weit haben wir es bis ins Dorf?«, wollte Mutter Feuchtwanger wissen. Auch sie war blass geworden.

»Normalerweise vielleicht zwanzig Minuten«, sagte Elli. »Aber auf einem Bein wird es etwas länger dauern.«

»Du schaffst das, Papa«, ermunterte ihn Lotti und legte den Arm ihres Vaters um ihre Schultern. »Elli, nimm du ihn von der anderen Seite.«

Gemeinsam stützten sie den Verunglückten, der zitternd auf einem Bein zum Stehen kam. »So, jetzt stütz dich auf uns und halt das verletzte Bein hoch.«

Elli sackte fast ein unter dem Gewicht ihres Vaters, stemmte sich dann hoch, und gemeinsam mit Lotti schaffte sie es, den auf einem Bein hüpfenden Vater zu stützen.

Als sie endlich im Dorf ankamen, waren alle drei nass geschwitzt. Mama Feuchtwanger eilte voraus und schloss die Tür auf. Völlig erschöpft sank Manfred Feuchtwanger auf das Sofa unter dem Fenster. Seine Frau ließ eine Schüssel mit kaltem Wasser volllaufen, stellte sie auf den Couchtisch und tauchte ein Handtuch hinein. Dann versuchte sie, ihrem Gatten den Schuh auszuziehen.

Der stöhnte laut. »Gitti! Pass doch auf!«

Lotti schob ihm ein Kissen in den Rücken und eine festgerollte Decke unter das Knie, damit er sein Bein höher lagern konnte. »Lass mich dein Bein mal ansehen«, sagte sie und schob ihre Mutter zur Seite. Vorsichtig löste sie die Schnürsenkel, zog sie aus dem Schuh heraus und weitete den soliden Wanderschuh, sodass sein Fuß leichter herausschlüpfen konnte. Dann rollte sie ihrem Vater die Socke vom Fuß. Der versteifte sich und stöhnte laut auf.

»Elli, hast du zufällig Schmerztabletten dabei?« Lotti betastete vorsichtig Knöchel und Wadenbein ihres Vaters. »Ein offener Bruch ist es schon mal nicht«, murmelte sie, »zum Glück.« Sie kniete sich neben das Sofa. »Kannst du deinen Fuß bewegen?«

Papa Feuchtwanger biss die Zähne zusammen und wackelte mit seinem Fuß ein wenig auf und ab.

Wieder betastete Lotti vorsichtig das Sprunggelenk. Dann nahm sie das nasse Handtuch aus der Schüssel, wrang es aus und schlang es fest um den Knöchel bis zur Mitte der Wade hinauf. »Gibt es hier einen Verbandskasten? Ich muss das Bein ruhigstellen.«

Elli ging ins Badezimmer und kam mit einem grünen Plastikköfferchen zurück.

»Mit ein bisschen Glück ist es ein glatter Bruch.« Lotti lächelte ihren Vater aufmunternd an, während sie eine weiße Verbandsrolle aus dem Kasten nahm. »Knochen heilen ja von selbst, indem sie Knochengewebe bilden. Die erste Phase, die Entzündungsphase, hat schon angefangen, deshalb ist dein Bein geschwollen und druckempfindlich. Ich schau mal, ob ich etwas finde, was wir als Schiene verwenden können. Wir müssen dein Bein ruhig stellen, und du darfst es nicht bewegen.«

Papa Feuchtwanger stöhnte und schloss die Augen.

Gitti Feuchtwanger stellte eine Tasse Tee neben ihren Mann auf den Couchtisch. »Was musst du auch immer so drauflospreschen.« Sie legte ihm die Hand auf die Stirn. »Du bist ganz heiß. Elli, komm mal her. Der Papa hat doch Fieber, oder?«

Elli legte ihren Handrücken vorsichtig auf die Stirn des Vaters. »Leicht erhöhte Temperatur vielleicht. Hier Papa«, sie drückte zwei Tabletten aus der Folie. »Paracetamol, das hilft dir gegen die Schmerzen.«

»Ich finde nichts, was als Schiene taugen würde.« Frustriert stemmte Lotti die Hände in die Hüften.

Elli ließ ihren Blick durch die Küche schweifen. Dann ging sie zur Fotowand, nahm ein Bild von der Wand und sagte: »Der Rahmen scheint aus recht stabilen Leisten gemacht zu sein. Kannst du den auseinandernehmen?«

Lottis Miene hellte sich auf. »Gute Idee, Schwesterchen.«

Sie nahm den Bilderrahmen, legte ihn auf den Küchentisch und machte sich ans Werk. Kurze Zeit später hatte sie zwei der Leisten als Schienen umfunktioniert und mit dem Verband fest an das Bein ihres Vaters gewickelt. »So, mehr kann ich leider nicht für dich tun. Versuch, ein bisschen zu schlafen.«

Ihr Vater griff matt nach ihrer Hand. »Was ist mit Lona?«, flüsterte er heiser. »Ihr müsst sie finden.«

Elli und Lotti sahen sich an.

»Bei der Höhle waren wir noch nicht«, sagte Elli leise zu ihrer Schwester.

Lotti nickte. Dort wollten sie ihre kleine Schwester nicht finden, niemals. »Du glaubst doch nicht, dass sie allein dort hingegangen ist«, flüsterte Lotti.

Elli zuckte mit der Schulter. Sie spürte, wie ihr die Tränen in die Augen stiegen. »Vielleicht wollte sie zum Steinkreis. Wegen irgendwelchen Energiefeldern oder sonst so einem Schmarrn.« Ellis Lippen zitterten. Was, wenn sie ihre Schwester tatsächlich in der Höhle finden würden? Was, wenn sie nicht freiwillig dort hingegangen war, sondern von jemandem dazu gezwungen wurde? Was, wenn dieser Jemand auch das fremde Mädchen zu dieser Höhle gebracht hatte? Das fremde Mädchen, das nun verscharrt in der schwarzen Erde der Höhle lag! Elli liefen die Tränen über die Wangen.

Auch Lottis Augen schwammen in Tränen, als sie sagte: »Komm, zieh dich an, wir suchen weiter.«

Mutter Feuchtwanger saß neben ihrem Mann, hielt seine Hand in der ihren und schluchzte verzweifelt. »Das wäre alles nicht passiert, wenn Elli nicht die Schnapsidee mit dieser Insel gehabt hätte.«

Elli fühlte sich, als hätte ihr jemand den Boden unter den Füßen weggezogen. War sie schuld am Verschwinden ihrer Schwester? Am gebrochenen Fuß ihres Vaters? Weil sie ihren 40. Geburtstag mit der Familie auf einer einsamen Insel feiern wollte? Sogar Lotti sah sie komisch an. Fast so, als würde sie ihrer Mutter insgeheim zustimmen. Elli schluckte ihre Tränen hinunter, zog ihre Jacke an und ging zur Tür. Ronnie stand bereits erwartungsvoll daneben und wedelte mit dem Schwanz. Wenigstens der Hund mag mich noch, dachte Elli und griff nach der Klinke. Da flog die Tür auf und Apolonia stand in der Küche. Die feuchte Luft hatte ihre blonden Haare so stark gelockt, dass sie aussah wie das Nürnberger Christkind. Ihre Wangen glühten.

»Hallo«, schnatterte Lona fröhlich los, »ihr glaubt ja gar nicht, was ich alles gesehen habe.« Erst jetzt sah sie ihren Vater, der auf dem Sofa lag, und bemerkte die niedergedrückte Stimmung, die sich in der Küche ausgebreitet hatte wie Blähschaum.

»Wo warst du?!«, donnerte Mama Feuchtwanger. Sie sprang auf, stürzte sich auf Lona und verpasste ihr eine schallende Ohrfeige.

Kapitel 32

»Mama!?« Lona hielt sich die Wange und sah ihre Mutter erschrocken an.

»Was fällt dir ein, uns einen solchen Schrecken einzujagen! Ich dachte, du bist tot! Irgendwo verscharrt auf dieser schrecklichen Insel.« Mama Feuchtwanger schlang die Arme fest um ihre jüngste Tochter. Sie schluchzte laut auf, ihre Schultern zuckten, ihr Atem ging stoßweise. »Wir haben ... die ganze Insel ... nach dir abgesucht.« Die Worte kamen abgehackt aus ihrem Mund. Sie rang nach Luft. Schob Apolonia von sich, um sie gleich darauf wieder zu umklammern.

»Aber Mama.« Lona wand sich aus der Umarmung ihrer Mutter. »Elli wusste doch, wo ich war.«

Elli fühlte, wie ihr das Blut in den Kopf stieg. »Da warst du aber nicht!«, fuhr Elli ihre Schwester an. »Wir waren bei Birdmans Hütte, aber da warst du schon weg.«

»Mein Gott, dann haben wir uns halt verpasst. Deshalb musst du doch nicht gleich so ein Fass aufmachen.« Lona strich sich eine Locke aus dem Gesicht. »Sagt mir lieber, was mit Papa los ist.«

»Wegen dir ist Papa in ein Kaninchenloch getreten und hat sich das Bein gebrochen.«

Mama Feuchtwanger wischte sich mit einem Stück Küchenrolle die Tränen aus dem Gesicht.

»Wegen mir?! Na, das wüsste ich aber.« Lona ging zum Sofa und ergriff die Hand ihres Vaters.

»Wegen dir haben wir die ganze Insel abgesucht«, bekräftigte Elli ärgerlich.

»Das kannst du mir doch nicht zum Vorwurf machen!« Sie legte den Handrücken auf die Stirn des Vaters. »Du wusstest doch, wo ich war.«

»Da ... warst ... du ... aber ... nicht!« Elli wurde laut.

Ihre Mutter mischte sich ein, Lotti rief dazwischen, alle redeten durcheinander, keine ließ die andere ausreden, das Stimmengewirr wurde lauter, schriller. Wie vier Kampfhennen standen sie einander gegenüber und schrien sich an.

»Schluss jetzt!«, donnerte es vom Sofa. Vater Feuchtwanger hatte sich halb aufgerichtet. Dann sank er wieder in sich zusammen. Schweißperlen standen auf seiner Stirn. Er war kalkweiß im Gesicht. »Schluss jetzt«, flüsterte er und schloss die Augen.

»Papa hat Fieber«, sagte Lona, die ihm kurz zuvor die Stirn gefühlt hatte.

»Ja, und wessen Schuld ist das?«, fuhr Elli sie an.

»Jetzt hört auf damit«, bestimmte Lotti. »Helft mir lieber dabei, Papa zu versorgen.«

»Ich könnte nach Fieber senkenden Kräutern suchen«, bot Lona sich an.

»Wir haben Paracetamol«, sagte Elli.

»Du gehst nirgendwohin, vor allem nicht allein«, sagte ihre Mutter.

Lotti hatte ein feuchtes Tuch auf die Stirn des Vaters gelegt. »Ich mache dir am gesunden Bein einen Wadenwickel«, sagte sie ruhig zu ihrem Vater. »Damit deine Temperatur nicht noch mehr steigt.«

Der nickte ergeben. Lotti ging ins Bad, um Handtücher zu holen.

Apolonia band sich die Haare mit ihrem Scrunchie zu einem dicken Knoten auf dem Kopf zusammen und schielte Elli aus schmalen Augen an.

»Wer ist denn schuld daran, dass wir auf dieser verdammten Insel festsitzen?«, zischte sie leise.

Elli spürte wieder, wie ihr die Tränen in die Augen stiegen. Sie hatte einen dicken Kloß im Hals. Ihr Plan, mit der ganzen Familie entspannte Tage auf Shark Island zu verbringen, war kräftig in die Hose gegangen. Sogar ihre Schwestern fingen an, sich gegen sie zu stellen. Elli nahm ihr Handy aus der Hosentasche und sah aufs Display. Immer noch kein Netz. Wie lange würde ihr Vater noch ohne medizinische Versorgung auskommen müssen?

Es klopfte an der Tür, gleich darauf trat Birdman in die Wohnküche.

»Hallo, ich wollte nur fragen, ob ihr Lona gefunden habt«, sagte er und lächelte erleichtert, als er sie erblickte. »Aber wie ich sehe, bist du gesund und munter zu Hause angekommen.«

Er trat zu Lona, die ihn anstrahlte. »Ich hab mir Sorgen gemacht«, sagt er leise und trat noch einen Schritt näher.

»Ich weiß nicht, was in euch gefahren ist«, lachte Lona. »Erst machen meine Eltern und meine Schwestern ein Riesentheater, nur weil ich noch ein bisschen spazieren war, und jetzt auch noch du.«

Die Tür flog auf und krachte gegen die Wand. Bendix stand im Türrahmen.

»Habt ihr Lona gefunden?«, fragte er und sah suchend in die Runde. Sein Blick flammte auf, als er Birdman neben Lona entdeckte. Er zögerte kurz, dann trat er über die Schwelle und schloss die Tür hinter sich. »Ich hab mir

Sorgen gemacht«, sagte er, kam näher und schlang die Arme um Lona, die es sich kurz gefallen ließ, ihn dann aber genervt von sich schob.

»Apolonia!« Er griff nach ihrer Hand. »Du kannst nicht einfach allein über eine Insel spazieren, auf der eine Leiche gefunden wurde.« Er rang nach Luft. »Eine junge weibliche Leiche.« Bendix streifte Birdman mit einem anklagenden Blick. »Wir wissen doch nicht, ob der Mörder noch auf der Insel ist«, sagte er beschwörend und zog Lona näher an sich heran.

Birdman räusperte sich. »Dem muss ich leider zustimmen.« Er strich mit den Fingern langsam durch seinen Bart. »Die verschwundenen Lebensmittel, von denen ihr mir erzählt habt, sind meiner Meinung nach ein Indiz dafür, dass außer uns noch jemand auf der Insel sein könnte. Ich weiß nur, dass ich sie nicht genommen habe, und wenn es von euch niemand war, dann muss es jemand anders gewesen sein.«

Elli und Lotti waren mittlerweile zu ihnen getreten und nickten zustimmend.

»Außerdem fehlt seit gestern das Stück Seil, mit dem ich die Plane über den Torfballen befestigt hatte«, fuhr Birdman fort. »Ich hab zwar bei meinen Erkundungsgängen nie jemanden gesehen, aber wenn jemand nicht gesehen werden will, dann gibt es auf der Insel genügend Möglichkeiten, sich zu verstecken.«

Apolonia sah ihn aus geweiteten Augen an. »Ich glaube nicht, dass außer uns noch jemand auf der Insel ist«, sagte sie. »Das hätte ich gespürt.«

»Ha!« Mutter Feuchtwanger, die auf dem Sofa neben ihrem Mann saß, lachte hart auf: »Gespürt!« Sie erhob sich und ging auf Lona zu. »Erzähl uns doch bitte nicht wieder die Story vom Siebten Sinn und dem ganzen parawissenschaftlichen Blödsinn.«

»Ich widerspreche ihnen höchst ungern, liebe Frau Feuchtwanger«, ließ Bendix sich vernehmen, »aber Parawissenschaftler haben in zahlreichen Versuchen bestätigt, dass sehr viele Menschen die Anwesenheit einer anderen Person spüren, auch wenn sie sie nicht sehen können.« Er machte einen Schritt auf Lona zu und nahm ihre Hand. »Lona hat schon mehrfach bewiesen, dass sie ein besonders feines Gespür dafür hat. Nicht wahr Liebes?«

Lona nickte, dann stieß sie Bendix' Hand weg und verschränkte die Arme vor der Brust.

»Ich hab vor Kurzem an einem Kurs für Empathen teilgenommen, und da wurde mir auch bestätigt, dass ich die Energien anderer Menschen fühlen kann.«

Mama Feuchtwanger schnaufte höhnisch auf.

»Mama, nur weil etwas nicht zu einer etablierten westlichen Denkschule gehört, ist es noch lange nicht falsch.«

Elli und Lotti warfen sich stumm einen Blick zu. Es war wieder einmal so weit. Apolonia und ihre Mutter stritten sich über Lonas unbeirrbaren Glauben an alles, was unter dem weiten Mantel der Esoterik zusammengefasst werden konnte.

»Fehlt nur noch, dass du wieder von Fairies und Leprechauns anfängst.«

Elli wusste, dass sie spätestens jetzt einschreiten musste, damit der Streit nicht eskalierte.

»Mama, schau mal, ich glaube, Papa ist eingeschlafen«, versuchte sie, ihre Mutter abzulenken.

Lotti stimmte sofort ein: »Hoffentlich ist seine Temperatur nicht weiter gestiegen. Holt mir bitte kaltes Wasser, damit ich den Wadenwickel erneuern kann.«

Birdman und Bendix, die erst jetzt bemerkten, dass Papa Feuchtwanger verletzt war, ließen sich von Elli erzählen, was passiert war.

»Es wird höchste Zeit, dass das Wetter umschlägt«, sagte Birdman. »Damit unser Skipper uns endlich wieder von hier abholen kann.« Er warf einen Blick aus dem Fenster. »Morgen oder spätestens übermorgen sollte sich das Meer beruhigt haben.«

Bendix lächelte überheblich. »Das siehst du, wenn du aus dem Fenster schaust?«

»Nein«, antwortete Birdman gelassen. »Das weiß ich aus Erfahrung. Außerdem beobachte ich die Seevögel jeden Tag, und aus ihrem Flugverhalten kann ich Rückschlüsse auf das Wetter ziehen.«

Lona löste ihren Haarknoten, sodass ihr die blonde Mähne in weichen Locken über den Rücken fiel. »Einfach großartig, wie du in der Natur zu Hause bist.« Sie hakte sich bei Birdman unter und sah mit großen Augen zu ihm auf. »Ich fühle mich gleich viel sicherer, wenn du bei uns bist.«

Bendix stürmte zur Tür hinaus und knallte sie hinter sich zu. Ronnie schrak auf und bellte. Sofort ließ Lona Birdmans Arm los, ging einen Schritt zur Seite, lächelte entschuldigend und sagte: »Tut mir leid, dass du für meine Zwecke herhalten musstest, aber ich konnte Bendix keine Minute länger ertragen.«

Kapitel 33

»Rutsch mal rüber.« Lona stand neben Ellis Bett und hielt zwei dampfende Tassen Tee in den Händen.

Elli rieb sich den Schlaf aus den Augen. »Wie spät ist es?«

Sie setzte sich im Bett auf und blinzelte aus dem Fenster. Kein Regen. Elli schwang die Beine aus dem Bett. »Ich geh nur schnell aufs Klo«, murmelte sie verschlafen. Sie zuckte zusammen, als ihre Füße den kalten Steinfußboden berührten. Lona stellte die Teetassen auf dem Nachttischschränkchen ab.

Als Elli zurückkam, saß Lona in ihrem Bett und schlürfte aus der dampfenden Tasse.

»Wie früher, als wir noch Kinder waren«, sagte Lona und hob einen Zipfel der Bettdecke einladend hoch.

Elli kroch hinein. »Du hast sogar den Bollerofen angezündet«, sagte sie verwundert und nahm einen ersten Schluck Tee. Er schmeckte gut. Ronnie sprang auf seinen angestammten Schlafplatz am Fußende des Bettes und legte den Kopf auf die Pfoten. Mit gerunzelter Stirn beobachtete er die beiden Schwestern.

Nachdem sie eine Weile stumm aus ihren Teetassen getrunken hatten, sagte Elli: »Also, sag schon; was ist los?«

Lona seufzte tief auf. »Ich glaub, ich hab mich verliebt.«

Elli verdrehte innerlich die Augen. Wie oft hatte Lona

ihre vertraulichen Gespräche in der Jugend mit genau diesem Satz begonnen? Sie bemühte sich um einen neutralen Gesichtsausdruck, als sie antwortete: »Und wer ist der Glückliche?«

»Na, du kannst fragen. Birdman natürlich.«

Lona sank zurück in die Kissen. Träumerisch hauchte sie: »Leo Tierney.«

Sie drehte den Kopf zu Elli, sah ihr tief in die Augen. »Ich hab sofort gespürt, dass da etwas Besonderes ist zwischen uns. Schon beim ersten Kennenlernen, als er plötzlich in unserer Küche stand.«

Elli dachte sich, dass ihre Schwester da vielleicht gar nicht mal so falsch lag. Auch sie hatte bemerkt, wie Birdman Lona in unbeobachtet geglaubten Momenten angesehen hatte.

»Aber Lona«, sie versuchte an Apolonias Vernunft zu appellieren, »du kennst den Mann doch gar nicht. Außerdem fliegst du in wenigen Tagen zurück nach Deutschland.«

Lona sah Elli aus leuchtend blauen Augen an.

»Dann bleib ich halt hier«, meinte sie leichthin. »Es gibt sie, weißt du, die Liebe auf den ersten Blick.«

Elli sagte nichts dazu. Natürlich gab es die Liebe auf den ersten Blick. Damals, als sie Seán kennengelernt hatte ... Elli seufzte. Sie dachte an ihren Mann und an ihre Söhne. Wann würde sie sie endlich wiedersehen?

Lona plapperte munter weiter: »Ich hab mir schon alles genau überlegt. Als Yoga-Lehrerin kann ich auch in Irland arbeiten, und meine Reiki-Massagen werden bestimmt auch in Irland der Renner. Wohnen könnte ich ja bei dir, bis ich was gefunden habe.«

Elli stöhnte innerlich auf.

Ihre Schwester fuhr unbeirrt fort: »Deine Jungs werden

sich bestimmt freuen, wenn ihre Tante Lona zu Besuch kommt. Ich hab sie ja schon ewig nicht mehr gesehen.«

Ja, dachte Elli, weil du dich noch nie für sie interessiert hast.

»Ich weiß ja von Lotti, dass ihr in diesem riesigen Haus wohnt, da findet sich bestimmt ein Kämmerchen für deine kleine Schwester, nicht wahr?«

Ich will gar nicht wissen, was Seán dazu sagen würde, dachte Elli und gab unbestimmte Laute von sich. Seán mochte Lona nicht. Mit ihrer Schwester Lotti verstand er sich ausgezeichnet, aber mit Lona ...

»Das wird fantastisch.« Lona klatschte begeistert in die Hände. »Ich könnte mir bei euch im Haus ein Studio einrichten für meine Reiki-Massagen. Natürlich nur übergangsweise.«

Elli fand, dass es an der Zeit war, die überbordende Fantasie ihrer Schwester zu zügeln.

»Du weißt aber schon, dass wir selber nur vorübergehend in Dublin wohnen, oder? Das Haus gehört Seán's Tante Tilly. Aber das nur am Rande. Dein Schwarm wohnt im Westen. Wie du weißt, ist das einmal quer über die Insel. Mit dem Auto schaffst du es in drei bis vier Stunden. Aber mit den öffentlichen Verkehrsmitteln dauert es noch ein gutes Stück länger. Ich schätze, da wirst du locker fünf bis sechs Stunden unterwegs sein.«

»Warum sollte ich den Zug nehmen? Ich leih mir einfach dein Auto«, meinte Lona und zog verwundert die Brauen hoch.

»Nein, das tust du ganz bestimmt nicht.« Elli setzte ihre Tasse ab. »Erstens brauche ich mein Auto für die Arbeit, und zweitens bist du nicht versichert, um mit meinem Auto zu fahren.

»Wie? Nicht versichert? Dein Auto ist nicht versichert?«

»Das ist hier ein bisschen anders als in Deutschland. Da ist der Fahrer versichert, nicht nur das Auto.«

Lona ließ sich von ihrem Plan nicht abbringen. »Ist ja auch egal. Ich werde sowieso über kurz oder lang mit Leo zusammenziehen. Und wenn wir heiraten, dann bin ich die Queen of Shark.« Sie drehte ihre Haare zu einem Knoten, sank zurück in die Kissen und lächelte versonnen.

Elli sah ihre Schwester stumm an. »Queen of Shark«, wiederholte sie tonlos, nachdem sie sich wieder gesammelt hatte.

»Genau, Leo hat mir das alles erzählt, als wir Birdwatching waren. Seine Familie stammt von Inishark, und sein Großvater war vor der Evakuierung *King of Shark*. Der Titel vererbt sich natürlich, auch wenn die Familie schon lange auf dem Festland lebt. Deshalb fühlt Leo sich verantwortlich für die Insel und die Vögel und alles«, schloss Lona etwas vage. »Das hier ist übrigens das Cottage, das seinen Großeltern gehört hat.« Sie richtete sich auf und fuhr mit einer allumfassenden Geste mit der Hand durch die Luft.

»Und was sagt Birdman zu deinen Plänen?«

Lona rieb sich die Nase.

»Ich hab nur zu ihm gesagt, dass es mir hier so gut gefällt, dass ich länger bleiben will und dass ich zunächst einmal bei dir wohnen könnte. Daraufhin hat er mich gleich zu sich eingeladen. Er hat gemeint, wenn ich länger in Irland bliebe, müsse ich ihn unbedingt besuchen. Er würde mir gern auch Inishbofin und den Teil Küstenabschnitt von County Galway zeigen, für den er zuständig ist.«

»Und was ist mit Bendix?«

»Mit Bendix bin ich fertig.«

»Weiß Bendix das auch?«

Elli rückte sich im Bett zurecht, sodass sie ihrer Schwester ins Gesicht sehen konnte.

»Also, wenn ich dich recht verstehe, dann willst du einfach hierbleiben und Bendix allein in den Flieger nach Deutschland setzen.« Elli seufzte. »Sei mir nicht böse, aber ich halte das für eine ziemlich halbgare Idee. Außerdem, was ist mit deiner Wohnung? Mit deiner Arbeit? Du hast doch gar nicht genügend Klamotten dabei, um länger hierbleiben zu können.«

Lona zog einen Schmollmund. »Ich könnte meine Wohnung untervermieten«, sagte sie nach einer Weile angestrengten Überlegens.

»Nur wenn es dein Mietvertrag erlaubt«, meinte Elli.

»Musst du mir immer alles madig machen?« Lona wühlte sich aus den Bettdecken und stand auf. »Ich zieh mich jetzt an und geh frühstücken.« Lona zupfte ihr kurzes Nachthemd mit den bunten Schmetterlingen über ihr nacktes Hinterteil und tapte barfuß aus dem Zimmer.

»Queen of Shark!« Elli seufzte, sah ihrer Schwester kopfschüttelnd nach, sank zurück in die Kissen und schloss die Augen.

Kapitel 34

Am Frühstückstisch herrschte eine bedrückte Stimmung. Alle bis auf Papa Feuchtwanger saßen um den Esstisch herum und rührten lustlos im Haferbrei. Heute hatte er keine Klumpen, weil Mutter Feuchtwanger gekocht hatte. Elli hielt den Kopf über ihre Schüssel gesenkt und schielte über den Tisch zu Bendix hinüber. Wie kam es, dass er plötzlich, als wäre nichts gewesen, wieder an ihrem Tisch saß? Offensichtlich war er der Meinung, dass er wieder im Gemeinschaftshaus willkommen war. Wenn es nach Elli ging, dann hätte er allein in seinem Cottage versauern können, aber sie wollte kein Unmensch sein. Bendix hielt sich steif aufrecht und warf, wenn er sich unbeobachtet glaubte, feindselige Blicke zu Lona hinüber, die ihn ignorierte.

»Hast du einigermaßen schlafen können, Papa?«

Lotti hatte ihre leere Breischüssel in die Spüle gestellt und setzte sich neben ihren Vater aufs Sofa. Sie prüfte seine Temperatur mit dem Handrücken und nahm dann die Schüssel entgegen, die er ihr hinhielt.

»Du hast fast nichts gegessen«, rügte sie ihn leise.

»Ich kann die Pampe nicht mehr sehen«, brummte er. »Wie ist das Wetter draußen?«

Er versuchte, sich auf dem Ellbogen aufzurichten, um einen Blick aus dem Fenster zu werfen. Papa Feuchtwanger hatte die Nacht im Gemeinschaftshaus auf dem Sofa verbracht, weil er sich so wenig wie möglich bewegen sollte und weil das Badezimmer einfacher zu erreichen war als in seinem Cottage. Mama Feuchtwanger hatte auf dem zweiten Sofa geschlafen und sah übernächtigt aus. Beide hatten schwarze Ringe unter den Augen, waren leichenblass, und die Haare hingen ihnen ins Gesicht.

Elli stellte ihre leere Schüssel in die Spüle, nahm die Packung Paracetamol aus der Schublade des Küchenschranks und ließ ein Glas Wasser am Hahn vollllaufen.

»Hier Papa, nimm, damit deine Temperatur nicht noch weiter steigt.«

Elli drückte zwei Tabletten aus der Folie. Ihr Vater schluckte die weißen Pillen brav hinunter und sank dann erschöpft zurück in die Kissen. Die kleinste Bewegung strengte ihn an.

Lona stand vom Tisch auf und schob ihren Stuhl zurück. Ihre Schüssel ließ sie stehen, als sie im Gehen verkündete: »Ich treffe mich jetzt mit Leo.«

Wie der Blitz sprang Bendix auf und verstellte ihr den Weg. »Das wirst du nicht tun!«

Lona wich einen Schritt zurück. Die blanke Wut loderte aus Bendix' Augen. Sie ging flink um ihn herum und lief auf die Tür zu.

»Du hast mir gar nichts zu sagen. Wir sind fertig miteinander!«

Bendix fuhr herum, hechtete zur Haustür und stellte sich mit ausgebreiteten Armen davor auf. »Ich bestimme, ob wir fertig sind!«, schrie er, und Speicheltröpfchen sprühten aus seinem Mund. »Ich verbiete dir, zu diesem irren Vogel-Freak zu gehen!«

Ronnie war von seiner Decke aufgesprungen und bellte Bendix aufgeregt an. Sein tiefes Bellen brach sich an den steinernen Wänden und hallte laut in der Küche wider. Lona ging langsam ein paar Schritte rückwärts, bis sie neben Ronnie zum Stehen kam. Sie tätschelte den Kopf des Labradors, um ihn zu beruhigen. Der wedelte sofort mit dem Schwanz und sah mit hängender Zunge zu ihr auf. Die Situation verwirrte ihn.

Bendix blockierte immer noch die Haustür.

»Hast du gestern nichts dazugelernt?«, keifte er. »Es ist gefährlich da draußen. Du kennst diesen Kerl doch gar nicht. Warum willst du ständig zu ihm?« Bendix steigerte sich in seine Wut hinein. »Du bist meine Freundin! Hast du das verstanden?! Meine Freundin! Du gehörst mir!«, geiferte er. »Du verdammtes Miststück! Du tust, was *ich* dir sage!«

Elli und Lotti sahen einander an. Mit Blicken verständigten sie sich darüber, dass es Zeit war einzuschreiten. Doch bevor beide auch nur einen Schritt auf Bendix zugehen konnten, kam ihre Mutter hinter dem Küchentisch hervor auf Bendix zugeschossen. Sie hielt den hölzernen Kochlöffel in der Faust, an dem immer noch Haferbrei klebte, und fuchtelte damit vor seinem Gesicht herum. Klebrige Klümpchen fielen zu Boden.

»Was bilden Sie sich eigentlich ein, so mit meiner Tochter zu reden! Was glauben Sie eigentlich, wer Sie sind! Sie waren unser Gast! Damit ist es jetzt vorbei! So ein Verhalten dulde ich nicht in meinem Haus!« Sie riss die Haustür auf. »Raus! Hinaus mit ihnen!«

Noch bevor irgendjemand reagieren konnte, schlängelte Lona sich an ihnen vorbei und lief zur Tür hinaus. Ihre langen blonden Locken schwangen bei jedem Schritt hin und her.

Nach der ersten Schrecksekunde wollte Bendix ihr nachlaufen, doch Elli und Lotti waren schneller. Sie verstellten ihm den Weg.

»Nichts da, Kamerad!«, sagte Lotti und schloss die Tür wieder. »Du wirst Lona schön in Ruhe lassen.«

Elli nahm Ronnie, der sich knurrend und mit gespreizten Beinen vor Bendix aufgebaut hatte, am Halsband. »Wenn Lona sagt, dass sie mit dir fertig ist, dann ist sie mit dir fertig. Merk dir das.«

Bendix war vor Wut kalkweiß im Gesicht. Er knirschte mit den Zähnen. »Kapiert ihr denn nicht, dass Lona da draußen in Gefahr ist!«, schrie er. »Die dumme Gans läuft ihrem Schlächter direkt in die Arme!«

Plötzlich pingten mehrere Handys gleichzeitig.

Elli riss ihr Mobiltelefon aus der Hosentasche und starrte auf das Display.

»Der Strom auf Inishbofin ist zurück!«, rief sie. »Der Mobilfunk funktioniert wieder!«

Mit zitternden Fingern drückte sie die Kurzwahltaste für Seáns Nummer. »Seán?«

Tränen rannen Ellis Wangen hinab. Ungeduldig wischte sie sie mit dem Pulloverärmel weg. »Seán! Wir haben wieder ein Netz! Wie geht es dir? Wie geht es den Jungs? Wo seid ihr?« Elli lauschte gebannt auf die Worte ihres Mannes. »Nein, na ja, uns geht es so weit gut, aber Papa hatte einen Unfall und hat sich das Bein gebrochen. Kannst du die Rettungsstelle darüber informieren, dass wir einen Notarzt brauchen? Und Seán ...«, Elli zögerte, »... kannst du bitte die Polizei verständigen. Wir haben auf der Insel eine Leiche gefunden.« Elli wartete, bis der Wortschwall ihres Mannes verebbt war. »Nein, kein Skelett, eine frische Leiche.« Elli hielt das Handy ein paar Zentimeter vom Ohr weg, weil ihr Mann so laut geworden war, dass ihn alle in der Küche hören konnten. »Seán, Seán, jetzt hör endlich zu«, unterbrach sie ihn, »du musst der Polizei sagen, dass wir die Leiche einer jungen Frau gefunden haben. Im Westen der Insel bei den Klippen in einer Höhle hinter dem Steinkreis.« Elli wollte sicherstellen, dass Seán alle Infos hatte, um die Gardai zu informieren, für den Fall, dass die Funkverbindung doch wieder abbrach. »Seán, hör zu, dafür haben wir jetzt keine Zeit. Ich erzähl dir alles, wenn wir uns sehen. Jetzt muss ich unseren Skipper anrufen und fragen, ob er uns abholen kann. Hoffentlich lässt das Wetter ein Anlegen zu.«

Seán ließ sich nicht so schnell abwimmeln.

»Seán! Bitte! Ruf die Gardai und die Sanitäter an, und ich versuche, den Skipper zu erreichen, damit wir endlich von dieser verdammten Insel runterkommen.«

Elli sah in die erwartungsvollen Gesichter ihrer Familie. »Seán und den Jungs geht es gut. Sie sind wieder in Dublin, aber Seán sagt, sie können in vier Stunden in Cleggan am Pier sein. Er kümmert sich um Ambulanz und Polizei. Ich schau jetzt, ob sich unser Skipper meldet.«

Elli wählte die Nummer von Pius Murray.

»*Hello!* Pius? Oh, John-Paul, kann ich bitte Pius sprechen?«

Elli zog die Brauen zusammen und presste das Handy fester ans Ohr.

»John-Paul, ich kann Sie nicht hören! Sprechen Sie bitte lauter, die Verbindung ist schlecht.« Elli drückte ihren Zeigefinger in das freie Ohr. »John-Paul, können Sie Pius bitte ausrichten, dass er uns abholen soll«, rief sie so deutlich wie möglich ins Telefon. »Ja, abholen, von Shark Island abholen.« Sie sah, wie Bendix durch die Tür huschte und sich eilig davonmachte. Doch das konnte ihr jetzt egal sein. Hauptsache, sie hatte wieder Kontakt mit dem Skipper. »Ja, John-Paul, ab-ho-len! Pius soll uns ab-ho-len.«

Sie schob ihr Handy zurück in die Hosentasche. »Grottenschlechte Verbindung.« Sie sah ihre Eltern und Lotti aufmunternd an. »Aber ich glaube, er hat gesagt, dass Pius schon zur Insel unterwegs ist.«

Kapitel 35

Elli ging zurück in ihr Cottage, um zu packen. Sie wusste nicht, wann Pius sie abholen würde, aber wenn er kam, dann wollte sie bereit sein. Keine einzige Sekunde wollte sie länger auf dieser Insel bleiben. Nachdem sie fertig war, öffnete sie die Tür von Lonas Schlafzimmer und ging hinein. Wie sie befürchtet hatte, lagen Lonas Sachen immer noch kreuz und quer verstreut im Zimmer herum. Sie zögerte kurz, dann nahm sie Lonas Koffer zur Hand und begann, die Kleidungsstücke ihrer Schwester vom Boden aufzuheben und einzupacken. Sie wollte nicht warten müssen, bis ihre Schwester ihr Gepäck zusammengekramt hat, wenn Pius mit seinem Schiff am Pier stand. Sie schüttelte das Kopfkissen auf und zog die Bettdecken zurecht. Prüfend ging sie durch das Cottage, um sicherzustellen, dass sie alles, was ihnen gehörte, eingepackt hatte. Dann stellte sie Rucksack und Koffer neben die Eingangstür. Ronnie schwänzelte um sie herum und schnüffelte an den Gepäckstücken.

Sie streichelte über sein weiches Fell. »Na, freust du dich auch, dass wir von hier wegkommen?« Elli spielte mit seinen samtweichen Ohren und strich ihm über den Kopf. »Endlich wieder echtes Hundefutter fressen, hm?«

Ronnie sah sie aus dunkelbraunen Augen treuherzig an. Er würde alles fressen, was sie ihm vorsetzte. Als sie aus dem Cottage traten, blieb Elli auf der Schwelle stehen und sah übers Meer. Die Wellen schwappten schlapp ans Ufer. Zum ersten Mal seit ihrer Ankunft spürte sie keinen Wind auf ihrer Haut und in ihren Haaren. Hin und wieder blitzte die Sonne durch die Wolken, die hell und federleicht am Himmel hingen und sich ebenso träge bewegten wie die Wellen. Möwen schaukelten auf dem Wasser. Der Sturm war vorüber. Die Gefahr gebannt. Elli hätte singen können, so sehr freute sie sich darauf, Seán und die Jungs wiederzusehen. Sie schloss die Tür hinter sich, schulterte ihren Rucksack und nahm den Koffer in die Hand. Beschwingt lief sie den steinigen Hügel hinauf zum Gemeinschaftshaus. Sie würde die Familie antreiben, ihre Koffer und Rucksäcke zu packen, damit sie innerhalb weniger Minuten fertig zum Aufbruch sein könnten. Doch dazu gab es keinen Anlass. Lotti und ihre Mutter hatten ihre Gepäckstücke bereits vor dem Gemeinschaftshaus aufgereiht.

»Ich hole nur rasch den Leiterwagen«, rief Lotti und lief Richtung Schuppen.

Elli ging schnell in die Küche, um nach ihrem Vater zu sehen. Papa Feuchtwanger machte keinen guten Eindruck. Seine Haare klebten ihm verschwitzt an der Stirn, seine Haut sah wächsern aus. Es war wirklich höchste Zeit, dass er medizinisch versorgt wurde, dachte Elli. Sie befürchtete, dass ihr Vater eine Infektion bekommen hatte, die in seinem Bein wütete. Nachdem sie sich kurz mit ihren Eltern besprochen hatte und der Vater mit Wasser und Paracetamol versorgt war, ging sie zu Lotti, die vor dem Haus bereits alle Gepäckstücke auf den hölzernen Leiterwagen geladen hatte. Lachend ratterten sie los, den Hügel hinab, zur Schiffsanlegestelle. Dort angekommen, schob Lotti schwere Steine unter die mit Eisen beschlagenen Räder, damit der Wagen nicht mit ihren Rucksäcken und Koffern beladen ins Meer rollte.

»Au Mann«, sagte Lotti, hielt die flache Hand über die Stirn und blinzelte übers Meer. Die Sonne hatte vollends alle Wolken vertrieben und schien warm auf sie herab. Die Wellen glitzerten silbern im Licht. »Es hätte so schön sein können, wenn wir nicht solches Pech mit dem Wetter gehabt hätten.« Sie grinste Elli an. »Zum Fünfzigsten lässt du dir was weniger Spektakuläres einfallen, hoffe ich.« Lotti lachte. »Und Lona bekommt künftig Männerverbot. Das war ja so klar, dass das Ganze wieder im Drama enden würde mit diesem Bendix.«

Elli schmunzelte. »Sollen wir Bendix auch sagen, dass wir abgeholt werden, oder willst du ihn auf der Insel zurücklassen?«

Die Schwestern lachten und unterhielten sich gut gelaunt. Es war, als wäre eine große Last von ihnen genommen worden. Jetzt, da sie wussten, dass sie wieder Kontakt mit der Außenwelt hatten, konnten sie sich endlich entspannen.

»Ich weiß wirklich nicht, wie die Menschen das früher auf diesen Inseln ausgehalten haben, als es noch keine Telefone und keinen Strom gab und sie oft monatelang von der Außenwelt abgeschnitten waren«, sagte Lotti.

Elli nickte bestätigend. »Ich kann es kaum erwarten, dass wir endlich von Pius abgeholt werden.«

»Hallo! Was ist denn hier los?«, klang es in ihrem Rücken.

Elli und Lotti drehten sich erschrocken um. Sie hatten keine Schritte auf dem Kiesboden gehört und waren erstaunt, als Birdman Leo Tierney plötzlich dicht hinter ihnen stand. Sie wichen zur Seite.

»Wo kommst du denn her?«, wollte Lotti wissen, und

Elli starrte auf seine Wanderstiefel, die nass und mit Schlamm bespritzt waren.

»Ich war drüben bei den Trottellummen.« Er deutete nach rechts Richtung Steilküste.

»Wo ist Lona?«, fragte Elli und fühlte, wie sich eine eiskalte Faust um ihr Herz schloss.

»Lona?« Birdman zuckte die Schultern. »Ich hab Lona heute noch nicht gesehen, warum?«

»Weil sie zu dir wollte, als sie heute aus dem Haus ging.«

Leos blaue Augen schienen um einen Hauch dunkler zu werden. Er zog die Brauen zusammen. »Wann war das?«

Elli überlegte, spitzte die Lippen und sah Lotti fragend an. »Was meinst du? Vor einer Stunde? Eineinhalb?«

Der Birdman strich mit einer Hand über seinen dichten langen Bart. »Ich bin schon seit Sonnenaufgang unterwegs«, sagte er. »Ist sie zur Vogelstation gegangen?«

Elli und Lotti sahen sich an.

»Denke schon«, sagte Elli, »aber dann wäre sie doch bestimmt wieder zurückgekommen, als sie gesehen hat, dass du nicht da warst.«

»Vielleicht wartet sie dort auf mich«, meinte Leo Tierney und schob die Hände in die Hosentaschen. »Worauf wartet ihr eigentlich?«, wollte er wissen und deutete mit dem Kinn auf den voll gepackten Leiterwagen.

»Auf Pius.« Elli fand, dass sich der Birdman seltsam verhielt. Warum ging er nicht gleich los zu Lona?

»Wir haben mit John-Paul telefoniert«, fiel Lotti dazwischen, »und der hat uns gesagt, dass sein Bruder schon unterwegs zur Insel ist, nicht wahr Elli?«

Elli nickte. »Es war eine miserable Verbindung, aber so hab ich ihn verstanden.«

Birdmans Gesicht hellte sich auf. »Endlich! Hab ich

euch nicht gesagt, dass das Wetter besser wird?« Er lachte, seine weißen Zähne blitzten im hellen Sonnenlicht. »Mein Handy hat schon vor Tagen den Geist aufgegeben. Darf ich es zum Aufladen kurz an euren Generator hängen?«

»Klar«, sagten Elli und Lotti gleichzeitig.

»Danke, danach geh ich gleich packen.« Birdman drehte sich um und lief mit Riesenschritten den Hügel hoch. »Falls Pius vor mir da ist, sagt ihm, dass er auf mich warten soll!«

»Machen wir«, rief Lotti ihm nach, »und richte Lona aus, dass wir sie hierlassen, wenn sie nicht bald kommt.«

Kapitel 36

Elli lief zwischen Bollerwagen und Lotti, die es sich auf einem Felsbrocken bequem gemacht hatte, auf und ab, den Blick aufs Meer geheftet. Eine seltsame Unruhe hatte sich ihrer bemächtigt. Wann würde der Rettungsdienst endlich eintreffen, um ihren Vater zu versorgen? Warum dauerte es so lange, bis Pius sie abholte? Inishbofin war doch nur einen knappen Kilometer von Shark Island entfernt. Sie blieb stehen und sog die salzige Meeresluft tief in ihre Lungen ein. Dann setzte sie ihre Wanderung zwischen Leiterwagen und Lotti fort.

»Hör auf, hier den Kapitän Ahab zu geben«, stöhnte Lotti. »Du machst mich ganz kirre.«

Elli blieb abrupt stehen. »Tut mir leid«, sagte sie, »aber ich dreh noch durch, wenn er nicht bald kommt.«

Lotti rutschte vom Felsen. »Komm, wir gehen zurück ins Dorf. Wenn der Skipper kommt und unsere Sachen sieht, dann weiß er ja, dass wir schon auf ihn warten.«

Elli stemmte die Hände in die Hüften und sah noch ein letztes Mal über die ruhig vor ihr liegende See. »Also gut.«

Gemeinsam liefen sie den Hügel zum Dorf hinauf. Der Kies knirschte unter ihren Füßen, die Sonne schien warm auf sie herab, in der Ferne hörten sie ein Schaf blöken. Elli konnte die Einsamkeit der Insel fast körperlich spüren.

Im Dorf sah ihnen ihre Mutter enttäuscht entgegen. »Kommt er nicht?«, rief sie schon von Weitem.

Ronnie sprang auf und lief schwanzwedelnd auf sie zu.

»Dauert bestimmt nicht mehr lange.« Elli versuchte, eine Zuversicht auszustrahlen, die sie selbst nicht empfand.

»Jetzt kommt es auf ein paar Minuten mehr oder weniger auch nicht mehr an«, meinte Lotti und ging ins Haus. »Ist noch Tee da?«

Elli wollte ihr gerade folgen, als sie Birdman erblickte, der mit seinem Rucksack auf dem Rücken ins Dorf kam. Seine Krähe flog ihm hinterher.

Elli blieb stehen und wartete, bis er zu ihr aufgeschlossen hatte. »Wo ist Lona?«

Seine nachtblauen Augen flackerten. »Ich habe gehofft, sie wäre hier.« Er zog ein buntes Scrunchie aus seiner Hosentasche. »Das lag vor der Tür der Vogelstation im Dreck«, sagte er leise und hielt es Elli hin.

Elli erkannte es sofort. Es war einer der bunt geblümten Haargummis, mit denen ihre Schwester ihre langen Locken zu bändigen pflegte. Ellis Magen zog sich zusammen. Lonas Scrunchie, aber wo war Lona?

Lotti kam mit einer Tasse Tee in den Händen zur Tür heraus. Mit einem Blick erfasste sie Ellis Gesichtsausdruck und den geblümten Haargummi in ihrer Hand.

»Was ist los?«, flüsterte sie und schloss die Tür hinter sich, damit ihre Eltern nicht mithören konnten.

Die Krähe flatterte auf das Dach des Cottage und schrie.

Elli spürte, wie ihr die Magensäure zur Kehle hinaufkroch. »Leo sagt, dass Lona nicht mehr in der Vogelstation war, als er dort angekommen ist, aber er hat ihr Scrunchie vor der Tür gefunden. Also muss sie dort gewesen sein.«

Die Schwestern sahen einander an, versuchten, gegenseitig in ihren Blicken zu lesen.

Der Birdman räusperte sich. »Vielleicht war sie es einfach leid gewesen, dort auf mich zu warten.« Er fuhr sich mit der Hand durch den Bart.

Elli bemerkte, dass sie zitterte. »Wir müssen sie suchen«, sagte sie und behielt Birdman fest im Blick.

Der wischte sich fahrig über die Augen. Dann ließ er seinen Rucksack zu Boden sinken und straffte die Schultern. »Wo ist eigentlich Bendix?«

Wie auf Kommando stieß seine Krähe ein lautes Krächzen aus und flog über ihre Köpfe hinweg davon. Ronnie bellte ihr hinterher. »

»Los, kommt«, rief Elli und ging voraus. »Zuerst schauen wir bei Bendix vorbei.«

Sie liefen hintereinander den steinigen Pfad zu Bendix' Cottage entlang – Bendix' Cottage, das vor noch gar nicht langer Zeit Bendix' und Lonas Liebesnest gewesen war. Elli hob die Faust und klopfte gegen die Tür. Sie wartete, dann hämmerte sie fester dagegen. Lotti schob sie zur Seite und drehte am Türknauf. Es war abgeschlossen. Beide Schwestern legten den Kopf an die Tür, um zu lauschen. Ronnie schnüffelte am Türspalt.

Leo Tierney versuchte, durch das schmale Fenster zu sehen. »Niemand zu Hause«, sagte er, hielt beide Hände ans Gesicht und presste die Nase gegen das kalte Fensterglas.

Elli und Lotti sahen einander an.

»Lass mich mal«, sagte Lotti und schob Birdman vom Fenster weg, um selbst in das Cottage hineinsehen zu können. Elli ging zum zweiten Fenster und spähte hindurch. Das Cottage, das nur aus einem Raum bestand, war picobello aufgeräumt. Bendix' Rucksack lag gepackt auf dem Sofa. Sie drehte sich um, lehnte sich gegen das steinerne Fensterbrett und sah übers Meer, das immer noch ruhig vor ihnen lag wie ein Dorfteich. Sie mussten das gute Wetter nutzen, um von der Insel wegzukommen. Aber wo war Lona? Und wo war Bendix? Warum waren die beiden ausgerechnet jetzt verschwunden? Elli hätte vor Ärger am liebsten laut zu heulen angefangen. Ronnie schnüffelte immer noch am Türspalt und kratzte mit der Vorderpfote gegen das Holz.

Elli drehte sich um und versuchte erneut, durch die Fensterscheibe zu sehen. Nichts.

»Lass gut sein, Ronnie«, sagte sie zu dem Labrador. »Da ist niemand.«

Lotti und Leo traten zu ihr.

»Wo könnten sie sein?«, fragte Lotti. Leo zuckte mit den Achseln. »Überall und nirgends. Wir wissen ja nicht einmal, ob die beiden zusammen sind oder ob sie einzeln unterwegs sind.« Elli zog ihr Handy aus der Hosentasche. »Wir sind ja so blöd«, sagte sie, »wir haben doch wieder ein Netz. Ich rufe sie einfach an.«

Sie drückte Lonas Kurzwahlnummer, doch der Ruf ging sofort ins Leere.

»Lona hatte ihr Handy bestimmt nicht aufgeladen«, meinte Lotti. »Probier es mal bei Bendix.«

Elli scrollte nach Bendix' Handynummer, wählte und schon nach kurzer Zeit konnten sie den Klingelton im Cottage läuten hören.

Lotti presste das Gesicht ans Fenster. »Da!«, rief sie, »sein Handy liegt auf dem Couchtisch.«

Alle drei drängten sich ans Fenster, um hineinzusehen. Das Display des Nokia 320 leuchtete grün in der verlassenen Wohnküche.

Kapitel 37

»Ich hab jetzt endgültig die Nase voll von Apolonia und ihren Spinnereien«, sagte Elli, als sie wieder zurück im Gemeinschaftshaus waren. »Und Bendix kann von mir aus auf dieser verdammten Insel versauern.«

Sie ließ sich schwer auf einen Stuhl am Küchentisch fallen und verschränkte die Arme vor der Brust.

Mutter Feuchtwanger schüttelte den Kopf. »So geht das nicht, Elli. Ich will, dass die beiden wieder auftauchen. Denk daran, was wir in der Höhle gefunden haben.« Ihre Stimme kippte leicht.

Elli, die seit Lonas Verschwinden an nichts anderes dachte als an die tote junge Frau in der Höhle, hob den Kopf und ließ die Arme sinken. »Also, wie gehen wir vor?«

Vater Feuchtwanger hob den Kopf vom Sofakissen. Der Schweiß rann ihm über das kalkweiße Gesicht.

»Teilt euch in zwei Gruppen und geht in entgegengesetzte Richtungen los, am Inselrand entlang, bis ihr wieder aufeinandertrefft. Wenn ihr sie bis dahin noch nicht gefunden habt, sucht ihr das Inselinnere ab.«

Entkräftet ließ er sich zurück in die Kissen sinken. Die kurze Ansprache hatte ihn ermattet.

»Wer geht mit wem?«, fragte Elli und erhob sich.

»Ich geh mit Mama Richtung Vogelstation«, rief Lotti und schlüpfte in ihre Windjacke.

»Dann gehen wir beide in die andere Richtung, zu den Klippen«, sagte Elli und sah den Birdman auffordernd an.

Ronnie erhob sich von seiner Decke. Erwartungsvoll lief er zur Tür. Seine Krallen klackerten auf dem Steinfußboden. Birdman zögerte kurz, doch dann erhob auch er sich, und zu viert verließen sie das Cottage *Teach pobail.*

Die Sonne schien warm auf sie herab. Ein laues Lüftchen wehte vom Atlantik über die Anhöhe, als Elli und Leo Tierney zusammen mit Ronnie den Steinkreis bei den Klippen erreichten. Beide betrachteten schweigend den Höhleneingang hinter dem waagrecht liegenden Menhir, der immer noch so verbarrikadiert war, wie sie ihn verlassen hatten. Ihre Konstruktion mit der Holztür hatte gehalten. Ronnie lief mit der Nase am Boden durch den Kreis und markierte hier und da mit erhobenem Bein.

Elli ließ den Blick langsam über die stummen Zeugen der Jahrtausende gleiten. Wenn diese Steine doch sprechen könnten. Sie zuckte zusammen, als eine Krähe, die auf dem höchsten der aufrecht stehenden Steinriesen saß, laut krächzte.

»Halt den Schnabel, Morrigan«, sagte der Birdman leise. Er hatte seine Hände in die Hosentaschen gesteckt und sah Elli lauernd an. »Willst du nicht in die Höhle hineingehen?«

Elli schauderte. Dann presste sie die Lippen aufeinander.

»Ich kann mir zwar nicht vorstellen, was Lona dazu bewegen sollte, in diese Höhle zu gehen, aber nachsehen sollten wir, wenn wir schon mal hier sind.«

Forschen Schrittes ging sie auf den Höhleneingang zu. Sie würde sich nicht einschüchtern lassen, sie nicht.

»Lona!«, rief sie vom Höhleneingang aus in die modrige Finsternis. »Lona!«

Ihre Rufe hallten von den feuchten Höhlenwänden wider. Birdman schob sich an ihr vorbei und schwang seine langen Beine über die waagrecht liegende Holztür. Er ging in die Höhle hinein.

Elli zögerte kurz, dann folgte sie ihm. »Ronnie, bleib«, befahl sie dem Labrador, der hechelnd den Kopf über die Barrikade steckte.

Langsam gewöhnten sich ihre Augen an die Dunkelheit. Die Plastikplane war immer noch genauso über das *shallow grave* des Mädchens drapiert, wie sie es verlassen hatten. Das kleine Kreuz aus Kieselsteinen war unverändert. Nur die Blümchen, die Birdman draufgelegt hatte, lagen vertrocknet und zusammengeschrumpelt auf der Plane. Elli dachte an die langen blonden Haare, die sie in der Plane gefunden hatten. Gedankenvoll betrachtete sie Birdman, der mit gesenktem Kopf am Grab stand, fast so, als würde er beten.

Sie gab sich einen Ruck. »Nun, hier ist Lona nicht, wir sollten weiter.«

Sie eilte zum Höhlenausgang. Fast sprang sie mit gestrecktem Bein über die hölzerne Barriere, so sehr wollte sie dieser bedrückenden Atmosphäre entfliehen. Draußen sog sie die frische Luft tief in ihre Lungen, als wäre sie am Ersticken gewesen. Ihr Herz schlug so schnell, dass sie meinte, es würde aus ihrer Brust hüpfen. Sie zwang sich, langsam ein- und auszuatmen, um sich zu beruhigen.

Birdman folgte ihr erst sehr viel später. Elli saß auf dem Portal Stone und kraulte Ronnie am Hals, als der Vogelkundler langsam über die Holzkonstruktion am Höhleneingang stieg und auf sie zukam. In dieser Umgebung wirkte er auf Elli noch größer als sonst. Seine kurzen dunkelblonden Haare, der lange rotblonde Bart, die dunkelblauen Augen, seine kräftige Statur, die unter dem Pullover mit dem irischen Zopfmuster noch fester wirkte. *King of Shark*, dachte Elli, der einfiel, was Lona ihr über seine Herkunft erzählt hatte. Hier, inmitten des Steinkreises, den Atlantik im Rücken, von der Sonne beschienen, sah Leo Tierney genauso aus, wie man sich den *King of Shark* vorstellte. Dann landete Morrigan, die Krähe, auf seiner Schulter.

Kapitel 38

»Ronnie! Bei Fuß!«

Elli versuchte, ihren Hund zurückzurufen, doch der hatte etwas anderes vor. Sie hatten den Steinkreis und die Höhle hinter sich gelassen und waren weiter um die Insel herumgegangen. Während ihres ganzen Aufenthalts auf Shark Island war Elli noch nie in dieser Gegend gewesen. Das kurze grüne Gras unter ihren Füßen federte bei jedem Schritt nach. Halbwilde Schafe unterbrachen ihr Grasen und hoben neugierig die gehörnten Köpfe.

»Ich hoffe, dein Hund lässt die Schafe in Frieden«, brummte Birdman, und Elli fühlte, wie ihr das Blut in den Kopf stieg.

»Ronnie hat noch nie gejagt. Null Jagdinstinkt«, sagte sie leichthin und ärgerte sich über ihren Hund. »Wo sind wir hier eigentlich?«, fragte sie, um von ihrem Labrador abzulenken, der sich einen Dreck um ihr Rufen scherte und weit vorausgelaufen war.

»Wir sind fast am nördlichsten Punkt der Insel, bei Pigeon Cove«, sagte Birdman. »Dort ist auch die andere Hütte, von der ich dir erzählt hatte.« Er deutete mit dem Finger geradeaus. »Siehst du?«

Elli erkannte in der Ferne ein kleines Steinhäuschen.

Leo hielt die Hand über die Stirn, um besser gegen das blendende Sonnenlicht sehen zu können. »Eigentlich hatte ich gedacht, dass wir ungefähr hier auf Lotti und Brigitte treffen würden.«

Wie auf Kommando sahen sie zwei Personen, die sich von der anderen Richtung der Hütte näherten.

»Da sind sie ja!«, rief Elli und beschleunigte ihre Schritte. »Vermutlich ist Ronnie zu ihnen gelaufen.« Sie hasteten weiter.

Elli beschlich ein ungutes Gefühl. Sie hatte deutlich gesehen, dass es nur zwei Personen waren, die Richtung Hütte gingen. Also hatten Lotti und ihre Mutter ihre Schwester auch noch nicht gefunden. Fast gleichzeitig trafen sie vor der verwitterten Tür des winzigen Cottage ein. Irgendwann einmal mochte sie grün gestrichen gewesen sein, doch Witterung und Salzwasser hatten die Farbe bis auf wenige kleine Flecken abgeschmirgelt.

Elli drehte am Türknauf. Es war abgeschlossen.

»Ihr habt sie also auch nicht gefunden?« Mutter Feuchtwanger stand die Sorge um ihre jüngste Tochter ins Gesicht geschrieben. Auch Lotti hatte tiefe Furchen auf der Stirn und sah sie besorgt an. Ronnie war plötzlich wieder da und scharwenzelte um sie herum. Seine Beine und sein Bauch waren nass. Er schüttelte sich, und feine Wassertropfen prasselten auf sie ein.

»Ronnie! Verdammt«, fluchte Elli und sprang einen Schritt zurück. »Wo warst du?«

Der Labrador lächelte sie freundlich mit heraushängender Zunge an.

»Wahrscheinlich war er unten in der Bucht im Meer«, meinte Birdman und kramte in seinen Hosentaschen.

Elli folgte mit den Augen dem schmalen Trampelpfad, der von der Hütte weg hinunter Richtung Meer führte. Die Bucht konnte man von hier aus nicht einsehen. Der Höhenunterschied war zu groß.

»Ah, hier ist er!« Triumphierend hielt Birdman einen eisernen Schlüssel in die Höhe, den er sogleich ins Schloss steckte. »Ich nutze die Hütte manchmal, wenn ich die Wachtelkönigbestände überprüfe.« Er drehte am Türknauf und schob die Tür auf. »Kann mich gar nicht daran erinnern, dass ich letztes Mal abgeschlossen habe«, murmelte er leise. »Sonst lasse ich die Türen auf Shark doch immer unverschlossen.«

Das laute Knarzen hätte Tote wecken können. »Müsste mal geölt werden«, meinte er und ging in den ebenerdigen Raum hinein.

Lotti und Mutter Feuchtwanger folgten ihm und sahen sich um.

»Ölen ist noch das mindeste«, sagte Mama Feuchtwanger und rümpfte die Nase. »Wie das riecht!« Sie wedelte mit der Hand vor ihrem Gesicht. »Als hätte eine Horde Ochsen hier drin übernachtet.«

Elli, die den anderen gefolgt war, warf einen Blick auf die hölzerne Bettstatt. Die schmuddeligen Laken lagen zusammengeknäuelt in der Mitte der durchgelegenen Matratze. Sie ließ ihre Augen im düsteren Licht, das durch die Tür fiel, über die kargen Einrichtungsgegenstände der Hütte schweifen. Das Fensterglas war längst zerbrochen, und die Fensteröffnung war von außen mit Holzlatten verschlossen worden. Neben dem offenen Kamin stand ein verbeulter Metalleimer. Elli ging langsam auf den Eimer zu und hob verstohlen den rostigen Deckel hoch. Leere Thunfischdosen stapelten sich auf anderen Konservendosen, die Elli bekannt vorkamen. Elli sah Lotti eindringlich an, hob die Brauen und nickte unmerklich mit dem Kopf in Richtung Birdman. Der hatte ihnen den Rücken zugewandt, eine verbogene Blechkiste vom Tisch genommen und sie aufgeklappt. Darin lagen eine einzige weiße Kerze und eine Schachtel Streichhölzer. Elli gab Lotti und ihrer Mutter hektische Handzeichen, dass sie die Hütte sofort verlassen sollten. Alle drei huschten hinaus. Als Birdman sich zu ihnen umdrehte, hatte Elli die Tür zugeknallt und den Schlüssel, der immer noch im Schloss steckte, umgedreht.

»Hey!« Wütende Rufe schallten zu ihnen heraus. Birdman hämmerte gegen die Tür. »Was soll das! Seid ihr verrückt geworden?«

Auch Mama Feuchtwanger und Lotti sahen Elli verwirrt an. »Was machst du da? Warum sperrst du ihn ein?«

»Im Eimer liegen unsere verschwundenen Thunfischdosen«, sagte Elli.

Lotti begriff sofort. »Und Birdman hatte einen Schlüssel für die Hütte.«

Mutter Feuchtwangers Augen weiteten sich. »Ihr meint, *er* war es doch, der unsere Vorräte geplündert hat?«

Elli sah ihre Mutter finster an. »Nicht nur das. Ich bin davon überzeugt, dass er mit Lonas Verschwinden zu tun hat.«

Tränen sprangen in Mama Feuchtwangers Augen. »Wo kann sie nur sein? Elli, du musst sie finden.«

Das Hämmern hatte aufgehört. Birdman rief nach Lotti.

Lotti sah Elli fragend an, und als die nickte, näherte sie sich vorsichtig der Tür. »Ja?«

»Sag deiner bekloppten Schwester, dass ich nichts mit Lonas Verschwinden zu tun habe!«, dröhnte es durch die Holztür.

Elli schob Lotti unsanft zur Seite, von wegen bekloppte Schwester.

»Ach ja, und was ist mit den Thunfischdosen?«, rief sie entrüstet zurück.

»Welche verdammten Thunfischdosen!«, gellte es durch die Tür, gefolgt von einem Tritt, der die Holztür erzittern ließ.

»Ich weiß nicht, was für ein Spiel du mit uns spielst, aber wenn du uns nicht sofort sagst, wo Lona ist, dann bleibst du in der Hütte, bis die Polizei kommt.«

Elli schrak zusammen, als von innen ein Gegenstand gegen die Tür krachte.

»Ihr habt sie doch nicht mehr alle!« Birdman tobte und wütete in dem kleinen Raum. Holz splitterte und krachte, doch die Tür hielt stand. Die drei Feuchtwanger-Damen waren langsam immer weiter zurückgewichen. Ronnie bellte die Tür an, wedelte aber gleichzeitig mit dem Schwanz. Elli duckte sich, als schwarze Schwingen dicht über ihren Kopf hinwegflogen. Morrigan, die Krähe, landete auf dem Kamin und krächzte zum Steinerweichen. Der Lärm in der Hütte verebbte und hörte schließlich ganz auf. Die Krähe hüpfte auf dem Kamin auf und ab, hielt dann still und neigte den Kopf. Elli dachte, der schwarze Vogel wollte in den Kamin hineinschlüpfen, doch er verharrte still in seiner Stellung, als würde er auf etwas lauschen. Dann breitete er seine Schwingen aus und flog krächzend über Pigeon Cove davon.

»Mich fröstelt immer, wenn ich diese verdammte Krähe sehe«, sagte Mama Feuchtwanger schaudernd und rieb mit beiden Händen über ihre Unterarme.

Elli nickte; auch ihr flößte der große schwarze Vogel mit dem harten Schnabel Furcht ein, wenn er ihr zu nahe kam.

»Unglücksvögel«, flüsterte Mama Feuchtwanger. »Im Mittelalter galten sie als Vorboten für Tod und Unheil.«

Lotti verzog den Mund, sagte aber nichts. »Papa hat gesagt, wir müssen das Inselinnere durchkämmen, wenn wir Lona beim Gang um die Insel nicht finden.«

Elli folgte Ronnie mit dem Blick, als er mit der Nase knapp über dem Boden Richtung Meer lief.

»Vielleicht hat Ronnie eine Spur«, rief sie, und die drei Frauen eilten dem Hund hinterher.

Der schmale Pfad führte sie in Schlangenlinien den grasbewachsenen Hang hinab, bis sie in einer kleinen geschützten Bucht standen. Hier gab es keinen feinen Sandstrand, sondern Kiesel, die im Laufe der Zeit von den Wellen herausgewaschen worden waren. Ihre Schritte knirschten laut auf den feuchten Steinen, die sich bei jedem Schritt unter ihnen bewegten. Ronnie lief geradeaus ins Wasser, stapfte dort ein wenig suchend herum und lief dann wieder zu ihnen zurück. Falls er tatsächlich eine Spur verfolgt hatte, hat er sie verloren, dachte Elli und tätschelte ihm den Kopf.

»Elli!« Lotti klang aufgeregt.

Elli stelzte durch die Kiesel zu ihrer Schwester.

»Schau!« Lotti zeigte mit ausgestrecktem Zeigefinger in das Kiesbett.

Zuerst konnte Elli nichts erkennen, doch dann bemerkte sie die längliche Furche, die sich durch die Steine gezogen hatte. So als wäre etwas Langes und Schweres vom Kieselstrand ins Meer gezogen worden.

»Ein Boot?« Fragend sah sie Lotti in die Augen.

»Möglich.« Die zuckte die Schultern. »Aber das habe ich nicht gemeint. Schau mal genauer hin.«

Elli folgte Lottis ausgestrecktem Finger und kniff die Augen zusammen. Plötzlich bemerkte sie ein schwaches Glitzern zwischen den Kieselsteinen. Sie stürzte sich darauf, griff danach und hielt kurz darauf einen Goldring in die Höhe.

»Das ist Lonas Ring!«, rief ihre Mutter aufgeregt, und Tränen schossen ihr in die Augen.

Elli reinigte den Ring von den winzigen feuchten Kieselsteinchen, die daran hafteten. Es war Lonas Ring, ohne Zweifel. Der Ring, den Bendix ihr in Galway gekauft hatte. Mit einem Herz aus blassrosa Morganit, den sie sich gewünscht hatte, weil Morganit ihr Geburtsstein war. Der Ring, der für Liebe, Vertrauen und Loyalität stand und der in Irland gerne als Verlobungsring genommen wird. Lonas Claddagh-Ring.

Kapitel 39

Apolonia war in Pigeon Cove gewesen. Elli und Lotti rannten zurück zur Hütte und hämmerten an die Tür. »Wir haben Lonas Ring gefunden. Was hast du mit ihr gemacht?!«

Schritte näherten sich auf der anderen Seite. Birdman rüttelte am Türknauf.

»Lasst mich raus, ihr Wahnsinnigen. Ich habe überhaupt nichts gemacht mit Lona!«

Lotti trat mit dem Fuß gegen die Tür. »Wir gehen jetzt zurück ins Dorf und kommen erst zurück, wenn die Polizei da ist.«

Im Dorf angekommen, informierten sie zuerst Papa Feuchtwanger über ihren Fund. Dann rief Elli wieder bei Seán an und bat ihn, die Polizei über Lonas Verschwinden in Kenntnis zu setzen. Nun hatten sie nicht nur eine Leiche, sondern auch noch eine Entführung auf Shark Island. Außerdem hätten sie einen Tatverdächtigen festgesetzt. Seán, der gerade mit weit über der erlaubten Höchstgeschwindigkeit über die Landstraße jagte, hätte den Wagen fast gegen die Leitplanke gefahren.

»Ihr habt was?!«, brüllte er ins Mobiltelefon.

Elli schnitt ihrem Mann das Wort ab. »Lotti und ich suchen jetzt weiter nach Lona. Mama und Papa bleiben im Dorf, falls Lona doch noch zurückkommt.«

Elli beendete den Anruf. Sie fühlte, dass ihnen die Zeit

davonlief. Sollten sie wirklich, wie ihr Vater gesagt hatte, im Inselinneren suchen? Aber da war nichts. Nichts, wo man eine ausgewachsene Frau verstecken konnte. Keine Höhle und kein Cottage, nicht einmal ein Unterstand.

»Vielleicht sollten wir die leer stehenden Häuser noch mal durchsuchen«, schlug Elli vor. »Nimm Ronnie an die Leine, damit er nicht wieder abhaut.«

»Okay«, sagte Lotti, »aber zuallererst sehen wir nach, ob Bendix zurück ist. Der kann sich doch nicht in Luft aufgelöst haben.«

Doch das winzige Cottage mit dem Schieferdach war genauso leer und verlassen, wie sie es zuletzt vorgefunden hatten.

»Elli!« Lotti hatte ihr Gesicht ans Fenster gepresst, um hineinzusehen. »Bendix' Handy ist weg.«

»Was!« Elli, die schon am Gehen war, fuhr herum.

»Bendix' Handy liegt nicht mehr auf dem Couchtisch«, sagte Lotti und zog die Stirn kraus. Sie rüttelte am Türknauf, doch die Tür war verschlossen.

»In der Zwischenzeit muss jemand hier gewesen sein«, sagte Elli und klopfte laut an die Fensterscheibe.

Sein Rucksack lag immer noch auf dem Sofa. Die beiden Schwestern sahen sich an. Wo war Bendix? Sie hatten ihn so wenig vermisst, dass ihnen sein Verschwinden nicht weiter aufgefallen war. Doch jetzt wurde ihnen unbehaglich zumute. War Bendix auch auf der Suche nach Lona? Oder ist auch er verschwunden?

»Vielleicht ist er zur Anlegestelle gegangen«, meinte Lotti.

»Also los.« Elli schlitterte fast über den steinigen Boden, weil Ronnie so heftig an seiner Leine zog. Schon vom Weitem konnten sie Pius' RIB im Wasser auf und ab schaukeln sehen. Elli wurde immer schneller. Sie rannte mit Ronnie den Hügel zur Anlegestelle hinab. Endlich, endlich, endlich würden sie diese verdammte Insel verlassen können. Sie kam abrupt zum Stehen. Das RIB war leer. Pius musste ins Dorf gegangen sein, um sie abzuholen. Anscheinend hatten sie einander knapp verfehlt. Der Leiterwagen mit ihren Gepäckstücken stand immer noch genauso da, wie sie ihn zurückgelassen hatten.

»Ich habe gehofft, die Polizei wäre endlich hier«, sagte Lotti und schirmte ihre Augen mit beiden Händen ab. Suchend ließ sie ihren Blick über das steingraue Meer gleiten, das sie von Inishbofin trennte. Außer Wasservögeln, die durch die Lüfte segelten und hin und wieder einen durchdringenden Schrei ausstießen, bewegte sich nichts. Kein Schiff, kein Boot, nicht einmal ein Ruderboot.

»Wir können erst weg, wenn die Polizei da war«, sagte Lotti, »und die Ambulanz für Papa.«

»Solange wir Lona nicht gefunden haben, können wir von hier überhaupt nicht weg«, erwiderte Elli bedrückt und kickte ein Steinchen ins Wasser. Sie war schuld, wenn ihrer Schwester etwas zugestoßen war. Nur weil sie diese Schnapsidee mit der Insel gehabt hatte. Elli machte sich die schlimmsten Vorwürfe. Wenn nur Seán endlich hier wäre, dachte sie verzweifelt. Er fehlte ihr. Seán würde wissen, was zu tun war. Elli hob den Kopf und straffte die Schultern. Seán würde weitersuchen.

»Komm, wir suchen noch mal die leer stehenden Häuser ab. Das kann es doch nicht geben, dass wir Lona auf dieser winzigen Insel nicht finden können.«

Lotti nickte. »Genau das wollte ich auch gerade vorschlagen.«

Sie eilten den Hang hinauf. »Das Cottage am Dorfausgang will ich zuerst durchsuchen«, keuchte Elli, der bei dem Tempo, das ihre Schwester vorlegte, die Puste ausging.

»Das mit der gelben Hintertür, wo wir die Plane gefunden haben?« Lotti wurde langsamer.

»Auf der die langen blonden Haare klebten«, bestätigte Elli und sprach damit ihre schlimmsten Befürchtungen aus.

Sie hasteten weiter. Ronnie zog sie an der Leine hinter sich her, die Nase nur Millimeter über dem Boden. Das Cottage lag wunderschön im Sonnenlicht. Ein paar Schafe rupften am länger gewachsenen Gras nahe der Trockensteinmauer, das Meer glitzerte in der Ferne.

Dieses Mal gingen sie sofort zur Hintertür. Elli holte tief Atem, dann schob sie langsam die gelb gestrichene Tür auf. Der Geruch von Farbe und nassem Beton empfing sie auch diesmal. Ronnie zog an der Leine. Elli stolperte hinterher. Vor der Schlafzimmertür blieb der Hund unvermittelt stehen, schnüffelte am Türspalt, drehte sich um und sah Elli erwartungsvoll hechelnd an. Sie hatte die Hand auf den Türknauf gelegt. Sie zögerte. Was würden sie in dem Zimmer vorfinden?

»Jetzt mach schon«, drängte Lotti.

Elli stieß die Tür auf. Was sie sah, ließ beiden den Atem stocken. Nackt und kahl geschoren lag Lona auf dem eisernen Bettgestell. Elli glitt die Leine aus der Hand. Ronnie lief auf Lona zu und leckte ihr über das Gesicht. Die Schwestern lösten sich aus ihrer Schockstarre, rannten zu Lona, fielen vor ihr auf die Knie, fühlten nach ihrem Puls. Lotti deckte sie mit einem Laken zu, das am Fußende des Bettes gelegen hatte. Elli versuchte, sie mit leichten Klapsen ins Gesicht zu Bewusstsein zu bringen. Ronnie bellte. Aus den Augenwinkeln nahm Elli eine Bewegung im Flur wahr. Sie sah auf.

»Pius! So ein Glück! Helfen Sie uns.«

Der Skipper verharrte und sah sie aus seltsam starren Augen an. Dann schlug er die Tür zu und rannte davon, als wäre der Teufel hinter ihm her.

»Was ...«

Elli sprang auf und jagte ihm nach. Als sie aus dem Cottage lief, bot sich ihr ein seltsames Bild: Pius, der Skipper, lag bäuchlings am Boden, während Bendix auf ihm saß und ihm die Arme auf den Rücken bog.

»Hol ein Seil!«, rief Bendix ihr zu. »Er kann jeden Moment zu sich kommen.«

Epilog

Jede Sitzgelegenheit in Tante Tillys Wohnzimmer in ihrem Haus in Sandycove war belegt. Papa Feuchtwanger hatte auf der roten Samt-Chaiselongue Platz genommen und seinen Gipsfuß auf einem Berg bunter Kissen bequem gelagert. Mama Feuchtwanger saß auf einem niedrigen Schemel neben ihm und hielt seine Hand. Elli und Seán teilten sich den Ohrensessel. Lotti hielt eine große blaue Plastikschüssel mit Popcorn im Schoß, aus der sich die Jungs, die links und rechts von ihr auf dem Sofa saßen, mit den Händen bedienten. Lona saß im Schneidersitz und mit einem rosafarbenen Beanie auf dem Kopf zu Bendix' Füßen, der in Tante Tillys Queen Anne Chair mit den geschwungenen Walnussbeinen thronte.

»Tilly, jetzt setz dich endlich hin«, rief Seán seiner Tante zu, die immer noch durchs Zimmer wuselte und Getränke verteilte. »Es fängt gleich an!«

Der Jingle von RTEs *Prime Time* ertönte. Tante Tilly griff nach der Fernbedienung und stellte den Ton lauter. Kurz darauf erschien die seit Kurzem im ganzen Land wohlbekannte Silhouette einer Insel auf dem Bildschirm. Shark Island. Der gewichtige Ton der Reporterin wurde empathisch, als die Fotos von fünf jungen Frauen gezeigt wurden. Dann erschien groß ein Bild von Lona, auf dem sie ihre langen goldenen Locken offen trug.

»Wunderschön!«, rief Mama Feuchtwanger.

»Wie die junge Claudia Schiffer«, fügte Vater Feuchtwanger leise hinzu.

Unwillkürlich zupfte Lona an ihrem pinken Beanie und kniff die Lippen zusammen. Sie rückte näher an Bendix heran, der ihr schnell einen Kuss auf die Wange hauchte. Als das Foto von Pius Murray auf dem Bildschirm erschien, schloss sie die Augen. Bendix beugte sich vor und schloss die Arme schützend um sie. Er hatte Lona wegen seinen Eifersuchtsanfällen auf Knien um Verzeihung gebeten und um eine letzte Chance gebettelt. Lona musste nicht lange überlegen. Sie vergötterte ihren Lebensretter, hatte aber darauf bestanden, dass er sich einer Verhaltenstherapie unterzog. Seitdem waren die beiden wieder unzertrennlich und turtelten bei jeder passenden und unpassenden Gelegenheit miteinander. Elli fragte sich insgeheim, wie lange das junge Glück wohl diesmal halten würde. Sie kannte ihre Schwester nur zu gut, und fast tat Bendix ihr ein wenig leid.

Die Reporterin fuhr währenddessen unbeirrt in der Aufzählung der Straftaten des irischen Serienkillers Pius Murray fort. Der Skipper hatte sich bevorzugt an junge, allein reisende Touristinnen herangemacht. Sein Fährdienst war ordentlich registriert, die örtlichen Touristik-Unternehmen arbeiteten gern mit ihm zusammen oder vermittelten ihn an Individualtouristen. Es fiel ihm leicht, das Vertrauen der jungen Frauen zu gewinnen, wenn er sie zu den Robbenbänken brachte und Ausflüge zu den vielen kleinen Inseln anbot, die sich an der irischen Atlantikküste entlangreihten. Ausflüge, von denen manche der jungen Frauen nicht mehr zurückkamen. Darauf folgten die Namen der Opfer sowie ihre Herkunftsländer; Deutschland, USA, Frankreich, Belgien, Holland. Auffällig war, dass alle Frauen eines miteinander gemein hatten:

sehr lange, sehr helle blonde Haare. Da die Frauen allein durch Irland und Europa reisten, fiel es erst nach geraumer Zeit auf, dass sie vermisst wurden. Die Tatsache, dass Pius Murray seinen Opfern den Kopf schor und dass die Polizei sorgfältig in Schuhkartons aufbewahrte und nummerierte Haarbüschel in seinem alten Haus auf Inishbofin gefunden hatte, wurde in dem Bericht nicht erwähnt. Elli vermutete, dass die Polizei dieses Detail zurückhielt, da der Täter nicht geständig war und seit seiner Verhaftung kein Wort gesagt hatte.

Die Reporterin zeigte nun die unvermeidlichen Interviews der Inselbewohner von Inishbofin. Die Antworten fielen erwartungsgemäß einsilbig aus. Einzig der Gemeindepfarrer hatte sehr viel zu sagen. Er sprach direkt in die Kamera und fühlte sich offensichtlich wohl, wenn der Kameramann sein Objektiv auf ihn richtete. Von ihm erfuhr die Nation zu Hause vor den Bildschirmen, dass Pius Murray ein fleißiges Schäfchen seiner Herde war. Er hatte jeden Sonntag die Messe besucht und sich um seinen Bruder John-Paul gekümmert, der auf der Insel den Ruf hatte, etwas *schlicht* zu sein. Dass der Herr Pfarrer nie geahnt hätte, welch dunkle Seele sich in seiner Christenschar verbarg, wiederholte er mehrfach – und dass er für ihn beten würde, natürlich.

Nach einer erneuten Studioaufnahme, die die Reporterin im Interview mit einem renommierten Dubliner Psychiater zeigte, der die Gelegenheit wahrnahm, sein vor Kurzem erschienenes Buch über Serienmörder, *Why They Kill*, zu pitchen, und ständig daraus zitierte, zoomte die Kamera zurück zur Moderatorin. Dann erschien ein neuer Bildausschnitt, und Elli lächelte nervös in die Kamera.

»Mammy, da bist ja du!«, rief Finn, der Jüngere ihrer

beiden Söhne, und spuckte vor Aufregung Popcorn auf Tante Tillys Perserteppich.

Elli bekam feuchte Hände. Sie hasste es, in der Öffentlichkeit zu stehen, wusste aber, dass ihr Detektivbüro von einem Fernsehauftritt nur profitieren konnte. Im Balken unterhalb des Interviews wurde *Elli O'Shea, Detektei O'Shea & Kelly* eingeblendet. In dem Interview bedankte sich Elli bei Polizei und Rettungsdienst.

»Hrumpf«, tat Mama Feuchtwanger ihren Unmut kund. »Die haben sich lange genug Zeit gelassen.«

Dann schilderte Elli Bendix' heldenhaften Einsatz und berichtete, wie Bendix Klemens, der Verlobte ihrer Schwester, den Mörder eigenhändig und ohne zu zögern kaltgestellt hatte. Zustimmendes Klatschen erscholl im Wohnzimmer. Fast hätten sie Ellis letzte Worte nicht mehr gehört. »Bendix ist unser Held. Er hat meine Schwester gerettet.«

Nachdem *Prime Time* zu Ende war und Tante Tilly den Fernsehapparat ausgeschaltet hatte, wurde es still im Wohnzimmer.

»Woher wussten Sie, dass der Skipper der Mörder war?«, fragte Tante Tilly in die Stille hinein. »Das ist auf *Prime Time* überhaupt nicht erwähnt worden.«

Bendix strahlte sie an. Es war ihm anzumerken, wie sehr er seinen Auftritt genoss. »Eigentlich hatte ich diesen Ornithologen in Verdacht gehabt, dass er Lona nachstellt. Deshalb hab ich mich auf die Lauer gelegt. Ich war mir sicher, dass er mich zu Lona führen würde, wenn ich ihn lange genug beschatten würde. Auf der Insel gibt es nur wenig Gelegenheiten, sich zu verstecken, und es war nicht leicht, unbemerkt zu bleiben, aber ich bin ihm auf den Fersen geblieben. Dieser Tierney hat aber nichts anderes getan, als seine blöden Vögel zu beobachten. Einmal hätte er mich fast bemerkt, und ich hab mich gerade noch rechtzeitig auf den Bauch fallen lassen. Ziemlich weit im Norden, bei einer kleinen Bucht mit einer halb verfallenen Hütte. Dabei bin ich etwas den Hang hinabgerutscht und hab zufällig unten im Kiesstrand ein RIB gesehen, das so aussah wie das, mit dem wir hergekommen waren. Das kam mir verdächtig vor, deshalb hab ich mich entschlossen, das RIB zu beobachten. Der Birdman ist mit seiner blöden Krähe weitergezogen, aber ich bin geblieben, wo ich war.«

Bendix räkelte sich selbstgefällig im Sessel. »Ich hab also gewartet, um zu sehen, wer zu dem RIB gehen würde, da ist Lona plötzlich vor der Hütte aufgetaucht.« Bendix lachte kurz auf. »Ehrlich gesagt, hatte ich sie im Verdacht, dass sie sich in der Hütte mit Tierney treffen wollte. Sorry, Liebes«, er zwinkerte Lona zu. »Dann ging auf einmal alles sehr schnell. Der Skipper ist um die Hütte herumgeschlichen, hat Apolonia mit einem Stein auf den Kopf geschlagen, worauf sie zusammengesackt ist. Dann hat er sie sich über die Schulter geworfen, hinunter zum Kiesstrand getragen und in sein RIB gelegt.« Bendix wand sich ein wenig auf seinem Stuhl, als alle ihn anstarrten. »Ich war zu weit weg, um etwas tun zu können«, rechtfertigte er sich und wischte sich den Schweiß von der Stirn. »Als Pius das Boot mit Lona drin ins Wasser geschoben hat und der Motor des RIB angesprungen ist, dachte ich, ich hätte Lona für immer verloren.«

»Was wolltest du eigentlich in der Hütte«, fragte Papa Feuchtwanger seine jüngste Tochter.

Die sah ihn trotzig an und kratzte sich am Kopf, ohne das Beanie abzunehmen. »Ich war zuerst bei der Vogelstation, aber da war niemand. Dann ist mir eingefallen, dass Leo mir von der zweiten Hütte erzählt hat und dass er manchmal dort übernachtet, wenn er nachts die Wachtelkönige beobachtet. Also bin ich dahin gegangen.«

Mutter Feuchtwanger wurde schrill. »Obwohl wir alle vereinbart hatten, dass wir nicht mehr allein über die Insel streifen!« Sie nahm wieder die Hand ihres Mannes. »Ich darf gar nicht daran denken, was alles hätte passieren können. Nur weil mein Fräulein Tochter wieder einmal alles besser gewusst hat.«

Elli, die wusste, dass ihre Mutter schwer zu bremsen war, wenn sie erst einmal in Fahrt geriet, stellte Bendix eine Frage. »Wie hast du Lona dann doch wiedergefunden?«

Bendix hob den Blick zur Decke. »Das war reines Glück«, gab er zu. »Mir ist eingefallen, dass ich mein Handy im Cottage vergessen hatte, und ich bin zurückgegangen, um es zu holen. Schließlich musste ich ja die Polizei verständigen. Da hab ich vom Fenster aus Pius gesehen, wie er in seinem Boot sehr langsam und sehr leise Richtung Anlegestelle gefahren ist. Was hat er jetzt vor, hab ich mir gedacht und bin ihm nach. Aber Pius ist in seinem Boot wesentlich schneller vorangekommen als ich zu Fuß, deshalb war das RIB schon verlassen, als ich es im Hafen entdeckt habe.« Bendix nahm einen Schluck aus seinem Rotweinglas. »Ich bin also im Dorf herumgeirrt, immer darauf bedacht, dass ich nicht gesehen werde. Da seh ich plötzlich Elli und Lotti vor mir. Sie haben den Hund an der Leine, und der zieht wie verrückt. Also bin ich ihnen nach. Ich dachte mir, Ronnie hat vielleicht die Witterung von Lona und dem Skipper aufgenommen.«

Ronnie hob den Kopf von den Vorderpfoten und klopfte mit dem Schwanz gegen den Sessel, als er seinen Namen hörte.

»Guter Junge, so war es ja auch. Er hat uns direkt zu Lona geführt.« Elli streichelte ihren Hund liebevoll.

»Ich hab mich unter das Fenster geschlichen und gehört, wie ihr Lona gefunden habt. Dann hab ich gesehen, dass der Skipper wie von der Tarantel gestochen aus dem Cottage gerannt ist. Ich bin ihm nach, und als ich nah genug an ihm dran war, hab ich ihm eins übergezogen.« Bendix lächelte stolz. »Früher war ich mal Landesmeister im 100-Meter-Lauf. Mit anderen Worten, das verlernt man nicht.«

»Womit hast du ihm eins übergezogen?«, wollte Patrick wissen, dessen Augen vor Aufregung glänzten. »Ich hatte wohl einen Stein in der Faust«, gab Bendix zu, »aber ich kann mich nicht daran erinnern, dass ich ihn aufgehoben habe.«

»Ich wünschte, ihr hättet mich gefunden, bevor der Wahnsinnige mir die Haare abgeschnitten hat.« Lona nahm ihr Beanie ab und kratzte sich ausgiebig den kurz geschorenen Kopf. »Birdman ist übrigens immer noch sauer auf euch, weil ihr ihn in die Hütte gesperrt habt«, meinte Lona und sah ihre beiden Schwestern tadelnd an. »Wie seid ihr nur auf die verrückte Idee gekommen, dass er mein Entführer ist?«

Elli zuckte die Achseln. »Wegen den Thunfischdosen. Im Abfalleimer der Hütte lagen unsere Thunfischdosen. Und Birdman hatte einen Schlüssel zur Hütte. Was hätten wir deiner Meinung nach denken sollen?« Elli tat es zwar leid, dass sie sich geirrt hatten, aber was, wenn sie recht behalten hätten?

»Wo gehobelt wird, da fallen Späne«, meinte Lotti und leckte sich das Popcornsalz von den Fingern. »Woher hätten wir wissen sollen, dass der Skipper genau wie wir wegen dem schlechten Wetter auf der Insel festsaß, nachdem er sein letztes Opfer in der Höhle vergraben hat?«

Elli nickte zustimmend. »Die Diebstähle unserer Lebensmittel, das Verschwinden der Torfballen und des Benzins, die Hasenfallen, die Schritte in der Nacht, das war alles er. Wir hatten ja keine Ahnung, dass er sich in der Hütte bei Pigeon Cove eingenistet hatte. Natürlich besaß auch er einen Schlüssel für die Hütte, nicht nur Birdman.« Elli sah Lona nachdenklich an. »Wenn er einfach mit seinem RIB abgelegt hätte und nach Inishbofin übergesetzt wäre, als das Wetter besser wurde, hätten wir ihn nie erwischt. Aber da hatte er sich schon auf dich fixiert.«

Lona schauderte und schlang die Arme um sich. Fürsorglich legte Bendix ihr eine Decke um die Schultern. Sie sah dankbar zu ihm auf. »Ich freu mich schon so auf Regensburg«, sagte sie leise und spielte mit ihrem goldenen Claddagh Ring.

»Sollen wir es ihnen jetzt sagen?« Bendix zog Lona zu sich auf den Schoß, sie hängte sich an seinen Hals. »Liebe Familie Feuchtwanger«, begann er und deutete mit dem Kopf eine Verbeugung zu Mama und Papa Feuchtwanger an. »Lona und ich haben beschlossen zu heiraten. Mit anderen Worten: Ich bitte um die Hand ihrer Tochter Apolonia.«

Mutter Feuchtwanger, die just in dem Moment am Rotweinglas genippt hatte, verschluckte sich so heftig, dass ihr der Wein zur Nase wieder herauslief. Was sehr unschön aussah, was aber genau Ellis Gefühle widerspiegelte. Lotti keuchte, weil sie ein Popcorn in den falschen Hals bekommen hatte. Patrick und Finn klopften ihr abwechselnd so fest auf den Rücken, bis sie Tränen in den Augen hatte. Papa Feuchtwanger stand der Mund offen wie einem Donauwaller, der auf dem Trockenen lag. Seán und Tante Tilly gratulierten höflich.

»Ihr seid natürlich alle herzlich zur Hochzeit in Regensburg eingeladen«, rief Bendix. »Mit anderen Worten: Wir wollen eine richtig große Hochzeit feiern, mit unseren Familien und allen unseren Freunden. Natürlich erst, wenn Lonas Haare wieder etwas nachgewachsen sind. Mit anderen Worten: in etwa einem Jahr.« Bendix grinste.

Elli und Lotti warfen sich einen verstohlenen Blick zu. Mama Feuchtwanger hatte die Lippen fest zusammengepresst und wischte hektisch an den Rotweinflecken auf ihrer Bluse herum. Papa Feuchtwanger sah aus, als hätte ihn der Blitz gestreift.

Lona aber strahlte vor Glück.

The End

Danksagung

Tausend Dank an meine Freundinnen und Testleserinnen Marion Kühnel, Hildegard Bielmeier, Bianka McDonagh und an meine Mutti Gertraud Jaggo für wertvolle Kritik und Motivation.

Mein besonderer Dank gebührt meinem Mann Damian, der den wilden Wassern des Atlantiks getrotzt hat und mit mir nach Inishark gereist ist.

Danke an Christiane Bauer und ihr fantastisches Team von *between pages* by Piper, an meine Agentin Monika Hofko sowie an Franz Leipold für das aufmerksame Redigieren meines Textes.

Last but not least bedanke ich mich bei meinen Leserinnen und Lesern. Ohne euch würde es die Geschichten um Elli O'Shea nicht geben, und ich bin aus tiefstem Herzen dankbar dafür, dass ich sie schreiben darf.

Go raibh míle maith agat